畢璞全集·小說·五

陌生人
來的晚上

【推薦序一】
老樹春深更著花

封德屏

一九八六年四月，畢璞應《文訊》雜誌「筆墨生涯」專欄邀稿，發表〈三種境界〉一文，她在文末寫道：

> 這種職業很適合我這類沉默、內向、不善逢迎、不擅交際的書呆子型人物，我很高興我當年選擇了它。我既沒有後悔自己走上寫作這條路，又說過它是　種永遠不必退休的行業；那麼，看樣子，我是注定了此生還是要與筆墨為伍了。

畢璞自知甚深，更有定力付之行動，近三十年來她持續創作，陸續出版了數本散文、小說、自選集；三年前，為了迎接將臨的「九十大壽」，她整理近年發表的文章，出版了散文集

《老來可喜》。年過九十後，創作速度放緩，但不曾停筆。二〇〇九年元月《文訊》創辦的「銀光副刊」，至今刊登畢璞十二篇文章，上個月（二〇一四年十一月），她在「銀光副刊」發表了短篇小說〈生日快樂〉，此外，也仍偶有文章發表於《中華日報》副刊。畢璞用堅毅無悔的態度和纍纍的創作成果，結下她一生和筆墨的不解之緣。

一九四三年畢璞就發表了第一篇作品，五〇年代持續創作，創作出版的高峰集中在六〇、七〇年代。一九六八年到一九七九年是她作品的豐收期，這段時間有時一年出版三、四本，甚至五本。早些年，她是編寫雙棲的女作家，曾主編《大華晚報》家庭版、《公論報》副刊、《徵信新聞報》家庭版，並擔任《婦友月刊》總編輯，八〇年代退休後，算是全心歸回到自適自在的寫作生涯。

真摯與坦誠是畢璞作品的一貫風格。散文以抒情為主，用樸實無華的筆調去謳歌自然，讚頌生命；小說題材則著重家庭倫理、婚姻愛情。中年以後作品也側重理性思考與社會現象觀察。畢璞曾自言寫作不喜譁眾取寵、不造新僻字眼，強調要「有感而發」，絕不勉強造作。

畢璞生性恬淡，除了抗戰時逃難的日子，以及一九四九年渡海來台的一段艱苦歲月外，自認大半生風平浪靜。「淡泊名利，寧靜無為」是她的人生觀，讓她看待一切都怡然自得。雖然前後在報紙雜誌社等媒體工作多年，一九五五年也參加了「中國婦女寫作協會」，可能如她自己所言「個性沉默、內向，不擅交際」，多年來很少現身文壇活動。像她這樣一心執著於創作的人和其作品，在重視個人包裝、形象塑造，充斥各種行銷手法的出版紅海中，很容易會被湮沒遺忘。

然而，這位創作廣跨小說、散文、傳記、翻譯、兒童文學各領域，筆耕不輟達七十餘年的資深作家，冷月孤星，懸長空夜幕，環視今之文壇，可說是鳳毛麟角，珍稀罕見。在人們華服高軒、闊論清議之際，九三高齡的她，老樹春深更著花，一如往昔，俯首案頭，筆尖不斷流淌出款款深情，如涓涓流水，在源遠流長的廣域，點點滴滴灌溉著每一寸土地。

感謝秀威資訊科技股份有限公司，在文學出版業益顯艱辛的此刻，奮力完成「畢璞全集」二十七冊的巨大工程。不但讓老讀者有「喜見故人」的驚奇感動，也讓年輕一代的讀者，有機會可以在快樂賞讀中，認識畢璞及其作品全貌。我們也希望透過文學經典這樣的再現與傳承，向這位永遠堅持創作的作家，表達我們由衷的尊崇與感謝之意。

民國一〇三年十二月

（封德屏：現任文訊雜誌社社長兼總編輯、臺灣文學發展基金會執行長、紀州庵文學森林館長。）

【推薦序二】

老來可喜話畢璞

吳宏一

一

上星期二（十月七日），我有事到《文訊》辦公室去。事畢，封德屏社長邀我去參觀她們蒐集珍藏的期刊。看到很多民國五、六十年前後風行文壇的文藝刊物，目前多已停刊，不勝嗟嘆。《暢流》、《自由青年》、《文星》等我投過搞、發表過創作的刊物不說，連一些當時發行不廣的小刊物，她們也多有蒐集。其用心之專、致力之勤，實在不能不令人讚嘆。於是我向她提起我高中以迄大學時期文學起步的一些往事，中間提到若干文藝刊物和若干文壇前輩對我的鼓勵和影響。其中特別提到我大學一年級，民國五十年的秋天，剛進入台大中文系讀書時所認識的一些前輩先進。像當時住在濟南路的紀弦，住在廈門街的余光中，住在南昌街菸酒公賣局宿舍的羅悟緣，住在安東市場旁的羅門、蓉子……我都曾經一一去走訪，謝謝他們採用或推薦過我的作品。過程歷歷在目，至今仍記憶猶新。比較特別的是，去新生南路夜訪覃子豪時，還遇見過魏子雲；去峨嵋街救國團舊址見程抱南、鄧禹平時，還順道去《公論報》探訪副刊主編畢璞……。

一提到畢璞，德屏立即接了話，說「畢璞全集」目前正編印中，問我願不願意為她「全集」寫個序言。我答：寫序不敢，但對我文學起步時曾經鼓勵或提攜過我的前輩，我非常樂意寫紀念性的文字。不過，我也同時表示，我與畢璞五十多年來，畢竟才見過兩三次面，她的作品我讀得並不多，要寫也得再讀讀她的生平著作，而且也要她還記得我，對往事有些共同的記憶才好。所以我建議，請德屏代問畢璞兩件事：一是她記不記得在我大一下學期（民國五十一年春），她和另一位女作家到台大校園參觀之事；二是她在主編《婦友》月刊期間，記不記得曾經約我寫過詩歌專欄。

德屏說好。第二日早上十點左右，畢璞來了電話，客氣寒暄之後，告訴我：她記得她和鍾麗珠早年曾到台大校園和我見過面，但對於《婦友》約我寫專欄之事，則毫無印象。她知道我沒有讀過她的作品集，說要寄兩三本來，又知道我怕她年老行動不便，改口說，要不然，幾天內如果我能抽空，就煩請德屏陪我去內湖看她，由她當面交給我，同時可以敘敘舊、聊聊天。

我當然贊成。我已退休，時間容易調配，只不知德屏事務繁忙，能不能抽出空暇。想不到與德屏聯絡後，當天下午，就由《文訊》編輯吳穎萍小姐聯絡好，約定十月十日下午三點一起去見畢璞。

二

十月十日國慶節，下午三點不到，我就如約搭文湖線捷運到葫洲站一號出口等。不久，德屏與穎萍來了。德屏領先，走幾分鐘路，到康寧老人安養中心去見畢璞。途中德屏說，畢璞雖然年逾九旬，行動有些不便，但能以歡樂的心情迎接老年，不與兒孫合住公寓，怕給家人帶來不便，所以獨居於此，雇請菲傭照顧，生活非常安適。我聽了，心裡也開始安適起來，覺得她是一個慈藹安詳而有智慧的長者。

見面之後，我更覺安適了。記得我第一次見到畢璞，是民國五十年的秋冬之際，在西門町附近康定路的一棟木造宿舍裡，居室比較狹窄；畢璞當時雖然親切招待，但總顯得態度拘謹。相隔五十三年，畢璞現在看起來，腰背有點彎駝，耳目有些不濟，但行動尚稱自如，面容聲音卻似乎數十年如一日，沒有什麼明顯的變化。如果要說有變化，那就是變得更樸實自然，沒有絲毫的窘迫拘謹之感。

由於德屏的善於營造氣氛、穿針引線，由於穎萍的沉默嫻靜，只做一個忠實的旁聽者，那天下午，我和畢璞有說有笑，談了不少往事，讓我恍如回到五十三年前的青春年代。那時候，我才十八歲，剛考上台大中文系，剛到陌生而充滿新鮮感的臺北，常投稿報刊雜誌，常拜訪前輩作家。有一天，我到西門町峨嵋街救國團去領新詩比賽得獎的獎金，順道去附近的《聯合報》和《公論報》社。我到《公論報》社問起副刊主編畢璞，說明我常有作品發表，就有人給了我她家的住址。距離報社不遠，在成都路、西門國小附近。那時候我年輕不懂事，大家也少用電話，所以就直接登門造訪了。見面時談話不多，記憶中，畢璞說過她先生也在《公論報》上班，她如何編副刊，還有她兒子正讀師大附中，希望將來也能考上台大等。辭別時，畢璞說了一句，聽說台大校園春天杜鵑花開得很盛很好看。我謹記這句話，所以第二年的春天，投稿信中附帶留言，歡迎她跟朋友來台大校園玩。就因為這樣，畢璞和鍾麗珠在民國五十一年的春季，相偕來參觀台大校園。

確切的日期記不得了。畢璞說連哪一年她都不能確定。我翻開我隨身帶來送她的光啟版散文集《微波集》，指著一篇〈鄉愁〉後面標明的出處，民國五十一年四月二十七日發表於《公論副刊》。經此指認，畢璞稱讚我的記性和細心，而且她竟然也記起了當天逛傅園後，我請她們到福利社吃牛奶雪糕的往事。

很多人都說我記憶力強，但其實也常有模糊或疏忽之處。例如那一天下午談話當中，我提起雨中路過杭州南路巧遇《自由青年》主編呂天行，以及多年後我在西門町日新歌廳前再遇見他，聽他告訴我「驚天大祕密」的時候，確實的街道名稱，我就說得不清不楚，更糟糕的是，畢璞再次提起她主編《婦友》月刊的期間，真不記得邀我寫過專欄。一時間，我真無辭以對。當事人都這麼說了，我該怎麼解釋才好呢？好在我們在談話間，曾提及王璞、呼嘯等人，似乎又給了我重拾記憶的契機。

我私下告訴德屏，《婦友》確實有我寫過的詩歌專欄，雖然事忙只寫了幾期，但這些文章後來都曾收入我的《先秦文學導讀・詩辭歌賦》和《從詩歌史的觀點選讀古詩》等書中，白紙黑字，騙不了人的。會不會畢璞記錯，或如她所言不在她主編的期間別人約的稿呢？

那天晚上回家後，我開始查檢我舊書堆中的期刊，找不到《婦友》，卻找到了王璞主編的《新文藝》和呼嘯主編的《青年日報》副刊剪報。他們都曾約我寫過詩詞欣賞專欄，印象中有一個與《婦友》大約同時。尋檢結果，查出連載的時間，《新文藝》是民國七十一年，《青年日報》則是民國七十七年。到了十月十二日，再比對資料，我已經可以推定《婦友》刊登我詩歌專欄的時間，應該是在民國七十七年七、八月間。

十月十三日星期一中午，我打電話到《文訊》找德屏，她出差不在。我轉請秀卿代查，傍晚她回覆，已在《婦友》民國七十七年七月至十一月號，找到我所寫的〈古歌謠選講〉，當時的總編輯就是畢璞。事情至此告一段落。記憶中，是一次作家酒會邂逅時畢璞約我寫的。寫了幾期，因為事忙，又遇畢璞調離編務，所以專欄就停掉了。這本來就是小事一樁，無關宏旨，豁達的畢璞不會在乎這個的，只不過可以證明我也「老來可喜」，記憶尚可而已。

三

「老來可喜」，是畢璞當天送給我看的兩本書，其中一本散文集的書名，語出宋代詞人朱敦儒的〈念奴嬌〉詞。另外一本是短篇小說集，書名《有情世界》。根據書後所附的作品目錄，原來畢璞的作品集，已出三、四十本。她挑選這兩本送我看，應該有其用意吧。看《老來可喜》這本散文集，可知她的生平大概；看《有情世界》這本短篇小說集，則可知她的小說特色所在。初讀的印象，她的作品，無論是散文或小說，從來都不以技巧取勝，就像她的筆名一樣，是未經琢磨的玉石，內蘊光輝，表面卻樸實無華，然而在樸實無華之中，卻又表現出一個共同的主題。一言以蔽之，那就是「有情世界」。其中有親情、愛情、人情味以及生活中的情趣。因此，讀來特別溫馨感人，難怪我那罕讀文藝創作的妻子，也自稱是她的忠實讀者。

讀畢璞《老來可喜》這本散文集，可以從中窺見她早年生涯的若干側影，以及她自民國三十八年渡海來台以後的生活經歷。其中寫親情與友情，敘事中寓真情，雋永有味，誠摯而動人。寫懷才不遇的父親，寫遭逢離亂的家人，寫志趣相投的文友，娓娓道來，真是扣人心弦。

其中〈西門懷舊〉一篇，寫她康定路舊居的一些生活點滴，更讓我玩味再三。即使寫她身邊瑣事的小小感觸，寫愛書成癡，愛樂成癡，寫愛花愛樹，看山看天，也都能使我們讀者體會到「生命中偶得的美」，享受到「小小改變，大大歡樂」。「生命中偶得的美」和「小小改變，大大歡樂」，正是她文集中的篇名。我們還可以發現，身經離亂的畢璞，涉及對日抗戰、國共內戰的部分，著墨不多，多的是「此身雖在堪驚」，「老來可喜，是歷遍人間，諳知物外」。這也正是畢璞同一時代大多婦女作家的共同特色。

讀《有情世界》這本小說集，則可發現：畢璞散文中寫得比較少的愛情題材，都寫進小說裡了。畢璞說過，小說是她的最愛，因為可以滿足她的想像力。讀完這十六篇短篇小說，我們確實可以發現，她的小說採用寫實的手法，勾勒一些時代背景之外，重在探討人性，敘寫一些有情有義的故事。特別是愛情與親情之間的矛盾、衝突與和諧。小說中的人物和故事，有真有假，「真」的往往是根據她親身的經歷，「假」的是虛構，是運用想像，無中生有塑造出來的。她把它們揉合在一起，而且讓自己脫離現實世界，置身其中，成為小說中人。

因此，我讀畢璞的短篇小說，覺得有的近乎散文。尤其她寫的書中人物，大都是我們城鎮小市民日常身邊所見的男女老少，故事題材也大都是我們城鎮小市民幾十年來所共同面對的移民、出國、旅遊、探親等話題。或許可以這樣說，較之同時渡海來台的作家，畢璞寫的小說，罕有激情奇遇，缺少波瀾壯闊的場景，也沒有異乎尋常的角色，既沒有朱西甯、司馬中原筆下的鄉野氣息，也沒有白先勇筆下的沒落貴族，一切平平淡淡的，可是就在平淡之中，卻能給人親近溫馨之感。表面上看，她似乎不講求寫作技巧，但仔細觀察，她其實是寓絢爛於平淡。像〈生命共同體〉一篇，寫范士丹夫婦這對青梅竹馬的患難夫妻，到了老年還為要不要移民美國而引起衝突，高潮迭起，正不知作者要如何收場，這時卻見作者藉描寫范士丹的一些心理活動，利用廚房下麵一個小情節，就使小說有個圓滿的結局，而留有餘味。〈春夢無痕〉一篇，寫梅湘退休後，到香港旅遊，在半島酒店前香港文化中心，竟然遇見四十多年前四川求學時代的舊情人冠倫。四十多年來，由於人事變遷，兩岸隔絕，二人各自男婚女嫁，都已另組家庭，正不知作者要如何安排後來的情節發展，這時卻見作者利用梅湘的一段心理描寫，也就使小說有個出人意外而又合乎自然的結尾，不會予人突兀之感。這些例子，說明了作者並非不講表現藝術，只是她運用寫作技巧時，合乎自然，不見鑿痕而已。所以她的平淡自然，不只是平淡自然，而是別有繫人心處。

四

畢璞同時的新文藝作家，有三種人給我的印象特別深刻。一是軍中作家，以寫新詩和小說為主，強調創新和現代感；二是婦女作家，以寫散文為主，多藉身邊瑣事寫人間溫情；三是鄉土作家，以寫小說和遊記為主，反映鄉土意識與家國情懷。這是二十世紀五、六十年代前後臺灣新文藝發展史上的一大特色。這三類作家的風格，或宏壯，或優美，雖然成就不同，但套用王國維的話說，都自成高格，自有名句，境界雖有大小，卻不以是分優劣。因此有人嘲笑婦女作家多只能寫身邊瑣事和生活點滴，那是學文學的人不該有的外行話。

畢璞當然是所謂婦女作家，她寫的散文、小說，攏總說來，也果然多寫身邊瑣事，或者說，多藉身邊瑣事寫溫暖人間和有情世界。但她的眼中充滿愛，她的心中沒有恨，所以她的筆端流露出來的，每一篇作品都像春暉薰風，令人陶然欲醉；情感是真摯的，思想是健康的，真的適合所有不同階層的讀者。

一般而言，人老了，容易趨於保守，失之孤僻，可是畢璞到了老年，卻更開朗隨和，更為豁達，就像玉石，愈磨愈亮，愈有光輝。她特別欣賞宋代詞人朱敦儒的「老來可喜」那首〈念奴嬌〉詞。她很少全引，現在補錄如下：

老來可喜，是歷遍人間，諳知物外。
看透虛空，將恨海愁山，一時挼碎。
免被花迷，不為酒困，到處惺惺地。
飽來覓睡，睡起逢場作戲。

休說古往今來，乃翁心裡，沒許多般事。
也不蘄仙不佞佛，不學栖栖孔子。
懶共賢爭，從教他笑，如此只如此。
雜劇打了，戲衫脫與獃底。

朱敦儒由北宋入南宋，身經變亂，歷盡滄桑，到了晚年，勘破世態人情，不但主張不學栖栖皇皇的孔子，說什麼經世濟物，而且也認為道家說的成仙不死，佛家說的輪迴無生，都是虛妄的空談，不可採信。所以他自稱「乃翁」，說你老子懶與人爭，管它什麼古今是非，說人生在世，就像扮演一齣戲一樣，各演各的角色，逢場作戲可矣，何必惺惺作態，說什麼愁呀恨呀。一旦自己的戲份演完了，戲衫也就可以脫給別的傻瓜繼續去演了。這首詞表現的人生觀，雖然豁達，卻有些消極。這與畢璞的樂觀進取，對「有情世界」處處充滿關懷，是不相契的。我想畢璞喜愛它，應該只愛前面的幾句，所以她總不會引用全文，有斷章取義的意思吧。

畢璞《老來可喜》的自序中，說西方人把老年分成三個階段：從六十五歲到七十五歲是「初老」，從七十六歲到八十五歲是「老」，八十六歲以上是「老老」；又說「初老」的十年是人生最美好的黃金時期，不必每天按時上班，兒女都已長大離家，內外都沒有負擔，沒有工作壓力，智慧已經成熟，人生已有閱歷，身體健康也還可以，不妨與老伴去遊山玩水，或抽空去學習一些新知，以趕上時代。想做什麼就做什麼，豈非神仙一般。畢璞說得真好，我與內子現在正處於「初老」的神仙階段，也同樣覺得人間有情，處處充滿溫暖，這幾天讀畢璞的書，益發覺得「老來可喜」，可喜者三：老來讀畢璞《老來可喜》，一也；不久之後，可與老伴共讀「畢璞全集」，二也；從今立志寫自己不像傳記的傳記，彷彿回到自己的青春時期，三也。

民國一〇三年十月十五日初稿

（吳宏一：學者，作家，曾任臺灣大學中文系教授、香港中文大學中文系、香港城市大學中文、翻譯及語言學系講座教授，著有詩、散文、學術論著數十種。）

【自序】長溝流月去無聲——七十年筆墨生涯回顧

畢璞

「文書來生」這句話語意含糊，我始終不太明瞭它的真義。不過這卻是七十多年前一個相命師送給我的一句話。那次是母親找了一位相命師到家裡為全家人算命。我從小就反對迷信，痛恨怪力亂神，怎會相信相士的胡言呢？當時也許我年輕不懂，但他說我「文書來生」卻是貼切極了。果然，不久之後，我就開始走上爬格子之路，與書本筆墨結了不解緣，迄今七十年，此志不渝，也還不想放棄。

從童年開始我就是個小書迷。我的愛書，首先要感謝父親，他經常買書給我，從童話、兒童讀物到舊詩詞、新文藝等，讓我很早就從文字中認識這個花花世界。父親除了買書給我，還教我讀詩詞、對對聯、猜字謎等，可說是我在文學方面的啟蒙人。小學五年級時年輕的國文老師選了很多五四時代作家的作品給我們閱讀，欣賞多了，我對文學的愛好之心頓生，我的作文成績日進，得以經常「貼堂」（按：「貼堂」為粵語，即是把學生優良的作文、圖畫、勞作等掛在教室的牆壁上供同學們觀摩，以示鼓勵）。六年級時的國文老師是一位老學究，選了很多古文做教材，使我有機會汲取到不少古人的智慧與辭藻；這兩年的薰陶，我在不知不覺中變成了文學的死忠信徒。

上了初中，可以自己去逛書店了，當然大多數時間是看白書，有時也利用僅有的一點點零用錢去買書，以滿足自己的書癮。我看新文藝的散文、小說、翻譯小說、章回小說……簡直是博覽群書，卻生吞活剝，一知半解。初一下學期，學校舉行全校各年級作文比賽，小書迷的我得到了初一組的冠軍，獎品是一本書。同學們也送給我一個新綽號「大文豪」。上面提到高小時作文「貼堂」以及初一作文比賽第一名的事，無非是證明「小時了了，大未必佳」，更彰顯自己的不才。

高三時我曾經醞釀要寫一篇長篇小說，是關於浪子回頭的故事，可惜只開了個頭，後來便因戰亂而中斷，這是我除了繳交作文作業外，首次自己創作。

第一次正式對外投稿是民國三十二年在桂林。我把我們一家從澳門輾轉逃到粵西都城的艱辛歷程寫成一文，投寄《旅行雜誌》前身的《旅行便覽》，獲得刊出，信心大增，從此奠定了我一輩子的筆耕生涯。

來台以後，一則是為了興趣，一則也是為稻粱謀，我開始了我的爬格子歲月。早期以寫小說為主。那時年輕，喜歡幻想，想像力也豐富，覺得把一些虛構的人物（其實其中也有自己和身邊的人的影子）編出一則則不同的故事是一件很有趣的事。在這股原動力的推動下，從民國四十年左右寫到八十六年，除了不曾寫過長篇外（唉！宿願未償），我出版了兩本中篇小說、十四本短篇小說、兩本兒童故事。另外，我也寫散文、雜文、傳記，還翻譯過幾本英文小說。到民國一〇一年，我總共出版過四十種單行本，其中散文只有十二本，這當然是因為散文字數少，不容易結集成書之故。至於為什麼從民國八十六年之後我就沒有再寫小說，那是自覺年齡大了，想像力漸漸缺乏，對世間一切也逐漸看淡，心如止水，失去了編故事的浪漫情懷，就洗手不幹了。至於散文，是以我筆寫我心，心有所感，形之於筆墨，抒情遣性，樂事一樁也，為什麼放棄？因而不揣譾陋，堅持至今。慚愧的是，自始至終未能寫出一篇令自己滿意的作品。

為了全集的出版，我曾經花了不少時間把這批從民國四十五年到一百年間所出版的單行本四十種約略瀏覽了一遍，超過半世紀的時光，社會的變化何其的大：先看書本的外貌，從粗陋的印刷、拙劣的封面設計、錯誤百出的排字；到近年精美的包裝、新穎的編排，簡直是天淵之別。由此也可以看得出臺灣出版業的長足進步。再看書的內容：來台早期的懷鄉、對陌生土地的神奇感、言語不通的尷尬等；中期的孩子成長問題、留學潮、出國探親；到近期的移民、空巢期、第三代出生、親友相繼凋零……在在可以看得到歷史的脈絡，也等於半部臺灣現代史了。

坐在書桌前，看看案頭成堆成疊或新或舊的自己的作品，為之百感交集，真的是「長溝流月去無聲」，怎麼倏忽之間，七十年的「文書來生」歲月就像一把把細沙從我的指間偷偷溜走了呢？

本全集能夠順利出版，我首先要感謝秀威資訊科技股份有限公司宋政坤先生的玉成。特別感謝前台大中文系教授吳宏一先生、《文訊》雜誌社長兼總編輯封德屏女士慨允作序。更期待著讀者們不吝批評指教。

民國一〇三年十二月

目次

新聲在何處

當他最後一次垂下手中的指揮棒，當那美妙和諧的管絃合奏聲剛剛歇止，喝采聲和鼓掌聲便如洶湧的波濤一般從會場的每一個角落向他沖激過來。他轉過身，面向著台下黑壓壓的聽眾鞠躬致謝。坐在前面幾排的人都可以看到他的黑髮垂落在額上，滿臉都是汗珠，黑色的領花也鬆開了；但是，在他的臉上，除了露出疲乏之色外，卻沒有半點表情。榮譽與讚美，似乎在他看來都算不了一回事。

猩紅色的絲絨幕才一放下來，立刻有一大群的青年學生衝上台上把他包圍，紀念冊在鋼琴上疊成了一座小山。

「李先生，這首『中華男兒血』太偉大了，我聽得都哭起來了。」

「李先生，這是中國音樂史上的第一首交響詩吧？」

「我覺得它可以和西貝留斯的『芬蘭頌』媲美。」

「不，我認為比『芬蘭頌』還要好。」

「李聞籟先生是中國的貝多芬！」

「李先生，請簽名在我的手帕上。」

「明天我們要月考，可是我不管三七二十一都要來聽。」

男女學生們圍著他七嘴八舌地說個不停，他卻只是低著頭簽名，很少答話。紀念冊的小山慢慢平了，圍著他的那群吱喳鳥兒漸漸散了，終於，台上台下，只剩下了他一個人。

他坐在鋼琴前面，伸屈著他那痠痛的手指；此刻，他才發現，不但手指痠痛，而且雙臂和雙肩也開始痠痛起來了，他的雙臂曾經不停地揮動了半小時啊！半小時的揮動，肩臂的疲痛，這算得了什麼呢？「中華男兒血」是個難產的嬰兒，我這個「產婦」還曾經忍受過兩年靈魂和肉體的煎熬啊！

他繼續伸屈著手指，然後無意識地在琴鍵上彈出了幾個音，單調的琴音在空洞的大廳堂中迴響著，就更顯出了這個大廳堂的空曠，更顯出了寂寞淒涼的氣氛，更顯出了他那穿著黑色燕尾服的身影的瘦小。

琴音漸漸由單調變為悅耳，變成了一支美麗而悲傷的小曲子。李聞籟的眼前，出現了一張有著兩隻棕色大眼睛的尖臉。

"Bonjour, Monsieur!"（「先生，早！」）他聽見她對自己說。每天早上，當他離開那間小公寓去上課時都會在那幽暗的走廊上遇到她，她穿著方格子的圍裙，拿著把大掃把在掃地，兩隻大眼睛發著奇異的光芒。

可是，他聽見他自己對她說的是什麼呢？可能他也跟她說過「早安」、「晚安」、「你好」這一類或再更深入一些的會話；不過，他似乎全都忘記了，他彷彿一生一世只跟她說過這一句："Adieu, Charlotte!"（「別了，夏綠蒂！」）多可憎的一句話！多可恨的一剎那！輪船啟碇，嬌小的她站在碼頭上無力地向他揮著手。他簡直不忍心看，可又不能不看；即使他不看，他也可以想像得出她那雙大眼睛一定已飽含著淚。

美麗而悲傷的小曲有些地方聽來像我國的民謠「茉莉花」，也有些旋律彷彿來自德布西的「棕髮女郎」。當然，李聞籟作曲是從來不屑於抄襲的，他討厭傳統，更討厭墨守成規，藝術就是創造，要不斷求新才有進步；他這首題名叫「無題」的鋼琴小品，只是因為他既懷鄉而又對那雙發光的大眼睛發生了感情，所以才會有著中法混合的情調。

由於「無題」獨特的風格，李聞籟得了一筆小小的音樂獎金，也使得巴黎的音樂界開始注意到這個來自台灣的青年作曲家；然而，這對他的生活一點也沒有幫助，他仍然那麼窮。

他曾經挨過了多少個啃黑麵包喝黑咖啡的日子啊！有時，連黑咖啡也喝不起，白開水就是他唯一的飲料了。要是他偶然有錢買到一小罐牛奶和半磅糖，就會覺得自己幸福得像個王子一樣。

有時他挨餓又熬夜，早上睜著佈滿血絲的眼睛出去，如果遇到了夏綠蒂的母親，這位好心的房東太太就會拉住他的手不放鬆地追問：「李，怎麼又熬夜了？我看見你房間一夜都亮著電燈的。你看你的臉色多難看！告訴我，你在外面吃得怎麼樣？不好吧？」她壓低了聲音又說：「我這所公寓雖然不包伙食，但是，像你這樣正直的青年人，是可以例外的。從明天起你就在我房間裡吃飯好嗎？」

夏綠蒂站在旁邊，大眼睛骨碌骨碌地望著他，一臉熱切的表情。他咬著嘴唇皮，把心一橫說：「不，夫人，謝謝你，我還是在外邊吃比較方便一點。」

到了中午，當他坐在塞納河畔的長椅上啃著又乾又硬的黑麵包時，他是和著熱淚吞下去的。有時，他會倚在橋欄上發呆。如果遇到沒有風的晴朗天氣，他俯身下望時，就會看到自己頭髮鬆蓬、兩腮深陷、嘴邊叢生著鬍鬚的影子倒映在水面上。這是我嗎？我為什麼會在這裡？我到底為什麼要來？他常常這樣質問著自己。我為什麼要遠到異國來受苦呢？是真的為了追求藝術還是只是虛榮心的作祟呢？在這些日子裡，我到底做了些什麼啊？除了上幾小時的課，就是到處閒蕩，說是尋找靈感，興來時開夜車，不然就睡足十二小時，這算是什麼生活呢？不如歸去吧！噢！不！只剩下一年的時光了，我不能半途而廢！

在這些期間裡，他寫過不少曲子，東方風味的、純西方格調的，寄到出版公司，參加音樂比賽；但是它們全都失敗了，他懊喪得想自殺，直到「無題」得了獎，他才稍稍恢復了信心。

那天，他領到了獎金，感到了有點意氣飛揚的。啊！那位銀髮飄然的和聲教授拍著他的肩膀，說他是百年難遇的奇才。雖然他明知那句話過於溢美，但仍然掩不住心頭的喜悅，急著想找一個可以分享他的快慰的人。幾個和他較親近的同學要為他慶祝，他婉轉的拒絕了，卻是一路吹著口哨回到他所住的公寓去。

他像一陣風似的捲進了房東太太的房間，正在做針黹的母女倆不禁愕然。這位一向文文雅雅的中國青年怎麼忽然變了？

「夫人，快換衣服！還有小姐！我領到獎金了，我要請你們出去吃晚飯。」他一進門便嚷著。

夏綠蒂睜大眼睛驚喜地望著他；做母親的卻只是慈藹地微笑著對他說：「李，謝謝你的好意！假使你不嫌我多管閒事，我以為你的錢應該用來添置些衣服鞋襪，還有，應該吃得好一點。」她望著他陳舊的衣服，也望著他菜色的臉。

他嗒然若喪。「我知道，你們覺得我請不起。」當他轉身要走時，夏綠蒂忽然高聲的叫著：「不！」接著，她對她母親說：「媽媽，先生好意請我們去，我們不應該拒絕的。」

她的大眼睛骨碌骨碌地從她母親的臉上轉到他的臉上。

房東太太笑了笑，拍著女兒的手背說：「好的，今天晚上你和李出去玩玩吧！可別讓他花太多的錢啊！」

夏綠蒂站起身來，嬌羞地向他一笑說：「請等我一下！我去換件衣服。」

他站在公寓的門外等她。初夏巴黎的黃昏吹著醉人的微風，他沒有喝酒，卻有點醺醺然的感覺。

屋子裡有個穿著一身淡黃衣裙的少女走出來，等她走到門外，他幾乎不相信自己的眼睛，這就是夏綠蒂？她並沒有怎麼打扮，可能只塗了淡淡的口紅，平日老是束在腦後的棕色頭髮披散著，這卻使她年輕了不少，在夕陽的反映下，蒼白的雙頰也現出了玫瑰色。

他出神地凝視著她琥珀般的眼珠，凝視著她鼻子旁邊疏疏的幾顆雀斑。不自覺就脫口的說：「你真美！」

「謝謝你，先生。」她羞怯地低著頭。

「不要叫我先生，叫我李。」他知道他是沒有辦法要她發出「聞籟」這兩個字音來，就只好任從她們把他的姓當做名字了。

「那麼你也不要叫我小姐。」

「夏綠蒂你喜歡吃法國菜還是中國菜？」他伸出手臂讓她挽著，用最溫柔的聲音問。

「我喜歡中國菜，聽說你們的雜碎很好吃，是不是？」顯然地，她還沒有嚐過中國菜。他知道：她的青春歲月就是關在那間幽暗的公寓裡度過，掃地、替房客收拾房間、縫補衣服……，從來沒穿過好衣服，從來沒有和男朋友約會過……

「那麼我們去吃中國菜，我要介紹你吃一些比雜碎好吃得多的東西。」

在一家廣東人開設的飯館裡，他給她點了糖醋排骨、春捲、炒麵和燉雞湯，還叫了兩杯香檳酒。

夏綠蒂直嚷：「啊！李，你太花錢了，媽媽會罵我的。」

「不要讓你媽媽知道不就行了嗎？」他故意小聲地說，惹得她哈哈大笑。

他舉起杯向她說：「為你的美麗乾杯！」

「為你的天才！」

「我沒有天才，」他的臉紅了一下。「假如有一點點的話，那是由於你給我的靈感。」

「為什麼呢？」她的大眼睛又睜得圓圓的。

「因為，因為你對我太好了，你知道我在挨餓，你常常把雞蛋、麵包和乳酪放在我的桌子上，常常自動替我補衣服洗襪子。夏綠蒂，我不只是感恩，我——我，吔，是因為你有一雙美麗的大眼睛，更有一個美麗的靈魂，我這首『無題』是為你而作的。」他結結巴巴地把話說得半吞半吐，瘦削的臉也因為內心的抑制而不斷地抽搐著。

「噢！先生，不，李，請不要記罣那些事，你一個人住在外國，是應該受到照顧的。我——我所做的一切，都只是為了你，我希望你快樂。」夏綠蒂說到後來聲音竟變得哽咽起來，眼裡含著兩泡眼淚。

他的鼻子也酸酸的，若不是在公共場所中，他真想抱著她痛哭一場。但是，他現在所能表示出來的，只能用他的手按一按她的手背說：「夏綠蒂，你待我這樣好，我真不知怎樣來報答你？」

「你以為我那樣做是為了要得到你的報答的嗎？」她的聲音是顫抖的，臉色蒼白得驚人。他知道他那句話傷了她的心，只得改口說：「吃過飯我們去跳舞好嗎？」

「不，家裡還有很多事等著我做，我要早些回去。」

「你媽不是說叫你出去玩嗎？」

「她雖然那樣說，但是我不願意讓她一個人去辛苦。」

「你真是個好女兒！」

「李，把你家裡的情形告訴我，你對你媽媽好不好？」她忽然間又興致蓬勃起來。

「我的家是農家，我父親和弟弟妹妹都親自到田裡操作。母親在家裡給大家燒飯洗衣，還要餵鷄餵豬。我也是個很孝順的兒子，不過，也許比不上你罷了！」

「好說！好說！我很奇怪，你們既然一家都務農，又怎會出了你這個音樂家？」她緊緊地盯著他，似乎想從他臉上找尋答案。

「我也不知道為什麼，我只記得自從我到城裡讀中學，參加了一次音樂會以後，就覺得我今生今世必須從音樂中才能找尋到安慰。這是一種很奇異的感覺，它像閃電似的劃過腦際，可是卻已像刀子刻在那裡一樣，永遠磨滅不了。」

「李，台灣是個怎麼樣的地方？」她仍然盯著他。

「台灣是個很可愛的地方。『福爾摩沙』在葡萄牙文裡就是美麗之島的意思。在那裡，四季長春，物產非常豐富。」

「我真想能夠到那『美麗之島』去看看。世界這麼大，然而我卻未離開過巴黎一步。」她含情默默地望著他，不勝幽怨地說。

他的心緊緊地收縮了一下。「有機會時歡迎你和你的母親去玩玩。」他淡淡地說。

她沒有再說什麼，胃口也似乎突然減小，叫來的菜剩下了一大半。

回去的路上她還是默默不說話，不過卻是緊緊地挽著他的臂膀。到了公寓，送她回房間的時候，走廊上寂然無人，燈光幽暗。她站在房門口，閉目仰臉的期待著。他卻只是執起她的手，輕輕親了一下。

每天依舊在幽暗的走廊中有一個穿著方格子圍裙的大眼少女對他說："Bonjour, Monsieur!"（早晨這一句，她永遠改不過來叫他「李」），他依然時時吃著黑麵包度日，房間裡也時時出現「救濟品」，床鋪被收拾得更整潔，每一件衣物都洗燙修補得像新的一樣，可是那個大眼的少女，除了"Bonjour"之外，難得說一句話。

他，徬徨在愛情、饑餓和創作的痛苦中，憔悴得幾乎不成人形。自從「無題」之後，他也寫過了一些小曲，由於他得過獎，人家都採用了，不過，他自己卻一點也不滿意。他常常在塞納河畔徘徊到午夜，常常在斗室中徹夜踱步，為的是要找尋靈感，創造新聲。

有一次，他在一個音樂界的集會中被介紹給一個陌生人，那個陌生人冒冒失失地對他說：「李先生，你的作品我聽過了，真夠韻味！聽說日本人在西洋音樂上出了很多人才，是嗎？」

立刻，他的喉頭有著吞進了一口血那種感覺，幾乎就想給那個冒失鬼一拳。可是，他終於按捺著說：「對不起，我是中國人，來自台灣。」

自從他吞進了這口「血」，腫氣就永遠不能除去。他的痛苦更深，面容更憔悴，兩道濃眉永遠交纏著，頭上因為苦思而出現了白髮，而他還不到三十歲。

逛舊書攤是他的嗜好之一，雖然他往往連一本舊書也買不起。那天，他在一堆很破舊的字紙堆中發現了一本中國的法帖——大楷的「正氣歌」。好久都沒有看見到中國的方塊字了，他如獲至寶似的翻閱著：「天地有正氣，雜然賦流形，下則為河嶽，上則為日星，於人日浩然，沛乎塞蒼冥。……」剎時間，像他所說的那種奇異的感覺又似閃電般掠過他的腦際，他的心靈突然充實了，膨脹了，是文天祥所說的那股正氣？是中國男兒沸騰的熱血？他找到靈感了！他要譜出另外一首有意義的新聲！

他以極廉的價格買回那本書攤老板視同廢紙的法帖，回到公寓中關起房門朗讀了一遍又一遍，然後，一段段的旋律慢慢地形成……。我要用音樂來表現出我們中華民族的偉大！我要把偉大的「正氣歌」介紹給世人！我要世人知道中國人也能寫出好的曲子！我要把吞進去那口腥血再吐出來！

公寓裡沒有鋼琴，現在，他除了睡覺以外，很少回公寓去。他整天躲在學院的琴室裡，一個一個音符的寫著，修改著，古代忠臣烈士們的心聲在他的筆尖下一一湧現了出來。和他的心聲共鳴著；啊！不，也使聽到這個樂曲的人發生了共鳴！在寫作的過程中他是痛苦的，往往為了一個音符，一小段音節而使得他日夜推敲苦思。他覺得他的心好像在滴著血，他最擔心的是，怕他的心血瀝乾而作品尚未完成。他覺得自己又像個難產的產婦，躺在產床上幾天幾夜，嬰兒還無法落地，他暗暗祈禱上蒼，寧願犧牲自己的性命，只要救嬰兒。

難產的嬰兒終於出世了，那就是今夜受到千百人喝采的「中華男兒血」交響詩。這首交響詩是純粹中國風味的，除了鋼琴和絃樂之外，他大膽地採用了一些中國樂器，像南胡、笛子和箏；在描述蘇武牧羊那一段時，他把那首最有名的小調改編了進去，還加入了鈴聲。

這中國的第一首交響詩在他畢業前夕作第一次公開演奏，巴黎的音樂界立刻像被投下了一顆炸彈。他是奇蹟似地真正的一夜成名了，以前的得獎算得了什麼啊？第二天巴黎的報紙把他捧上了九重天，說他是「來自東方的音樂天才」，「二十世紀七十年代的真正東方博士」，「風格嶄新的作曲家」，「自『芬蘭頌』以來最富民族主義的音樂作品」，「國民樂派的新崛起者」……。報社、雜誌社、廣播電台和電視台的記者擠破了他的房間向他訪問，樂隊和音樂學校爭著請他去工作，唱片公司爭著要灌製他的作品。榮譽和財富來得像夏日午後的驟雨般那麼突然，使他要躲也來不及。

忙碌使得他忘記了那雙大眼睛。可不是嗎？他已很久沒有看見她了。一個晚上，他推卻了所有的約會提前回到公寓，叩開了房東太太的房門。

燈下，母女倆靜靜地在做著針黹。他想：這兩母女多麼像我國上一代的女性呀！這麼嫻靜！這麼勤勞！怎會是在巴黎住了一輩子的人呢？

看見他的出現，母女倆都緊張起來，已成名了的大音樂家來找她們做什麼呢？

「李，」房東太太像呻吟似地叫了一聲。「我猜你要搬家了是不是？你現在出了名，不會再住這種破房子了。」

「不，我不是要搬家，不過，」他舔了一下嘴唇又說：「我有一個比搬家更壞的消息。」

夏綠蒂用手掩住張開的嘴巴，眼睛圓睜著像受驚了的小鹿。

他淒然地望著她說：「我要回台灣去了。」

「什麼？你要走了？」母女倆一齊叫著。

「是的，我的國家需要我，我要回去。」

「噢！」母女倆又一齊呻吟了一聲。

「夫人，我可以帶夏綠蒂出去散步嗎？我恐怕這將是最後一次了。」他說。

「為什麼不呢？夏綠蒂快去換衣服呀！這是你的光榮！」房東太太用手帕摀住臉，哭了！

他和她在河旁漫步著，兩個人很少說話，因為他們都不知道說什麼才合適。一個賣花的老婦人攔住他們，他為她買了一個小花球，她握在手中，不時的低頭嗅著，讓眼淚悄悄滴落在花中。

「夏綠蒂。」他輕輕地叫喚著她。

「嗯！」她依然低著頭。

「也許我約你出來是多餘的，不過，我覺得一個人不應該永遠欺騙著自己的感情，因為它也許會傷害了別人的心。夏綠蒂，兩年的相處，我明白了你的心意，但是，我不能接受；因為我們之間有著太多的不同之點，而更重要的是，你離不開你的母親，我的國家也需要我，這就是我為什麼對你那麼冷淡的原因。夏綠蒂，我只要你明白，我不是個薄情寡義的人。」他說到最後，激動得把兩手緊握成拳，指甲把他的手掌刺得發痛。突然的，他想起了一件事，伸手到口袋裡拿出一個小盒子，並且招呼她到一張長椅上坐下。

「夏綠蒂，這是我送給你的臨別禮物，希望你喜歡它。」他打開小盒子，裡面是一隻鑲著鑽石的女用白金手錶。「來，我替你戴上。」

她受驚地把手縮了回去。

「為什麼？你不喜歡它？」他訝異地說。

「不，我不能接受，你不需要送我東西的。」她淚眼盈盈的望著他。

「夏綠蒂，我們仍然是朋友，是不是？」他柔聲地問。

她點點頭。

「我走了以後，你還要做我的朋友嗎？」他又問。

她又點點頭。

「那麼，我要你戴上它，並且永遠記著，在遙遠的東方，你有一個忠實的友人。」他替她戴上了手錶，又親了她的手背一下。

她立刻把手抽回，兩手捧著臉，低低地哭了起來。

＊　＊

琴聲亂了，因為他在心中隱隱聽到了她的低泣聲。棕色的大眼，有著疏疏的雀斑的尖臉在面前擴大又擴大……他頹然伏在琴上；但是，一大排的琴鍵被壓下去所發出的巨響又把他驚醒。

他抬起頭來，茫然地望著空無一人的台下，彷彿又聽到了熱烈的喝采聲。

「比『芬蘭頌』更偉大！」

「中國的貝多芬！」

「我聽了都感動得哭了！」

李聞籟，這是你的同胞對你熱愛的表現，你用什麼來報答他們呀？他瞿然地自問著。旅行演奏，只是獨沽一味的奏了一場又一場「中華男兒血」就夠了嗎？難道那個瘦小的法國女郎在你心目中的地位竟然比藝術更重要？今天你成功了，難道就忘記了那些苦難的日子？啃黑麵包？喝白開水？那個時候你日夜追求靈感要譜出更完美的新聲？現在怎樣了？寫不出來了嗎？

他痛苦地用兩個拳頭槌著琴鍵，一會兒又搥著前額；然後，輕輕放下琴蓋，站起身來，一手按著額，一手放在口袋裡，緩慢地，蹣跚地離開了會場。

新聲，也許已在他的心靈裡醞釀著，也許尚在虛無縹緲中。

藝術家是痛苦的，創作時痛苦，不創作時更加痛苦。

春遲

方宛若從王伯伯家裡回來以後，不知怎的，心頭上有了一抹淡淡的哀愁，也多了一個拂拭不去的人影。

那個面目嚴肅的人，由於有著太多的矜持而顯得有點傲慢；其實，與其說他傲慢，不如說他自卑比較妥當。因為，當他站起來走路時，方宛若發現他是個跛子，同時也發現了他臉上那種羞愧難當的表情，她立刻饒恕了他的驕傲。

她走進王伯伯家的客廳時，王伯伯正和一個陌生的客人在聊天。王伯伯看見她進來，便高興地說：「啊！宛若，你來得正好！我給你介紹一位朋友。」他指著他對面那個瘦削的中年人說：「這是我的學生李青峯。」

那個中年人向方宛若微微一欠身，並沒有站起來。

王伯伯接著又向李青峯說：「這是我的世姪女方宛若，名女作家。你該讀過她的小說吧？」

李青峯沒有血色的臉上出現了一種很複雜的表情，似是驚喜，又似慌張；然後，很快地臉上什麼表情也沒有了，只見他牽動了一下嘴角，用漠然的語氣說出了「久仰」兩個字。

面對著這個倨傲無禮的陌生人。方宛若恨不得賞他一個耳光。她想：王伯伯哪裡來這樣一個學生呢？好個自大的傢伙！

她不再理他，走到王伯伯旁邊一張椅子上坐下，問：「王伯母呢？」

「她被鄰居拉去打牌去了。無聊嘛！不打牌叫她做什麼好呢？」王伯伯說著輕輕嘆了一口氣。

方宛若默然了。可憐的寂寞的老人！假使不是他們的兒子沒有來得及出來，又何至渡著這樣淒清的晚景？她自己又何至——本來，她今天還想打聽打聽他們兒子的消息的；可是，現在她說不出口。

「宛若，你最近有什麼作品沒有？」空氣太沉悶了，王伯伯只得沒話找話說。

「沒有，近來沒有靈感，寫不出來。」宛若這樣回答了，又有點後悔。雖然這是事實，可是她覺得這樣的話會使空氣更加沉悶得令人窒息。

「宛若的小說寫得真好，我的老伴兒就常常看她的小說看到不肯睡覺，有時還無緣無故哭了起來。青峯，你看過她的小說沒有？」王伯伯把話題轉到那個一直沉默著的中年人身上。

「我看過一些，的確寫得很好。」李青峯淡淡地回答著，冷峻的眼神卻匆匆在方宛若的臉上掠了一下。他低頭看了一看錶，又說：「王老師，我還有點事，想先走了。」

「不再多聊一會兒嗎？」王伯伯說。

「王老師，我有空會再來的，今天真的有事。」李青峯扶著椅子的把手，有點吃力地站了起來。向方宛若微微點一點頭，然後向王伯伯說了聲「再見。」就往門外走。這時，方宛若吃驚地發現他跛得很厲害，一腿長一腿短，走起路來很困難。他的臉綳得緊緊地，頭俯得低低地，正是那種恨不得鑽進地洞裡去的表情。

她注視著他頎長的背影，心中充滿著憐憫，也了解了他為什麼倨傲的原因。

「我這個學生真可憐！樣子長得好好的，卻是瘸了腿。」伯伯似乎看出了她的心事，就先這樣說了。

「李先生的跛腳是先天的還是後天的呢？」她問。

「聽說是因為小時候得了小兒痲痺症的關係，他做我的學生時，就是這個樣子。為了這個缺憾，他一直都是個自卑而又孤僻的人。你不要以為他驕傲，其實他比誰都謙虛。」

她點點頭，又問：「李先生幹的是哪一種工作呢？」

「他在一家書局裡做編纂工作。這職業對他很合適，因為他不願意跟別人交往。」

「他常來王伯伯這裡嗎？」

「很少來，否則你怎會從來沒有看到過他呢？今天他是為了書本上一個問題才來找我的。」王伯伯深深看了她一眼，又說：「他真是個怪人，也是個可憐的人。書讀得很多，寫得一手好字，挺有才氣的；可是，已經四十出頭了，到如今還是孤家寡人一個。我和你王伯母說要給他介紹，他就是不肯。」

那張嚴肅、冷漠的臉又浮現在她的面前了。假使他不那麼傲岸，她承認他的臉是有幾分秀氣的：濃濃的眉毛，大大的眼睛，鼻子筆直，皮膚白皙。然而，上天為什麼偏要給他一雙瘸腿呢？難道人間就不許有完美存在嗎？好像我，人人都稱讚我的小說寫得好，有一份安定的工作，長得也不難看，可是，我的生命是多麼孤寂！別的女人在我這個年紀早已兒女成群了，而我還在苦苦地期待著，到底期待到何年何月啊！

大概過了半個月的樣子，王伯伯打電話到她教書的學校去，約她第一天到他家裡去吃飯。她問他為什麼請客。王伯伯在電話裡說：「沒有什麼，就是想大家聚聚嘛！除了你以外，我只請了你張伯伯和那天你見過的我那個學生李青峯。你一定要來啊！」

放下耳機，她的心又開始惶惑起來。一想到要和那個冷淡傲慢的人再次見面，她感到有點緊張和不安。

她是加意打扮了一番才去的。不，她的打扮並不是做頭髮、在臉上塗得又紅又白、穿花花綠綠的衣服，而是她要使自己的服飾表現出個性，以免被那個驕矜的人瞧不起。除了一抹淡淡的口紅，她沒有使用任何化妝品；一件淺灰色的不長不短的旗袍和一雙半低跟黑皮鞋，正好配合一個卅九歲的獨身女性和中學教師的身份。

說也奇怪，大場面她不是沒有見過。今天晚上到一個熟人家裡去吃飯為什麼竟有點膽怯呢？她按捺著一顆跳動的心走進王伯伯的客廳，只見王伯伯和李青峯兩個人靜悄悄在對奕，此外就沒有第三個人。

王伯伯的胖臉展開無數笑紋來歡迎她。李青峯也溫雅地向她微笑，同時一隻手撐住椅子，似乎想站起來。

王伯伯連忙止住他說：「青峯，宛若不是外人，你不必多禮了。」

李青峯露出了苦惱而尷尬的表情，向她說了一聲：「對不起！」

「哪裡的話？」她微笑著回答他。驕傲的人今天不驕傲了，難道他也不自卑了嗎？她不解。

「宛若，你張伯伯不能來吃飯了，他有事走不開。」王伯伯對她說。

「哦！是嗎？王伯母呢？是在廚房裡忙著吧？」她問。

「是呀！她今天要表演一下哩！」王伯伯呵呵地笑了。

「我進去看看。」為了不妨礙他們對奕，她找個藉口走到廚房裡。瘦小的王伯母正繫著圍裙在掌杓，小下女在旁邊替她洗菜切菜，兩個人都忙得不亦樂乎。

「王伯母，我來幫忙好嗎？」宛若說。

「不，宛若，你到外邊去坐吧！別弄髒你這身漂亮衣服呀！」王伯母一手拿著鏟子，轉過身來瞇著眼端詳著她。「真的，我覺得你今天特別漂亮，也特別年輕。假使我是男人，也要向你追求的。」

「王伯母，別開玩笑好不好？」宛若臉紅了。「我老都老了。」

「宛若，你別講喪氣話呀！我和你王伯伯都不認老哩！你老什麼？還是位小姐哪，說什麼老？」王伯母一面炒著菜一面說。

宛若不再說話，站到小下女身邊去幫她摘菜梗，才摘了一兩根，王伯伯就走進來了。「宛若。你怎麼躲進廚房裡來了？下廚房是女人的事，沒有你的份兒。」

「怎麼？難道我不是女人？」宛若笑了。

「你不是，你是大作家。來！快點出來！我們去談文論道。」王伯伯一個勁地嚷著，揮著手，就差點沒有伸手來拉她。

宛若沒有辦法，只得洗了手，跟著他走出去。

客廳裡的棋局已收拾起來了。李青峯一個人倚坐沙發上，在看晚報。

王伯伯領著宛若在李青峯對面坐下。「我把大作家請出來了。君子遠庖廚，身為作家，怎可以同流合污呢？」王伯伯又呵呵地笑了起來。

李青峯微微一笑，深湛的眼睛裡蕩漾著某些無人能懂的神色。

「你們兩位誰贏了？」宛若搭訕著問。

「今天倒是爆出冷門，是我贏了。平日，我總是他手下敗將。」王伯伯說。

「哪裡的話？以前是老師讓我的。」李青峯說。

「宛若，我這位高足是個典型舊式才子，琴棋詩畫樣樣精通，還寫得一手好字哩！」王伯伯說著又對李青峯說：「青峯，我說你是舊式才子你不生氣吧？因為現代人的眼光看來，那些古代的藝術都是老古董了。」

「我怎會生氣？我根本就不是什麼才子，而且也的確落伍了。」李青峯平靜地說。

「不，不，你千萬不要這樣說。你正在盛年，前途還是無可限量的。」王伯伯伸出一隻手向著李青峯直搖。

「已經太遲了。」李青峯搖搖頭說，仍然一臉平靜之色。

「不遲！不遲！青峯，你這樣說太傷我的心了啊！」王伯伯堅持著說。

宛若在一旁看見他那副認真樣子，一方面感動，一方面又覺得好笑。

「老頭子，什麼事情使得你傷心呀？菜好了，快請客人入座吧！」正在這個時候，王伯母從廚房裡走了出來。

王伯伯把宛若和李青峯請到飯廳裡，連王伯母在內四個人剛好把一張方桌坐滿。王伯母做了幾樣可口的家鄉菜，每個人面前一小杯草莓酒。菜香、酒紅、飯白，是一頓親切的家常便飯。

在吃飯的時候，王伯伯又談到了宛若的小說，也談到了其他作家的作品。喝了一點酒，李青峯的態度比較不那麼拘謹了，他偶然發表一點意見，居然都是內行話。最使宛若驚奇的，他對文壇上的情形竟是非常清楚。

「李先生一定認識許多文藝界的朋友，對嗎？」她忍不住問了。

「沒有呀！我一個都不認識。」李青峯緊張地拼命搖著頭。

「那麼，李先生對文藝界怎麼這樣熟悉呢？」她繼續問。

「我也只是從報紙雜誌上看來以及從別人嘴裡聽來罷了。」李青峯急急地回答了，然後轉向王伯母說：「師母這頓飯我吃得香極了，您使我想起了我母親所做的菜。」

「是嗎？青峯，可憐的孩子，你也使我想起了——」王伯母憐愛地望著青峯說。當她說到最後時，聲音忽然哽咽了起來，說不下去。

在座的其他三個人一齊變了色。王伯伯連忙說：「淑慧，你去廚房看看那隻八寶鴨燉好了沒有？菜都快吃光了。」

「好，我去看看。你們慢點吃呀！」王伯母眨了眨眼睛，站起來離開了飯廳。

「青峯，你既然欣賞你師母做的菜。不如乾脆就在我們家搭伙算了，天天在外面吃小館子，真是既不上算，又不衛生。」王伯伯又說了。

「不。謝謝老師的好意。路太遠了，時間上不容許我這樣做。」青峯說。

「那麼，你乾脆就搬過來住得啦！我們這裡還有點地方，你何必花錢去租呢？」

「我怎好打擾老師？何況，我自己一個人過慣了，覺得還是自己一個人自由一點。」

「你看他多頑固！好像搬來跟我們住就會喪失自由似的。」王伯伯笑著向宛若說。「你在學校有得吃有得住？我不邀你了。不過，你也應該常常來玩呀！我自己的孩子不在身邊，你們兩個就等於是我的孩子了。」

說到這裡，王伯母捧著一盤熱騰騰香噴噴的八寶鴨出來了。宛若連忙站起身搶著接了，在桌子當中擺下。王伯伯給大家重新添了酒，空氣才又漸漸輕鬆活潑起來。

吃過飯，大家又聊了一會兒。當宛若向王伯伯王伯母告辭時，王伯伯對李青峯說：「青峯，你替我送宛若回去。」

宛若連忙說「不用」，李青峯也面有難色；王伯伯卻大聲說：「聽見了沒有？你捨不得出車錢是不是？我來出。」

「老師，這是哪兒的話嘛？我還不知道方小姐准不准我送呢。」李青峯無可奈何地說。他這樣講，宛若便只得說：「李先生怎麼說起這種話來呢？我只是不想麻煩您就是了。」

「麻煩倒是一點也沒有的。請吧！」李青峯緩緩地站了起來，就準備走。

宛若為了避免看到他走路的樣子使他不安，就走在前頭。

在大門口，李青峯想叫計程車。宛若止住了他說：「何必花這些錢呢？我們坐——」她本來想說公共汽車的，後來想到他也許不想和她一起走，就改口說：「坐三輪車就好了。」

在三輪車上，李青峯顯得異常的沉默與不安，倒是宛若不斷地逗他說話。

「李先生平日都做些什麼消遣呢？」

「沒做什麼，還不是寫寫讀讀。」

「哦？」她把聲音拖得長長的。「是寫哪一方面的文章呢？」

「不，我不是說寫文章，我，我只是自己隨便亂寫。」他有點慌張的樣子。

「還作詩嗎？王伯伯說你的舊詩寫得很好。」

「早就不寫了，那只是小孩子時候的玩藝罷了！現在哪有那種閒情逸致？」

「可不是嗎？我在十幾歲的時候也很喜歡吟風弄月的；現在卻只能寫小說來騙取讀者們的眼淚和歡笑了。」

「哪裡的話！方小姐的小說得很深刻，讀來一點也不像虛構的。」他的話漸漸多了，但是，在說話時他的眼睛始終望著前面，從來沒有側過頭來看她一次。

「真的嗎？假如李先生的話不是為了騙我開心，我真高興死了。」她的聲音裡充滿了欣悅。她自己也覺得奇怪，別人稱讚她的話她聽得多了，為什麼李青峯一句平平淡淡的話卻使得她那麼高興呢？

「這是我的真心話，我從來不騙人的。」他用低沉而有力的聲音回答。

「那麼我要謝謝您的誇獎囉！」她簡直開心得想跳起來。

她的宿舍到了。她首先下了車，他卻還是坐著不動。

「不進來坐一下嗎？」她禮貌地說。

「不了，時間已經不早，您該休息了，再見。」他向她擺手，坐著原來的車子走了。她在宿舍大門口昏暗的門燈下站了好一會兒，才帶著恍恍惚惚的表情走進自己的房間。

扭開電燈，對著鏡子，她又仔細的端詳著自己：整齊的頭髮、素淨的面孔、雅淡的衣衫，而且，居然還有一臉愉快的表情，這種表情，她已失去了多久啊！

她凝望著鏡子，另外一張男人的臉又顯現出來。蒼白、瘦削，有著兩雙炯炯的眼睛，緊緊抿著嘴唇表示出他對這個世界的不願置喙，滿臉的沉思卻又隱藏了他無限的智慧。這是一張對她有著吸引力的臉，只是，他為什麼這樣冷漠呢？

然後，另外一張圓圓的，和王伯伯一樣的孩兒臉又出現了；但是，這張年輕的臉是模糊地忽隱忽現的。太遙遠，也太悠久了，她對這張臉的感覺像是水裡的月亮、鏡中的花朵，捕捉不住，也觸摸不到；然而，就為了這個空幻的形象，她苦苦地等候了多少年啊！

假使我……，會不會對不住他呢？她迷惘著，也徬徨著，終於無告地伏在床上哭了。

好像過了很長的一段時期。她按捺著不去看王伯伯，可是王伯伯卻找到她的宿舍裡來。

在會客室裡，王伯伯用譴責的眼光望著她說：「為什麼這麼久不來了？把我們兩個老傢伙忘了是不是？看，你又瘦了，叫你不要工作得過勞，要多多出來走動走動，怎麼老是不聽話？」

「王伯伯，對不起得很！最近的確是比較忙一點，所以沒有去看你們兩位，請你們不要怪我。」她低著頭說，心裡怪委屈的。

「對不起？不行！你明天得來陪罪。我把青峯也找來了，那孩子跟你一樣，也是大半個月沒露面了，我要罰你們哩！」王伯伯很認真地說，還裝出了生氣的樣子。

宛若臉上微微一紅，低頭沒有說話。

當她送他走出大門時，王伯伯問她說：「你不討厭青峯吧？」

她的臉又是一紅。「他是您的學生，我怎敢討厭他？」

「話不是這樣說。他這個人雖然因為生理上的缺憾而性情有點怪；但是，他的人品和才學都是不可多得的，你不可看輕這樣的朋友啊！」

「我沒有這個意思。王伯伯，我想問您，李先生是不是也寫文藝作品的？」她問。這個問題已藏在她心中好久了。

「這個嘛！」王伯伯在抓著頭，顯出為難的樣子。「我不大清楚。」

「您別想瞞我，我是可以打聽出來的。奇怪！寫文章又不是什麼丟人的事，為什麼不讓人知道呢？」

「是這樣的，宛若，他不想人們憐憫他。在這個世界上，他只讓我一個人知道，現在，你是第二個知道這件事的人。」

「他用的筆名是什麼？」她緊張地問。

「山人。」

「啊！山人就是他！他的散文寫得多美！多有韻味！原來就是他！王伯伯，您的高足真了不起啊！」她歡叫著。兩眼射出了愉快的光輝。

「宛若，你們真是惺惺相惜，他對你的文才也欽佩得不得了哩！」王伯伯開心地笑了。

她羞澀地垂下了頭。

第三次和李青峯見面，不知怎的，她竟是比前兩次更不安，她彷彿是知道了他的某一項秘密似的，竟連看他一眼都不敢。

王伯伯恐怕李青峯誤會宛若不理他，連忙為她打圓場說：「宛若這一陣子學校的事情既多，又不肯少寫幾個字，累壞了。你看她是不是瘦了許多？」後面一句話他是向李青峯說的。

李青峯用愛憐的眼光迅速地瞥了她一眼，但是她並沒有看到。

「真是『借問因何太瘦生？只為從來作詩苦』啊！宛若，你說是不是？」王伯伯又接著說了。

他一說完，宛若和青峯都忍不住笑了起來。

「王伯伯，可惜我不是詩人。這兩句話不如移贈給李先生吧！」宛若說完了，鼓起勇氣看了青峯一眼。

「我也不敢當，我哪裡配得上稱做詩人呢？」李青峯連連搖著手。

「那麼，你總應該承認你是位散文家了吧？」王伯伯說。

「老師，您——您怎麼啦？」李青峯訥訥地說，一臉驚惶之色。

「青峯，你就承認了吧！宛若不是外人，何必瞞她呢？彼此同行，早就應該認識的啊！」

「山人先生，您的大作我不知讀過多少了。我對您雋永的文筆早就佩服得很，真想不到您就是王伯伯的高足。」宛若現在比較鎮靜起來了。

「方小姐，我——我真不知道該說些什麼好！我以為我能夠永遠保密下去的。」李青峯的臉漲得通紅。

「難道你永遠不要朋友？」她大膽地問。

「沒有人會要我做朋友的，我是個性情孤僻的跛子。」李青峯的臉忽然又板了起來。

「青峯，我不許你這樣說！」王伯伯大聲說，然後又換過了緩和的語氣：「你怎可以這樣自暴自棄呢？青峯，難道我不是你的朋友？宛若不是你的朋友？」

「老師，你們對我太好了，我是不值得的！」李青峯低下了頭，用雙手捧住了臉。

王伯伯走過去慈祥地拍了拍他的肩膀說：「不要儘說喪氣的話了。走！今天我請客。我要請你們去吃小館子，吃完了看場電影。我和淑慧好久沒去看電影了，今天要好好樂一下。誰都不准提出異議！」

四個人分乘兩輛三輪車，王伯母和宛若一輛，王伯伯和青峯一輛，到了電影街。吃了一頓家鄉小吃，看了一場喜劇的片子，王伯伯又買了一籃橘子，意興勃勃地提議到青峯獨居的小樓去。

青峯不好意思拒絕，也不便拒絕，只好勉強答應。到了他的樓下時，他紅著臉請求他們站在行人道上等五分鐘，讓他收拾好再請他們上去。

當他們走進青峯的住所時，雖然他已用高速度整理過一番，他們還是看得出一間亂七八糟的單身漢房間的情景。床上的棉被還沒有疊，下面鼓鼓的，可能是臨時塞進了一堆髒衣服。臨窗的書桌上堆滿了書籍和紙張，床底縱橫地擺著破皮鞋破木屐和無數雜物，地板上煙灰紙屑狼藉，不知有多久沒有掃了。

房間裡只有兩把椅子，他請王伯母和宛若分別坐下，請王伯伯坐在床上，自己卻站在床邊搓著手不安地說：「我這個地方太髒了，請各位不要見笑！」

「這也沒有什麼，標準的單身漢房間嘛！我當年比你還髒哩！不相信問你師母。」王伯伯說。

「還好意思說出來？多不害臊啊！」王伯母笑著指著了他的鼻子。

宛若坐在書桌旁邊的椅子上，只要她把頭轉過去，就可以看得見書桌上堆的是什麼書，紙上寫的是什麼字。在大家正在剝吃橘子時，她悄悄地轉過頭去瀏覽桌上的一切。一個堆滿了菸蒂的鋁質煙灰缸，一隻沾滿了茶漬的粗瓷杯子；稿紙和信封信紙縱橫地躺著，她所能瞥見的信封上的字寫的都是「山人先生」；堆疊著的書籍中最顯眼的是一部破舊不堪的「辭源」和一本同樣破舊的英漢字典。然後，她吃驚地發現那堆書裡有兩本她的著作：「百合花開的早晨」和「茂陵秋雨」，那正是她僅有的兩本單行本，淡藍色和淺綠色的書脊，在一大堆破舊的工具書以及花花綠綠的新書中顯得有點不流凡俗。

她的心砰砰在跳，又驚又喜地把目光收回，回過頭偷偷望了李青峯一眼，卻發現他正用同樣迷惘的眼色癡癡望著自己哩！

自從那一刻開始，宛若的心裡就似塞進了一團亂絲。這團亂絲愈理愈亂，愈理愈糟，弄得她整日悶懨懨地，似病又不是病，怪難受的。

前一陣子她避免到王伯伯家去，現在。卻惟有在王伯伯家裡才能找到安慰與快樂。三天兩天的，她一有空就去。有時陪王伯伯下棋，有時幫王伯母弄點小吃，總之，在他們兩個老人家身邊她就好像有了保障似的。她記得：剛到台灣的那幾年她也是如此，後來，為了怕觸目傷心，她才漸漸少來的。所不同的是，從前她是為了另外一個人而來的，怎麼現在又換了一個人呢？想到這一點，她又不安了。

在王伯伯家裡，她偶然也會碰到李青峯。（王伯伯不是說過他很少來的嗎？這又是為了什麼呢？）見了面，兩個人雖然仍是那麼羞澀、陌生，但是，只要大家相視微微一笑，交換一個有默契的眼神，她就滿足了。在彼此的文章裡早已讀到了對方的心聲，言語對他們是多餘的。

一個春雨簾纖的星期日下午，宛若在陪王伯伯下棋，王伯母坐在一旁織毛線。近來，星期日的下午已成為他們四個人，王伯伯夫婦、宛若和李青峯歡聚的日子。現在，已經是下午三點多鐘了，雨愈下愈濃密，由於空氣潮濕，也就更顯得春寒砭骨。宛若一直有點心不在焉，輸了一盤又一盤，眼睛不時偷偷瞥著腕錶，一有門鈴聲或者電話鈴響她就緊張地豎起了耳朵。

終於，王伯伯推開了棋盤說：「宛若，我看你也沒有心思再下了，就饒了你吧！」他搓著冰冷的兩手，抬頭望了望牆上的電鐘說：「今天好冷！青峯怎麼還不來呢？他來了就好了，我們可以圍爐煮酒。」

宛若低著頭不說話。

王伯母說：「是呀！青峯怎麼還不來呢？你打個電話到書局去問問吧！」

王伯伯掛了個電話給書局，他放下電話時，眉頭是鎖著的。

兩個女人都緊張地望著他。

「青峯病了！書局的人說，他有兩天沒有上班。我想去看看他。」王伯伯看了看宛若又說：「宛若，你肯陪我去嗎？」

「老頭子，我不是不讓你去看青峯的病，可是，你的咳嗽還沒有完全好，今天這樣冷，你怎能出去吹風呢？」王伯母兩道稀疏的眉毛也皺起來了。

「啊！我忘了。那麼，宛若，你代表我們去看看他，假使他病得嚴重需要我們的話，我們再去好了。」王伯伯又看著宛若說。

「我去方便嗎？」宛若小聲地說。

「為什麼不方便呢？你們又不是小孩子，不要顧忌得那麼多！記住，他是個需要朋友的、孤獨的可憐人啊！」王伯伯急急地說，幾乎是推著她出去的。

在李青峯那幢小小木樓的門外，宛若躊躇了許久才敢敲門。她輕輕地敲了兩下之後，門後一個低沉而瘖瘂的聲音說：「誰呀？進來吧！」

她推開門，房間裡一股污濁的空氣使她感到窒息。床上躺著一個人，全身蓋著被，只露出了頭和臉。不，只露出了兩隻深陷的眼睛，因為他的臉都被鬍子遮住了。

看見他這副摸樣，她嚇得用手掩住嘴巴，幾乎叫了出來。床上的人看見她忽然出現，也嚇得目瞪口呆。

她走到床邊，把買來的一籃橙子放在地上，帶點靦腆地說：「剛才工伯伯打電話到你的書局去，知道你病了，他急得不得了，可是他在咳嗽，不能出來，我就替他來了。你得的是什麼病呢？不要緊吧？」

「啊！你們太客氣了！我沒有什麼，只是患了感冒，不要緊的。」他歇了一會兒，又說：「請坐吧！」

她轉過身去想找一張椅子坐，卻發現兩張椅子都堆滿了衣服。她笑了笑，把它們通通堆到一張椅子上，自己坐了一張。

「太對不起了！方小姐。」他有氣無力地說。鬍子遮住了他的臉，她看不出他有沒有臉紅。

「請不要這樣說。你病了，還講客套做什麼？王伯伯問你需要什麼，還有，你有什麼需要我做的地方，我現在就替你做。」她大方地向他微笑著，很誠懇地說。

「謝謝你們，我不需要什麼，我躺躺就好了。」他說著，感到鼻子一酸，就趕緊眨了兩下眼。

宛若四周張望了一下，又問他：「你有沒有吃藥？」

「沒有！」他搖搖頭。

「這兩天有沒有吃東西？」

「也沒有！」

「這怎麼行呢？病了既不看醫生不吃藥，又不吃東西，你會把身體弄壞的呀！」她緊鎖著雙眉。「讓我看看你還有沒有發燒，我去給你買藥。」說著，她走到他的床前，伸出冰冷的手按了按他的前額。「還有一點點熱度，我現在給你買藥去。」

在他來不及攔阻之前，她已開門下樓去，到街上的西藥房裡買了幾顆感冒特效藥回來。她要找杯子倒開水給他吃藥，卻發現，不但杯子髒得一塌糊塗，而且熱水瓶裡連一滴開水都沒有。

「你這兩天連水都沒有喝是不是？」她忿忿地說。「現在怎麼辦呢？」

「喝過的，只是喝光了沒有再燒罷了。」他畏縮地說，一雙眼睛眨呀眨的。

「那麼，到哪裡去燒開水呢？」她簡直有點生氣了。一個人怎能如此糟蹋自己？

「那裡有一個電茶壺。」他從被裡伸出手指往牆角。「麻煩方小姐到樓下的公用水龍頭去裝一些水，拿上來把插頭插上就行。」

她找到那把積滿塵灰的茶壺。連那隻唯一的茶杯也一起帶到樓下去。她把茶壺和杯子洗乾淨，裝滿水再拿上樓。

在等候水開的時候，她對他說：「你閉上眼睛睡一會吧！你需要休息的。等水開了我再叫你。」

他順從地點了點頭，鼻子又酸了起來。

她起先是無聊地坐著，後來想，為什麼不看看書呢？當她走到他書桌邊想抽一本書來看時，又想到何不替他把桌面整理整理？可是，很多文人都不願人家碰他的書桌的呀！我為什麼要做不知趣的人？她環顧了房間一下。房間這樣髒，這樣亂，不如替他收拾收拾吧！

她首先去整理椅子上的衣服，乾淨的摺好，髒的捲成一團，準備等一下問李青峯怎樣處置。卻原來李青峯並沒有睡著，正偷偷睜開眼看她哩！

「啊！方小姐，不要去碰那些衣服，髒得很哪！」他著急地叫了起來。

「李先生，你有僱人替你洗衣服嗎？」她微笑地問。

「有的。是一個老太婆，她三天來一次。」

她不說話，把那捲髒衣服放到一個臉盆裡，然後拿起牆角的掃把開始掃地。

「方小姐，你這是在做什麼嘛？」李青峯掙扎著要起來，但是一陣頭暈，使他又不支躺下。

「你是病人，最好躺著別動，也不要講話。你這個房間太髒了，我替你整理一下，這對你的病會好一點。」

水開了，她把水灌進熱水瓶，另外倒了一杯在杯子裡，拿到床邊，要給他吃藥。

「這是感冒特效藥，你先吃兩片，好好睡一覺，到明天早上再吃兩片。要是能出一身汗很快就會好的。」她把藥放在他的手上，他放進口裡，抬起頭，她已把一杯水送過來，慢慢灌進他嘴裡。

喝完水，他重新躺到枕上，眼淚竟不知不覺地流了出來。他眼睛望著天花板，哽咽著說：

「方小姐，你為什麼要對我這樣好？十幾年了，從來沒有一個人這樣對待過我的。你為什麼要這樣嘛？我只是一個沒有希望的跛子啊！」

宛若的眼圈也紅了，她很想用手掩住他的嘴巴，不許他再說那句自卑的話。可是，結果她只輕輕地在他蓋著被的肩膀上按了一按。「你不要這樣講好嗎？你知道，你這樣的想法使得你王老師和我們多難過！你生病沒有人照料，我們做朋友的是應該盡點微力的。」她說不下去了，她心裡有很多話，可是不敢說出來。

李青峯把目光從天花板上收回來再落在她的臉上，他乾脆讓淚水帶著他的感激流個痛快。宛若咬著嘴唇皮，遞給他一方乾淨的手帕。「你別哭吧！你再哭連我也要哭了。」吸了吸鼻子，她又說，「你現在要吃橙子嗎？我給你切。」

「我現在還不想吃。」他在枕上搖著頭。

「那麼，你想吃什麼，我去買。同時我要打個電話給王伯伯，他們兩位一定急壞了。」

「我什麼都不想吃，只要——」他遲疑地，把後面的話咽了回去。

「只要什麼？」

「我的意思是，要是方小姐沒有事。可以多坐一會兒嗎？我們可以多談談，現在我覺得好多了。」

「當然可以！不過我得先去打電話。你好好睡一下，我馬上回來。」她像哄小孩一般對他說了，就下樓到街上去。

她在公用電話亭中撥了一個電話給王伯伯，把李青峯的病情詳細地告訴他。

「宛若，你做得很好，很對。老實說，我早就想把你介紹給青峯的。但是，我一直很自私，希望你能做我的兒媳，可惜，我現在已無福消受了。」電話那頭傳來王伯伯低沉的聲音。「幾個月以前，有消息從香港來，說紹箕已經在一次逃亡中送了命。」王伯伯的聲音簡直像在哽咽了。「這件事我還沒有讓你王伯母知道，你不要跟她講。宛若，讓你白白等了十多年，我真過意不去，還好，我是把青峯看作我自己的孩子一樣的，你明白我的意思嗎？」

電話在那邊掛斷了，宛若還呆呆地握著話筒，像失去了知覺似的，直至外面有人用硬幣敲著玻璃窗，她才驚醒過來，惘然走出電話亭。

紹箕已經不在人世了。十多年的音訊隔絕，這個消息固然不算意外，但聽來總是可悲的。想到和他自從孩提時代一直到離開家鄉前十幾二十年相親相愛的日子，想到可憐的王伯母還在日夜盼望奇蹟出現，以為愛兒終有一日歸來，一陣心酸，兩滴清淚不覺就沿著雙頰滾了下來。

她搜遍大衣口袋和皮包都找不到手帕，才想到剛才已給了李青峯擦眼淚。她迅速用手背把淚水揩掉，就在抬頭的時候，發現淅瀝的春雨已經停歇了，天畔隱隱露出了一抹紅霞，路旁一株株桃樹，粉紅色的花朵開得正燦爛；雖然寒氣仍重。春色卻已漸濃。

深深吸了一口雨後的清新空氣，她抬頭挺胸跨過馬路，到一家食品店中買了一罐奶粉、一些麵包和餅乾，然後急急回到李青峯的小樓上。

黃昏已經來臨，小樓上昏暗一片。她一推開房門，就聽見李青峯像是得救了似的叫著：

「啊！是方小姐嗎？我以為你不再回來了。」

「怎麼會呢？打公用電話要等的嘛！好暗啊！電燈開關在哪裡？」她說。

「在門後面。」

她把電燈打開，鵝黃色的燈光立刻灑滿了一室。隨著光明的出現，她換過一張愉快的面孔，輕步走到他的床前說：「不要再跟我說什麼都不想吃，你看我買了些什麼回來？我也餓了，我要在這裡陪你吃。」她掃了那張堆滿了書籍紙張的書桌一眼，又說：「可是，我這些東西放到哪裡好呢？」

「你隨便把那些破紙堆到一旁去吧！」他望著她說。

「你准我動你的東西嗎？」她故意問。

「不要緊，我知道你不會弄亂的。王伯伯在電話裡說了些什麼呢？」

「他叫你好好休息，要聽我的話。」她的臉紅了一下。「他說過兩天再來看你。」她雖然知道青峯和死去的紹箕也認得，不過，她現在不想把那個壞消息告訴他。

她把桌上的信件和稿子分別疊好，雜誌擺成一疊，書籍都豎立在兩個書夾當中。當她碰到她自己那兩本小說時她轉過頭去問他：「這是你買的？」

「當然！你並沒有送給我啊！」他的雙眼閃閃有光，病似乎已好了　大半了。

「你還喜歡它們嗎？」她低著頭問。

「喜歡得很！我簡直有點妒忌書中的男主角哩！當我第一次讀到你的作品時，我所想像的那個作者就是你現在的模樣，那天王老師把你介紹給我，我有點不相信自己的眼睛。」他很激動地說，兩隻手都伸出來放到棉被上面。

「想不到現在她居然在你的房間裡替你整理書桌？是不是？」她問。

「想不到現在她居然在我生病的時候來服侍我。告訴我，我不是在做夢吧？」他伸手向空中亂抓，好像要抓住一樣實物來證實他不是在夢境中一樣。

「你不是在做夢。你看，我的手帕還在你的枕邊哩！」她忽然瞥見放在他枕畔的自己那條淡綠色的手帕，為了要使他安心，隨口就這樣說了。

「是嗎？你的手帕在我的枕邊？」。他用手摸索著，把手帕握在手中，抱在胸前，喃喃說道：「你的手帕在我的手心裡，我不是在做夢，我不是在做夢！」

「當然你不是在做夢。現在，你喝一杯牛奶好嗎？」她調好了一杯牛奶，送到床前。「要我餵你嗎？」

「不！我能夠坐起來，我已經覺得好多了。」他把手帕塞進枕頭下面，一下子就坐了起來。

「要吃點餅乾嗎？」她為自己也調了一杯牛奶。「你看，我也陪你吃，我餓了。」同時，她拿起了一個熱狗麵包。

「我也餓了，給我麵包好嗎？忽然間，我覺得我好像可以吃得下一隻蹄膀哩！」

她遞給他一份三文治，微笑著說：「別忙！你現在還不能亂吃。明天我去買一個小電爐來，給你下麵。」

「你明天還要來？」他睜大著眼睛，驚喜地問。

看著他那滿臉鬍鬚的怪樣子，她忍著笑說：「不歡迎嗎？」

「這是什麼話？我——我希望我的病永遠不會好哩！」

「看！你又說傻話了。」

他喝了一口牛奶，咬了一口三文治，點點頭說：「味道真好！這簡直是我有生以來最可口的一頓晚餐！」

「別忘了，明天有掛麵，病好以後還會有鷄和蹄膀啊！」

「我還是覺得今天的好，這是個值得紀念的日子，我真想起來寫下我的快樂！啊！對了，我還是叫你宛若吧！我也要問你，在你沒見到我以前，你想像我是個什麼人？」

「我以為你是個和尚或者道士。」她掩著嘴笑了。

「為什麼？」他顯得很懊喪。

「現在還哪裡有人用這種迂腐的筆名的？怪不得王伯伯說你是個舊式的才子了。不過，奇怪得很，我讀了你的文章，就想像出你是個瘦瘦的、憤世嫉俗的中年人。」

「這個中年人也跛腳的嗎？」一抹陰影掠過他的臉。

「山人，我警告你，你以後再說這一類的話，我就不再理你，聽見了沒有？」她假裝生氣的說。

「宛若，你不知道我有多麼恨我自己的腿！我以為我這一輩子不會有朋友的了。」他又恢復了她第一次見到他時那副嚴肅而驕矜的臉孔。

「你為什麼要對自己的一點點缺憾這樣不能忘懷？這就是你當日冷若冰霜拒人千里的原因？你把自己當作拜崙不就行了嗎？」

「因為我不能忍受別人對我的歧視以及憐憫。」他咬著牙說。

「可是不見得每個人都對你歧視呀！而且，你也無須別人憐憫的，你一樣能夠走路。」

「宛若，你真的不嫌我，願意和我做朋友？」他目光炯炯地望著她。

「否則，今天我為什麼要來？你真是太多心了。」她笑著站了起來。「好了，你今天話說得太多，應該睡了。我也要回去改卷子，明天再來吧！記得吃藥啊！」她走過去在他的肩上按了一按，緩緩地離開了小樓。

街上，撲過來一股濃濃的春天氣息，還夾著桃花香。

啊！好冰冷的湖水

她從來不曾像現在這樣興奮過，即使去年做新娘的那天也沒有。她像等著過新年的孩子，也像將要起程環遊世界的旅行家。不，簡直像個將要升空的太空人。她的雙頰緋紅，一顆心砰砰的跳著，那即將來臨的旅行該是多麼美妙啊！

在床上打開一個半舊的塑膠旅行袋，旁邊亂七八糟地堆放著衣服、襪子、手帕之類，她沒有旅行經驗，不知該帶一些什麼好，即使是一隻別針、一瓶藥膏這麼小的東西，她也要考慮再三才放進去。

這真是不可思議的事！窮得連一架電風扇都買不起的我們，居然能作日月潭兩天一夜之遊！她斜倚在床欄上，閉目冥想，還深深的呼吸了一下，彷彿她已坐在教師會館的陽台上，面對著日月潭的湖光山色，陣陣清氣已撲進鼻管來似的。

這，全是因為有了那一千元的緣故。一千元，愛國獎券中一個小獎，在別人看來也許算不了什麼；可是啊，在他們眼裡可是一筆小財富，比他辛勞一個月所得還要多！才可笑哪！為了這筆意外之財，他倆還爭吵了一次。

「你把這筆錢交給我支配好不好？」當他去銀行把錢領回來，兩個人討論怎樣去處置時，她愛嬌地向他伸出手。

「當然可以，不過你得先把用途說出來，經我同意才行。」他把她擁到懷裡，輕輕捏著她那小巧玲瓏的鼻子。

「你壞死了！要經你同意那怎能算是給我支配呢？」她搔著他的膈肢窩。他也還搔著，兩個人笑作一團，倒在地板上。

笑夠了，他喘著氣，把她扶起來，兩人依偎著再坐下。

「你要買什麼？先告訴我，我才給你。你知道，獎是我中的啊！」

「說來也真奇怪。你一向不買愛國獎券的，想不到偶然買一次就中了。」

「這叫善有善報呀！我看見那個賣獎券的老婆婆在烈日下踽踽獨行，怪可憐的，就跟她買了一張，下次如果再遇到她，我要跟她買十張。」

「下一次你就沒有那麼多的錢了。」

「為什麼？」

「你以為你中了一千塊就可以闊氣那麼久？對不起，你錯了，你的一千塊錢馬上就要報銷啦！」

「你要買什麼？快說嘛！」他又捏住她的鼻子。

她推開他的手，一個字一個字的說：「腳─踏─車。」

「傻丫頭，你要腳踏車做什麼？菜場不是挺近的嗎？」

「不是我要，是給你騎的。」

「我不要，我那部還好好的。」

「算了吧！還好好的？你那部老爺車從上中學起就騎到現在，算算多少年了？六年、四年，一年、又半年，十一年半了，又破又舊看起來多寒酸！我要買一部新的給你。」

「我不要！我要給你買部電風扇，買個自動電鍋，買件漂亮的衣服，買雙白高跟鞋，還要──我們去看一場電影，買樓上特別座，看完了去吃小館子。」他扳著手指，一一計算著。

她掩著小嘴，笑彎了腰。「我的書呆子，你的一千塊錢用途真大呀！」

「有什麼好笑？我明天就去買，不夠時我就借薪水。」

「你敢？你買回來我就把它們通通摔破撕破。」

「諒你也不敢，你真的忍心毀掉一千塊錢嗎？」

「說不定啊！假如你不聽我的話。」她歪著頭，右手的食指點在腮上，左手托著右肘，裝出生氣的姿勢。但是，很快的，又轉換了語氣，央著他說：「你答應我好不好？我從來沒有要求過你什麼，這是頭一次。」

「不行，我不能獨享這筆獎金。」他搖著頭，一綹頭髮垂到額上，使他的臉容顯出了幾分稚氣。

「那麼，你買腳踏車，我買一件幾十塊錢的衣料好了」

他繼續搖頭。沒有回答她。半晌，他忽然搖撼著她的雙肩，大聲說：「我有了一個好主意了，我有了一個好主意了！」

說完了，他站起來在她面前跳了幾下舞步，嘴裡還哼著歌。

「你瘋了？到底是什麼主意，快點告訴我！」她急急地問。

他走過去吻了她紅潤的面頰一下，說：「我們到日月潭去補渡蜜月。這半年來，我老覺得對你不起，結婚時，我籌備不出起碼的儀式，結婚後又要你跟我過著窮日子，現在，我要趁這個機會給你補償一下，雖然說，去作一次旅行算不了什麼。」

她圓圓的眼睛中溢滿清淚，她只好竭力睜開眼瞼。避免淚珠滾落下來。她不知道這淚水上所包含的是感激，是難過，還是興奮？他真是個體貼的丈夫，我們的婚禮真太寒傖，我也該出去走走了，自從騙到了畢業文憑而又俘虜了一個丈夫後，就一直在家中蟄伏了半年之久。

他的確是個好丈夫！雖則他太窮，也沒有什麼本領，除了教書，只會寫些沒有人看得懂的現代詩；雖則女同學們都為她的「早婚」而惋惜；雖則她為了他而失去了一份即將到手的金飯碗工作；然而，她始終死心塌地地愛他，她愛他率真而任性的性格，也愛他那稚氣而灑脫的外表。

他真是任性得可愛！那一天，他們在街上散步到午夜，談得很投機，兩顆心似已融化在一起。可咒詛的分離啊！公共汽車收班了，他們的經濟能力又不允許他們叫三輪車或計程車。時間已晚，他必須先送她回到中和鄉下親戚的家，然後再步行回到他的學校。他是壯碩的，他可以走很多的路，可是，沒有她在身旁，他是多麼的孤寂與疲乏啊！拖著沉重遲緩的步子，他哀傷地獨自在黑夜中靜寂無人的街道中走著，他覺得：這正像他的人生之途。

第二天一大清早他又去找她，沒有說什麼，他引著她走到法院去。在法院門前那巍峨的石階上，她走不動了，嬌喘微微地挽著他粗大的胳臂不肯往上走。

「上去做什麼嘛？在這裡坐坐不也挺舒服嗎？」也許她已經知道了他的用意，也許她還不明白，總之，她當時是這樣說。

「我們結婚去！」他挽著她繼續往前走。

「你瘋了？事前一點準備也沒有，而且我也還沒有答應你呀！」她站定了，一雙又黑又亮的大眼睛緊緊地盯著他，那裡面發射出一種奇異的光芒。

「我的傻丫頭，我知道你一定會答應我的。我不能再等下去了，再等下去我就真會發瘋。我不要準備什麼，假如你不怕委屈，就住到我的宿舍裡來吧！」他用力圍住她的細腰，眼中似要射出火來，要不是在大街上，他就要吻她了。

她嬌羞地低著頭，小聲說：「這樣做，人家會笑我們呀！」

「結婚是我們的事，管他人作什麼？來吧！」他半拉半擁地終於把她扶上石階的頂端。

就這樣他們取得了合法的婚姻關係，法院中的兩名工友臨時被拉來做他們結婚證書上的介紹人。

從法院出來，她主張到小館子去慶祝，他卻非要她先去把行李搬到他的宿舍不可。對於他孩子氣的執拗，她一向都順從著的，因為她覺得這也是一種享受。

她所寄住的那家親戚和她並無深厚關係，對他們這種瘋狂似的舉動，只作了幾句禮貌上的祝賀和客套，她就搬了出來。

他要把新娘帶進宿舍可就不那麼輕易了，雖然他們的結婚經過了正式手續，可是，沒有宴客，沒有登報，又怎能讓每一個人知道呢？當他帶著她和行李搬進他那間只有三疊大小的房間時，好多同事都圍過來看熱鬧，他費了一番唇舌向他們解釋，同事們卻鬧著要他請喝喜酒。

「就是沒有錢我們才這樣做的嘛！」他攤開雙手苦笑著說。

「不行，有這樣美麗的新娘子都不事先通知我們，該罰！該罰！」有人這樣喊著。

「對！該罰！」大家應和著。

「老兄，包涵點嘛！等我們有錢時再補請。」他簡直是在哀求了。

「喂！你們大家識相點，人家新婚燕爾，小倆口要親熱哪！你們儘擠在這裡幹嗎？」正在鬧得難解難分時，有誰這樣說了一句，然後連推帶擁地把那幾個「好事之徒」通通趕走。

他和她相視笑了笑，把門關了起來。興奮加上疲累使他們忘了中飯還沒有吃，倒在那衣服襪子到處狼藉的榻榻米上，一睡就是半天。

也不知是什麼時候了，有人在外面用力敲門。「開門呀！客人來了。」

他揉著惺忪睡眼起來開了門。門外站著一堆人，每個人手裡都捧著食物和食具。

他愣愣地看著他們。

「把榻榻米上的東西收拾好，鋪上幾張報紙。別發呆，這是我們的一點小意思，給你們兩位祝賀祝賀。」

大家手忙腳亂地把吃的東西擺起來，就盤膝在榻榻米上圍坐著，連新郎新娘一共是八個人，已沒有轉身的餘地了。食物很豐盛，有鷄有肉，還有酒、水果和麵包，大家無拘無束地痛飲著，用手撕食。這在他們的眼中看來，比在大飯店中吃一頓盛筵還要舒服，還要痛快。

他和她感激得滿眶熱淚。尤其是她，這些人的熱情。使她忘記了幾個鐘頭以前的尷尬。

從此，這三疊大的小天地成了他們的愛巢。只有一張小書桌，往往，他在這小書桌的另一頭批改學生的作業，她就在另一頭用煤油爐燒飯。生活是苦澀的，但他們的愛情卻甜蜜無比。

不久，他們換到了現在住的房間，比以前的大了一些，可以放一張床，還有另外一小間燒飯。在起居上說，他們是舒服了不少，可惜的是，她一直找不到工作，本來有份銀行的工作需要人，她卻因為已婚而失去了資格。

「我不在乎你去工作幫補家用。假使你不嫌現在的生活太窮，也不覺得讀了大學呆在家裡燒飯是件可惜的事，我倒寧願你留在家裡，我喜歡一回家就看到你美麗的臉孔。」他常常這樣對她說，一面說就一面捧起她的臉來香。

「你知道我也是寧願呆在家裡的。我有懶根，很喜歡睡懶覺，吃飽了就躺在床上看小說，在家裡不必打扮，隨便穿什麼都行，多愜意！不過，我覺得你太苦了，我只想分去你一些負擔。」

「我明白你的好心，可是，假如我只要你的人而不要你的『經援』呢！」他把臉湊了上來。

「討厭！」她順勢倒在他的懷裡。

「這小倆口，如膠似漆的，真叫人羨慕！」這是他的同事們對他們的評語。

她眼中熱淚未乾，現在又笑起來了。她抬頭望著牆上掛著的一張照片。兩人頭並著頭，都笑得那麼甜，都那麼年輕，那麼天真純潔，看到的人誰不誇獎他們是璧人一對！

現在他該已到了車站了吧？可別買不到票啊！買不到該多掃興！好不容易中了一千塊錢，又好不容易湊上明天是星期六，否則，真是別想去得成。她又在閉目冥想了；聽說日月潭的教師會館建築得很堂皇，收費卻很公道；要是一千元用不完，那麼回來後我一定要給他買件香港衫，買那種不要燙的什麼龍的。他穿得實在太寒酸了。我不能讓學生們瞧他不起啊！

她把一本日記本放進旅行袋然後又拿了出來。這是我們愛情生活忠實的紀錄，我每天都要寫上一兩頁的，好像應該隨身帶著。不過，它太笨重了，攜帶不太方便，而且，我們的目的是去玩，也恐怕沒有時間去寫吧！

衣服、襪子、手帕、盥洗用具……一件一件的漸漸整理就緒，床上七橫八豎的東西沒有了，旅行袋卻膨脹了起來。

她看了看腕錶，是該做晚飯的時間了，他大概也快要回來。今晚我們得早點吃飯，早點休息，明天得趕早起來啊！

她走進那間小小的僅容一個人站立的廚房，熟練地點著煤油爐，淘米下鍋。今天她稍稍加了點菜——一隻冰糖肘子，是他最愛吃的，中午他們吃了一半，剩下的一半此刻還整整齊齊的躺在盤子裡，油亮亮香噴噴的誘發著人的食慾，她不由得伸手拈起一小塊放進嘴裡。

咦！怎麼這樣久還不回來？飯菜都已準備好了，天色已暗下來了呀！難道車票這樣難買？或者有什麼事情耽擱了？是路上遇到了熟人，還是又發什麼瘋忽然間去了別的地方？

距離他應該回家的時間已超過一個鐘頭，她獨自坐在黑暗中開始感到不安。又半個鐘頭過去了，她變得坐也不是，立也不是，一下又一下的走到窗前去看望。不會出了岔子吧？她突然心驚肉跳起來。

別去想那些不祥的事，她用手背擦掉即將流出來的眼淚，又對自己裝了一個寬心的微笑。

一定是在路上碰到了什麼人，被拉進小館子吃飯去了。她坐了下來，盛了半碗飯，才扒進一口，就覺得喉頭被梗住；夾了一塊冰糖肘子，吃到嘴裡竟覺得是苦的。

正在這個時候，門外響起了一陣急促的敲門聲，她嚇得差點把手中的飯碗打翻了。她踉踉蹌蹌地跑過去開門，外面站著一個警察。

她感到一陣心悸，幾乎倒了下去。

「你就是李太太吧？李先生剛才被車子撞傷了。現在被送到台大醫院，請你馬上就去。」警察說完就去了。她呆呆地站在門口，心悸和暈眩繼續擴大，可是，她的感覺是麻木的。過了幾分鐘，她方才意識到是怎麼一回事，然後就像瘋了似的，門也沒有關，穿著拖鞋，就衝了出去。

從三輪車上跳下來，她像個短跑健將般又衝進了急診室。接觸到她眼簾上的是白色的燈、白色的牆、白色的床，此外還有一個白衣的護士。

她全身發抖，失神地站在門口，一句話也說不出來。

「您是李太太吧？對不起得很，李先生剛在幾分鐘以前被抬到太平間去了。」護士小姐走過來對她說，一面好心地扶著她，怕她暈倒。

「你說什麼？」她茫然地問。

「我先給你看一樣東西。」護士扶著她走出門口，又扶她坐在長椅上，然後指著門側一堆彎彎曲曲的廢鐵說：「你的先生受傷很重，大腦受震盪、心臟休克、還有腸出血，據說是他自己騎著腳踏車撞到那部貨車輪下的。你看，他的腳踏車也被撞成這個樣子，何況人？」

「你說這是他的腳踏車？」她幽幽地問。

「是呀！是那個貨車司機送李先生來的時候一起帶來的。」

「我本來就說要買一部新腳踏車給他的呀！你說，他為什麼一定要去日月潭呢？」她忽然狂笑起來。那格格格的笑聲在空洞的醫院走廊中顯得特別響亮刺耳，把那護士嚇得手足無措。

幾分鐘以後，她又哭起來了：「他呢？他在哪裡，讓我去看看他。」

「好，李太太，我帶您去。」護士小姐扶她站起來，領著她走向太平間。

那扇死亡之門被打開了，裡面衝出來一股怪味，令人欲嘔。當她一眼看到長桌子上那具完全被白布覆蓋著的屍體時，先是牙齒相擊，雙膝發抖，然後就搖搖晃晃的倒了下去。

悠悠忽忽地，好像看見他在遠處向她招手。他的孩兒臉無邪地笑著，一綹頭髮垂落在前額上，看來還像個中學生。她浮游過去，像在游水，也像在飛騰。怎麼老是走不到他身邊呀？啊！他站得好高，是在法院門前那巍峨的石階的頂點。啊！不。他為什麼站在湖水裡呀？她全身顫抖著，日月潭的水好涼。這不是游泳的季節吧？水怎麼這樣冷？一隻疾駛著的小汽艇向他直衝過去，他忽然不見了。她想叫，可又叫不出聲，她失去了知覺，像浸在日月潭冰冷的湖水中。

牆頭小草

馬千里才踏進教室的門坎，學生們就亂七八糟的嚷著說：「馬老師，你看過今天的報紙沒有？」

馬千里走到講台前站住，平舉兩手，意思是叫他們靜下來，然後微笑著問：「報紙我當然看過，有什麼特別的事嗎？」

「××日報的副刊看過了沒有？」學生們又是七嘴八舌的問。

「瀏覽了一遍。」他揚起了眉毛又問：「怎麼樣？是不是上面有你們的大作？」

學生們嘻嘻地笑著：「要是有我們的文章就好了，編輯先生才不會看上我們的作品哩！」

「到底是怎麼一回事？」他皺著眉頭問。

「老師有沒有看那篇叫做『寂寞的心』的散文？」

「『寂寞的心』？我好像沒有留意到。誰寫的？」

「何老師寫的。」

「何老師？」他一時想不起何老師是什麼人。

「何其芳老師，就是高二甲的導師嘛！」

「哦！想起來了。原來何老師還是位作家！」他眼前浮現出一張清癯白皙的臉，眼鏡片後的兩扇靈魂之窗老是咄咄逼人，薄薄的嘴唇似乎永遠不曾抹過世俗的口紅，服裝也老是隨隨便便的。那副懶散而冷漠的神情，跟她的年齡很不相配。不過，她也不年輕了，馬千里這樣想。二十八九總有了吧？她已有一點點老處女脾氣了呀！想到了她居然在報上發表「寂寞的心」，他不禁暗暗覺得好笑。

「人家還是位很有名的女作家哪！老師怎會不知道的？」

「真的嗎？我還不知道哩！她用的筆名是什麼？」他頗感興趣地問。

「寒冰。又寒冷又冰凍，足以把一顆火熱的心凍結起來。」一個調皮的學生這樣介紹了何其芳的筆名，說完了還伸了伸舌頭。

「你們不可以在背地隨便批評老師！」馬千里想笑又不便笑，他只好板著臉說。「我們現在講課文，把英語課本拿出來。」

「何老師那篇文章真好，馬老師一定要看看啊！」

「『寂寞的心』簡直是徵婚啟事，馬老師不要錯過機會啊！」

「何老師是我們學校的冰山美人！老師有勇氣去碰冰山嗎？」

學生們還在鬧個不停，說話也漸漸的放肆起來。馬千里生氣了，他大喝一聲說：「你們鬧夠了沒有？誰還要鬧的，我就請他出去。」

這一課上得真不帶勁。學生們一直在噥噥唧唧地嗡嗡低語，馬千里也老是被「寂寞的心」和「冰山美人」這兩句話騷擾著，沒有辦法集中精神講授。好不容易熬到下課鈴響了，在學生們的喧鬧聲中，他拔腳就離開了教室。

一走進教務室，他的眼光就往何其芳的座位搜索。座位是空著的，她還沒有來。其他的座位也大多空著，他才意識到自己到得特別早，他幾乎是用跑步從教室跑來的呀！他的眼光又落在報架上，「寂寞的心」到底寫些什麼呢？我得好好研究一番。他把××日報從架上取下，拿到自己的座位上，打開副刊，微微有點心跳地找到了他所想看的文章。「寂寞的心」登在一個不太顯著的地位，大約有一千字左右，是個小專欄，他才讀了開頭兩句，同事們已陸續到來，有很多人從他的身邊經過，他怕人看見他在讀這篇文章，就把副刊那版翻了過去，假裝在看文教版。

當他再抬起頭來時，他看到了何其芳，她正從門外走進來，頭昂得高高的，目不斜視，臂彎中挾著一大疊簿子。馬千里想：她今天發表了一篇文章，同事們應該讚美或者捧場兩句才對呀！為什麼沒有一個人開口？甚至沒有一個人看她一眼呢？他覺得很奇怪，可是他也不能開口，因為他是新來的人，跟她不熟；最重要的是，他還沒有看過那篇文章。

也許由於她的頭昂得太高，也許由於桌椅擺得太靠近，路不好走的關係，何其芳走到馬千里的座位前面時，不小心踢到了一隻椅子的腳，她的腳痛了，腰一彎，手一鬆，挾著的簿子全部散落在地上。她哭喪著臉蹲下身體去撿，他也蹲下去幫她撿，當他把撿起來的簿子交還給她時，她看也沒有看他一眼，只是冷冷地說了聲：「謝謝！」

馬千里用報紙遮著面，向自己作了個鬼臉，在心裡說：「好驕傲的傢伙！完全是老處女脾氣！寂寞嗎？活該！」

下了課，他特地去買一份××日報，回到宿舍裡，他關起房門，細細閱讀那個「驕傲的老處女」所寫的「寂寞的心」。

「……寂寞的況味對我並不陌生，從小，我就在孤寂的環境中生活著。我記得：當我只有四歲的時候，媽媽每天去上班，就把我鎖在屋子裡，替我準備好食物、飲水和玩具，叫我乖乖地在家等她回來。在那些日子裡，我往往是把洋娃娃當作我的伴侶，我抱著她坐在窗前看街景，看圖畫書，跟她一起扮家家酒，和她分吃點心，跟她說傻話；然後，媽媽回來時，總是發現我緊抱著洋娃娃蜷伏在椅子上睡著，眼中還有淚痕。那時。我並不懂得什麼叫寂寞。我只知道孤獨得很難受，洋娃娃為什麼不會說話呢？媽媽又為什麼要去上班呢？

……

如今，我覺得我簡直變成了迷失在沙漠中的旅人了，四顧茫茫都是無垠的黃沙，不知此身將歸於何處。……我的心像牆頭一棵孤獨的小草，渴望著友情的滋潤。但是，在這個花花世界中，又有誰會去注意一棵小草呢？……

每次讀到哥德那首『寂寞的心』：『……只有寂寞的心知道我的憂傷，孤獨遠離快樂和歡暢；我的意志消沉，燃燒著的火吞沒了我……』，我就想哭。我和他『蕭條異代不同時』，地域各處東西，他為什麼能夠寫出了我的心境呢？」

馬千里把報紙摺疊起來，心頭感到一股說不出的悵惘。何其芳的文筆的確不錯，起碼，她的文章已引起了讀者的同情。原來她小時那麼不幸，說不定那樣才影響到她的心理不正常，所以變成今日這樣孤僻的。不過，她到底也耐不住寂寞，也發出求友的呼聲了。難道她真的沒有朋友嗎？多奇怪啊！這麼一個滿腹才華而又長得並不難看的年輕女人！

一向不怎麼關懷文藝作品的馬千里忽然注意起報紙副刊和文藝刊物來，只要有「寒冰」的文章他都要細讀。她那帶著淡淡哀愁的小說和散文，不止一次地引起了他的共鳴，本來樂天的他，不知何時開始也感染了憂鬱的色素。

他有著想和她交談的衝動。他們雖然已經共事了快三個月，可是，他們的交情只限於見面時點頭微笑，幾乎連一句話也沒有講過。走路時她的頭老是昂得高高的，在辦公廳裡卻老是埋頭在趕改卷子，誰也不理。望著她那嚴得像大理石像的側影，他不禁恨恨地想：擺什麼臭架子啊？作家又有什麼了不起？

有一次他從教室下課出來，她也挾著書從另外一間教室走出。當他們相遇了，她幾乎是沒有經過考慮就急急地問他說：「馬老師，請你告訴我康乃馨這個字的英文怎麼拼好嗎？」一面說著，她睜大眼睛向四周張望，看見沒學生在旁，又壓低聲音說：「真要命！學生們什麼都要問，我的英文根底不好，他們一問便把我難倒，我只好說忘了，回去查過字典再告訴他們，其實我真的不懂啊！」說話的時候，她的眼睛在眼鏡後面一眨一眨地，表情很天真，跟她平日那種冷若冰霜的樣子完全不同。

馬千里很有興趣的微笑地聽著，等她說完了，他把康乃聲這個字的拼法和讀音告訴了她，又笑著說：「下次學生問到你關於英文方面的智識時，你可以說：『這是英文老師的事，你們去問英文老師吧！』不就可以省卻許多麻煩了嗎？」

「現在的學生精明得很，假如我這樣說，他們就知道我不懂了。怎麼樣？你的學生也曾經和你討論過英文以外的事情嗎？」她仰起頭看著他說。

他想了一想，低頭注視著她的臉說：「有的。有一次他們和我談到你的文章。」

「什麼？我的文章？」她的兩頰立刻變成緋紅。

「是的，他們告訴我你是一位名作家，我還是你忠實的讀者哩！」

「得了，別挖苦我吧！他們談到的是我哪一篇文章？」她的臉更紅了。

這時，他們已走到教務室的門口，他正想回答她時，她卻悄聲的說：「不要再講下去。」說完了，她又仰著頭，板著臉，像每一次一樣，誰也不理的昂然走了進去。彷彿不曾和他說過話，也彷彿根本就不認識他。

他愣愣地站在教務室的門口，癡癡地望著她那瘦伶伶的背影。不明白她為什麼突然不想講下去。是不願意別的同事看到他和她在一起呢？還是不願意在大家的面前談論她自己的文章？過了很久，他都沒有機會再和她交談；有很多次，他都想向她開口，然而，一看到她那滿佈著嚴霜的臉，他就失去勇氣。直到有一次，她走到他座位面前再度執經問難：「真要命！學生又要考我了。馬老師，哀的美敦書這個字又是怎樣拼的？」

馬千里告訴了她，然後笑著說：「你的運氣不好，怎麼課文裡老是有著音譯的外國名辭呢？」

「可不是嗎？現在當國文老師的，對英文可真也不能一竅不通哩！」她也微微一笑，雖然那僅是矜持地抿一抿嘴，但是臉上的嚴霜已經解凍了。

「說一竅不通未免太謙虛了吧？要是談到文藝方面，又輪到我一竅不通了。」他把話題引開去。

教務室中有幾個同事開始在注視著他們。她收斂了淡淡的笑容，說：「謝謝你，馬老師。」

「何老師，」他把音量縮小了一點。「有一個問題我還沒有回答你哩！」

「有機會再說吧！」她很小聲的說。說完了就走開。

他又在報上看到寒冰一篇題目叫做「夜思」的散文，裡面有幾句這樣寫著：「……夜，是幸福的人安息的搖籃，他們在那裡面可以尋找到甜美的夢；但是，對我這一類孤寂的人而言，夜卻是一個黑暗的牢籠，我像個坐在冰冷的水泥地上的囚徒，眼睜睜地等候黎明之神用金光燦爛的鑰匙來把牢門打開。……」

他忍不住噙著滿眶熱淚給她寫信：

「何老師：請恕我不得不寫信給你，在學校裡沒有談話的地方，我又不敢冒昧到你的宿舍裡去，而我卻有很多話非向你就出來不可。

自從學生們介紹了你的大作『寂寞的心』以後，我就變成了寒冰小姐的忠實讀者。從你的作品中，我發現你有著多愁善感的性格。為什麼呢？難道小時被鎖在家裡等候媽媽下班的那一段經驗竟會給你這樣深的影響嗎？今天，我又讀到你的『夜思』，不瞞你說，我是噙著淚讀完它的。何老師，你對人生的看法太悲觀了，（請恕我交淺言深）年輕人應該有接受環境挑戰的勇氣才對。

假如你需要友情的話，我正在這裡向你伸出溫暖的手。你願意接受我一頓晚飯的邀請嗎？假使你同意，請你在今天下午六點在公共汽車站等我，我們進城去吃頓小館子，也許你可把胸

中抑悶向你的忠實讀者傾吐傾吐。敬祝

教安

馬千里敬上」

寫好了，他把信細讀了兩遍，裝在信封內，然後在到學校去的時候放在校門口的信架內。放下了信，他像了卻一樁心事，但是也像做了一樁錯事，心裡一直忐忑不寧。他不敢到教務室去，為的是怕看到她。他走到操場上看學生們打籃球等候上課，下了課又到圖書館裡去消磨。他想幸虧今天只有兩節課，否則真不知道怎樣去渡過那些休息的時間啊！

下午他躲在宿舍內睡覺，改卷子，看書。無論他在做什麼，心裡老是有著一個她。她看了信會生氣嗎？一想到她那凜然不可侵犯的臉，他不覺有點害怕。也許不會吧！她是那樣的孤零寂寞，怎會拒絕一顆真摯的心呢？她對我的態度也還不壞呀！那麼，她會赴約嗎？見了面我又該說些什麼好呢？啊！不要想得這樣樂觀吧！萬一她一生氣不來，我以後怎樣再和她見面呢？我真是太魯莽從事。

一個下午他都在胡思亂想，愈想愈慌，愈想愈煩，同時又覺得日長如年。好不容易捱到了五點五十分，他虛弱無力地走到了車站。學生們都已放學了，車站上只有疏落的三五個候車的人。晚秋的風微有涼意，他縮著頸，雙手插在褲子的口袋中，突然有著寒冰文章中所經常透露出來的落寞之感。他想：我和她不應同病相憐嗎？她寂寞無依，我又何嘗不是孑然一身；所不同的，她是個善感的女性，而我是個一切都無所謂的男人而已。

六點正，六點五分，六點十分，車了開出了兩三班，她還是毫無蹤影。此刻，他反而心境泰然，不似下午那樣的焦躁不安了。不來也好，省得我侷促不安，再等五分鐘，假如她不來，我就要獨個兒享受這個晚上，好好吃一頓，再去看一場電影，不也挺寫意嗎？我不怕面對她了，我完全是一番好意向她伸出友誼之手，要是她竟因此而誤會，嫌我唐突，那麼她真是活該寂寞一輩子！

馬路對面有一個細小的身影正向車站這邊走來，天色已入黑，他看不清她的臉，不過，他覺得很像是何其芳。當他看清楚了她的確是他所等候著的人兒而心在狂跳時，她已怯生生地站在他的面前了。

「馬老師，對不起，我來遲了。」她的聲音出奇的溫柔：「我考慮了很久才決定來的。」她還是穿著上課時穿著的普通衣裙，頭俯得低低的。

「這也不算遲。何老師，只要你肯來，就是我的光榮。」他有點難為情地回答。說完了這句話，他想不出話來了。兩個人僵在那裡，氣氛十分尷尬。幸而公共汽車及時開到，他輕輕扶住她的手肘說：「何老師，我們上車吧！」

兩個人上了車，保持著一段距離的坐著，一路上沒有說一句話，她也不問他往哪裡去。他們在中山堂下了車，他問：「何老師，你喜歡吃什麼地方的口味？」

「我無所謂，隨便都可以。」她說。

「請不要客氣，主隨客便，做主人的必須尊重客人的意見啊！」他說。

「我真的沒有意見，你說去哪裡我們就去哪裡。」

「那麼去哪裡好呢？」他抓耳搔腮地說，因為他事前的確並沒有計劃好。過了半天，他忽然叫著：「有了，有了，那邊有一家四川館，相當清靜，我以前跟朋友去過的。」

他引她走到電影街的一條橫馬路，找到了那家小小而看來很乾淨的四川館。樓上，除了他們兩個，只有另外一對男女。他們在靠窗口的座位坐下，他說：「四川菜你吃得來嗎？」

「怎麼又問了，我不是說過無所謂嗎？」她抿著嘴笑了笑，好像在笑他嚕嗦。

「我是怕你吃不來太辣的味道呀！」他不好意思地說。

「叫他們少放點辣椒也好。」

「那就乾脆免紅好了，吃得太辣會上火。」他體貼地說。

他們隨意點了幾個菜，起初是很拘束的互相禮讓著，慢慢的也就隨便起來。也許是因為室內氣溫高和川菜的辣味的關係，何其芳的臉上升起了兩道紅暈，她看來年輕了，眼神也柔和了，加上她微微的嬌羞和適度的矜持，使得她整個人煥發出一種內蘊的魅力和不流於俗的韻味。馬千里瞥了瞥鄰座那個梳著鳥巢髮型、畫著眼邊、濃塗脂粉的女人，心中暗暗有著得意之感。

「何老師府上是哪裡？我們雖然同事了幾個月，我還不知道哩！」出來半天了，還沒有機會讓她向她的忠實讀者傾吐，馬千里此刻覺得有責任為她製造說話的時機。

「我是浙江餘姚人。馬老師呢？」

「真是地靈人傑，我看何老師就像一位江南的閨秀，而我卻是個關東大漢，遼寧人啊！」馬千里說完了就哈哈的自己笑了起來。

她也掩嘴笑著。「你倒不像關東大漢，我起初還以為你也是我們江浙一帶的人哩！」

「你眼力很夠，我本來就是生長在上海的嘛！」

「真的嗎？我也是一直住在上海的哩！」她驚喜地說。「你以前住在上海的什麼地方？」

「我們住在公共租界。你呢？」

「我也是。你住在哪一條路？」她更加驚喜了。

「極司非而路。」

「那我們還是鄰居哩！我們住在愚園路，離你們那邊很近啊！」

「可惜我那時不認識你。」他裝做很懊喪的樣子。

她忍著笑問：「你在上海唸哪間學校？」

他把他在上海上過的幼稚園、小學和初中的校名都說了出來，然後又說：「高中我是到台灣上的，然後又考上了台大的外文系。」說完了，他揚起一邊眉毛，等候她介紹她自己。

「我上的學校和你的完全不同，不過，時期倒完全一樣，我也是到了這邊才上高中，然後我在師大唸教育系。」說完了，她沒頭沒腦的又說：「我以為你會比我小一點，想不到我們倒是同期的。」

他沒有回答她這句話，逕自又問：「何老師常常在文章中提到了令堂，她老人家現在也在台灣嗎？」

「母親早已去世了。」她的面容突然黯淡起來。

「對不起！」他感到很窘，覺得似乎不應該再問下去。

「也沒有關係，你不是約我出來要我傾吐一番的嗎？假使我不想講，我也不會來了。」她抬起了頭，眼睛裡露出了悽惻的神色。

「何老師，你不一定要講的。我只是從你的文章中知道了你很寂寞。想站在朋友的立場上分擔你的寂寞而已。」他望著她誠懇地說。

「馬老師，我很感激你。可是，我怎能把我的寂寞分給一個陌生的朋友呢？」她說。他看見有淚光在她的眼鏡片後面閃爍。

「陌生的朋友？何老師，你把我當做一個陌生的朋友？」他幾乎是憤怒地叫了起來。「我們雖然沒有交談過幾次，然而，我讀過你所有的文章，我對你的內心知道得清清楚楚的呀！」

「也許你說得很對，但是事實上我們是陌生的。算算看這是我們第幾次交談？」她的聲音也提高了許多，以至鄰座的那對男女都詫異地望著她。她察覺了，換過平靜的聲調又說：「我是個古怪的女人、孤僻的女人，不會有朋友的。馬老師，你不相信，問問別的同事看。」

「假使我不怕你古怪和孤僻呢？」他同情地望著她。

「你現在還沒有看清楚我，慢慢地你會討厭我的。」忽然間她又板起了臉，恢復了那種神聖不可侵犯的樣子。

「何老師，趁著菜還沒有完全冷卻，讓我們來趕快消滅它吧！」馬十里轉換了話題，有意要把空氣弄得輕鬆一點。

吃了幾口菜，他又說：「你猜學生們給你取了一個什麼外號？」

「什麼？我有外號？」她吃驚地問。

「嗯！你猜猜看。」

「好，我猜。是不是母老虎、母夜叉、老——」她忽地咬住了嘴唇說：「我不要猜了，你說出來吧！」她的眼睛睜得大大的，面色蒼白得像一張紙。

「何老師，不用慌。」他微笑著安慰她：「你的外號並不像你所想的那麼壞，學生們在背後管你叫冰山美人。」

「冰山美人？什麼意思嘛？」她的臉突然脹得通紅。

「當然是說妳豔如桃李、冷若冰霜的意思哪！」

「真可惡，那些學生簡直不像話！我明天要找出那個無聊的學生好好罰他一下！」她的臉又板起來了。

「何老師，那何苦呢？這外號並無惡意，你若是小題大做的去罰他們，反而會鬧出笑話。」是他自己闖出來的禍，馬千里不禁有著禍從口出的感覺。

「馬老師，這是我私人的事，我想我知道應該怎樣去處理。謝謝你的晚餐，也謝謝你把學生的惡作劇告訴我。」何其芳說著就站了起來，挽起手提包，頭也不回的走下樓去。

馬千里望著她的背影，暗暗搖頭嘆息。她真的已經有點老處女的脾氣了。

馬千里天天擔心何其芳會真的去處罰學生，為她自己製造笑話，還好這件事始終沒有發生，不過已害得他捏一把汗了。自從那次吃過飯以後，何其芳和他的感情並沒有增進，她依然故我，誰也不理，甚至也沒有再向他請教英文。他暗暗留心一下副刊和雜誌，似乎她的作品也絕跡了，為什麼呢？他又留心一下她的樣子，他發現她消瘦了，本來就清癯的臉變得更尖削，也蒼白得更驚人，儘管她走路時還是昂著頭，挺著胸，但是她的步子已缺乏了以前那種自信而變得軟弱無力。

他憐惜地自問：是什麼原因使得她起了這種變化呢？是他自己嗎？同吃一頓晚飯會有這樣大的影響力嗎？然後他又霍然而驚：我為什麼對她這樣關心啊？又為什麼一節下課看不到她就忽忽如有所失呢？這時，他才發現，自己也消瘦了，憔悴了；偶然對鏡，那雙失神的眼睛和凹下去的雙頰簡直要叫他吃驚。

像懨懨生病似的捱過了半個月，一個星期六的早上他忽然像垂斃的病人迴光返照般產生出一股新的力量。他寫了一封信給她，仍然放在信架上，約她第二天同去郊遊。

她在他的預期中出現在公路局的車站。當他們見面時，竟有著一對久別的戀人的心境，他有著想擁抱她的衝動，而她在私心中也真想倒在他懷中痛哭一場。不過，在事實上，他們只是默默地互相注視著，他向她露出一個悽惻的笑容，她卻是羞怯地微笑著。

他和她坐了一部開往近郊的公路車。他們不是觀光客，目的也不在遊山玩水，他們不要去那些有名的風景區去和別人擠，只要有一處清幽的地方讓他們談談心就滿足了。在一個小鎮的郊外，他們攀上了一座小山。小山長滿了葱蘢的草木，寂靜無人。在可以俯瞰整個小鎮的山巔上，他們找到了一塊有樹蔭遮蔽的大石頭，併肩坐下。

才坐下，一口氣還沒有喘定，他忽然就用低沉的聲音說：「其芳，我問你？我有什麼地方得罪了你？你為什麼不理我？還躲著我？」

她吃驚地轉過頭來，睜大眼睛張著口，說不出話來。

「我要你回答我。」他用手握著她的雙肩，搖撼著。

「我……我不知道。我真的不……不知道。」她吃吃地說，一顆淚珠從眼鏡片後面落在面頰上。

「我有辦法使你知道。」他狠狠地說完了，猛然就把她擁抱入懷裡，給她一個透不過氣的長吻。

起初，她用力的拒抗他；慢慢的，卻像一座冰山融解在他的懷裡，身體因為激動而顫抖著。半天，他才把她放開，卻發現她在哭哩！

「你生我的氣了？」他溫存地問，一面吻去她臉上的淚痕。她搖搖頭，哭得更厲害。

「是不是討厭我？或者覺得我太無禮？」

她又搖搖頭。

「那麼你為什麼要哭呢？說呀！」他發急了，又用手去搖撼她的肩膀。

她拿下眼鏡，一面用手帕擦著眼睛，一面喃喃自語：「我以為所有男人都討厭我，像我討厭所有的男人一樣。」

「你為什麼討厭男人？嗯？」他執起她一隻手撫摩著：「你要知道，假使妳不板起臉孔的話？你是個很可愛的女人哩！」

「媽生前告訴我，男人都不是好東西，她就是被我那寡情的父親慢慢折磨死的。」她又哭起來了。

「啊！我可憐的孩子，你不能以一概全，只因為你父親對你母親不好，就認為普天下的男性都不是好人呀！」他輕輕地擁著她，一面替她拭去眼淚。

「馬老師，你真的喜歡我？」她忽地正色地問。

「你還叫我馬老師？你居然用這樣陌生的稱呼來叫一個吻過你的男人？」他皺著眉說。

「那麼我叫你什麼好呢？」她漲紅著臉，嬌羞地問。

「當然是叫我千里啦！我不是已叫過你的名字了嗎？」

「你還沒有回答我的問題。」她說。

「我要你再問一次才回答你。」

「你好兇！」

「這是我們關東大漢的脾氣。快點問呀！」

「你這個人壞死了。我問你，你真的喜歡我嗎？」

「不行，你沒有稱呼，我不知道你問誰。」

「壞傢伙！」她用拳頭槌著他的大腿。

「千里，你真的喜歡我嗎？」

他又吻了她一下，然後說：「這就是我的答案。」

她閉著眼睛，用手摸著自己的嘴唇，喃喃說道：「我有點懷疑是在做夢，這是真實的嗎？」

「其芳，這是千真萬確的，你睜開眼睛看看，太陽高高在上，而我，卻是緊緊的靠在你身邊。」他把嘴附在她的耳邊，溫柔地說。

她睜開眼睛，抬頭望了他一下，又望了一下眼前的景色，她覺得很奇怪：以前的世界為什麼都沒有今天這樣美好呢？初冬的陽光多麼溫暖！樹木多麼翠綠！山腳下那道小河多麼清澈！而身邊的這個男人又是多麼挺拔呀！

「你在想什麼？」他低頭看著她，柔聲地問。

「我在想：今天是我有生以來最快樂的一天，我不再是牆頭上那棵沒有人注意的小草了。」

小紅

莊大叔站在碼頭上迎接我們。他執著爸爸的雙手熱烈地搖握，黃瘦而油亮的臉上綻滿了笑容，就彷彿多年不曾見面似的，其實他和我們在澳門分開了還不到一個月。

他一面和爸爸握著手，一面禮貌地問媽媽：「師母路上辛苦了吧？」然後，又轉向我和妹妹：「你們兩個氣色看來還不錯哩！好像胖了，也長高了！」

當然不錯囉！是這幾天的水程把我們路上的辛苦都恢復過來了。在那艘木船上，我們一天到晚除了吃就是睡，簡直像養豬一樣，又哪能不胖呢？

我們抿著嘴笑，沒有答話。

莊大叔指揮腳伕，把我們的行李搬上去，爸爸那一箱子洋裝書兩個腳伕都扛不起來。

「瀚哥，這些敢情就是你心愛的書吧？」莊大叔笑著問爸爸。他是爸爸的學生，但他們之間的感情卻親切有如兄弟，而且年齡也不過相差十歲，所以，自從莊大叔離開學校後，就和爸爸以兄弟相稱。

爸爸歪嘴笑笑，眨眨眼，好像怕被腳伕們知道似的。

「可不是嗎？逃難時期，兵荒馬亂的，他還要帶著這箱撈什子書，真是累贅！」腳伕們沒有聽見，媽卻在一旁發起牢騷來了。

「這正是文人本色！師母，您走得動吧？這小地方沒有車子，還好貨倉離這裡很近。幾分鐘就到了。」莊大叔說。

「怎麼走不動啊？這次逃難，我們不是走了兩天半才坐船的麼？」媽媽說著，搶先走在前頭，表示四十歲的她還沒有老。

都城這個地方真蹩腳，平凡得使我們這些初履斯土的人毫無新奇感。窄窄的街道，矮矮的樓房，街上走著的盡是些土裡土氣的鄉下人。妹妹拉著我的手，悄悄地說：「怎麼辦？來到這種鬼地方，還不知要住多久呢！」

「算了吧！既來之，則安之！」我很老氣地安慰她。其實，我還不是對這新環境皺眉頭？所謂貨倉就是莊大叔香港那間南貨行的都城分號。在這種小地方，已算是巍峨的建築物，因為它有三層樓。進門，擺著兩張寫字桌和幾副籐桌椅，大概是辦公和會客的地方；後面，就堆著一層層數不清的木箱和竹筐，整間屋子也充滿著一種不太愉快的氣息。

「住的地方是在樓上，師母、秀蘅、秀芝，樓梯很暗，你們小心走啊！」莊大叔在前面引著我們摸索著走上那座幾乎是隱藏在貨物堆中的木樓梯。

二樓的一半也堆著貨物，另外一半空著，靠窗口的樓板上鋪著幾張蓆子，幾個人坐在那裡。窗口太小，光線很微弱，我們看不清那些臉，不過，我們知道他們是誰。站起來搶著走到我們面前的是莊大嬸，她的圓臉發散著友善的光輝，緊緊地握著媽的手說：「師母，你們終於來了，路上一定累壞，快點坐下來休息。」

坐在蓆子上沒有起來的是莊大叔的母親，我們叫她莊婆婆的。她的嗓門很大，老遠就喊：「老師、師母，我等得你們好苦啊！我天天都唸經求神保佑你們一家子快點平安到達，現在終於到了，真是阿彌陀佛！」

一直站在旁邊沒有說話的是莊大叔的弟弟莊二叔，長得又高又大，但卻有點呆頭呆腦。他母親說：「老二，你怎麼看見人都不招呼？」

於是，他才懶洋洋地叫了一聲：「老師，師母。」

這時，我們注意到他身後站著一個身形很美麗的少女。我想：莫非這傻子結婚了？

莊婆婆說：「夢周，你把小紅介紹給老師、師母吧！」

在不太明亮的光線中，我注意到莊大叔的黃臉微微一紅，「媽，您介紹不是一樣嗎？」

「小紅，你過來。」莊婆婆對那個少女說。

少女走到我們面前來了。她很年輕，看來和我差不多；也很美，有一雙很俏的鳳眼，小鼻子，小嘴巴，瓜子臉，是屬於古典型的；她瘦小的身軀裹在一件質料很好的綢旗袍裡，頭髮也是燙過的，這種裝扮看來與她的年齡不大相稱。

「小紅，這是鄒老師鄒師母，這兩位是他們的小姐。」莊婆婆指著我們與她說。她乖巧地對著爸爸媽媽彎腰：「老師，師母。」然後又對我和妹妹笑了笑，這一笑，露出了一口細小雪白的牙齒。

她到底是誰嘛？我暗暗納悶。

「老師，小紅是夢周在澳門討的，太年輕了，才十八歲，不懂事，師母，以後你多指教她吧！」莊婆婆說。

我和妹妹暗暗互相扯了扯手指。

「媽，我看老師和師母一定累了，現在讓他們去休息，回頭吃晚飯時再談吧！」莊大叔似乎有意要把話題扯開。

「也好，你帶老師他們上去吧！」莊婆婆點點頭。

莊大叔轉過身來對爸爸媽媽說：「三樓此較清靜些，也沒有堆多少貨，我們昨天叫人打掃過了，就委屈你們一下吧！」

我們跟著他又爬了一段樓梯。

三樓，實在只是一個閣樓，而這種閣樓的形狀又是我從未見過的。它像U字形貼著三面牆壁而建，中間一個大缺口，可以把二樓俯覽無遺；而且，樓板又是用一條條木板疏疏地搭成的，簡直是沒遮攔。樓板上鋪著兩副木床板，此外，就沒有其他設備。

莊大叔說了一些客氣話以後就下去了。媽媽打開鋪蓋包，鋪好兩張「床」，愁眉苦臉地躺了下去。爸爸則是靠牆抱膝而坐，閉目養神。

我和妹妹也在另一張「床」躺下。才躺下，妹妹就拉著我的手說：「姊姊，你看！」我們把頭稍稍從枕上抬起來，就可以從樓板的空隙清楚地看到二樓的一切：莊婆婆盤膝坐著，手捻唸珠；莊大嬸在看書；小紅和莊二叔在玩紙牌；莊大叔不在，大概到樓下去了。

「姊姊，小紅到底是什麼人嘛？」妹妹悄聲的問。

「是莊大叔的侍妾，你沒聽莊婆婆說嗎？」

「她好小啊！我看她跟莊二叔倒差不多。」

「莊二叔也太老了，我看他總有三十歲。」

「呃！她為什麼要嫁給莊大叔做小老婆呢？」

「誰知道？」

我們的喁喁細語驚醒了爸爸。他壓低聲音罵我們了：「你們兩個在做什麼？這樣偷窺人家算是道德行為嗎？」

「爸爸，我們沒有偷看，樓板生成這個樣子，我們沒辦法看不見二樓的東西。」妹妹大膽地反駁著。不過，我們的頭都已立刻乖乖地貼在枕上了。

「不管怎樣，不准往下看就是。」

「是，爸爸。」

晚上，我們一家和莊家在二樓席地圍坐，共進晚飯。煤油燈的光線雖很暗淡，但菜餚很豐富。爸爸和莊大叔喝著酒，只顧談話而不吃菜；莊婆婆莊大嬸和媽也談得很多；小紅很沉默，一句話也不說，吃相很秀氣。最使我看不慣的是莊二叔，他不喝酒，也不說話，飯菜倒吃得相當多；他很快便吃完，也不跟大家說一聲，就一溜煙的跑得無影無蹤。

我們睡得很早，可能因為疲累的關係，幾乎是一倒下去便睡著，但是半夜裡我就醒過來了。四周漆黑得伸手不見五指，空氣中瀰漫著一種霉腐的氣味，身體上又處處發癢，我知道那是臭蟲在作祟。我翻來覆去也睡不著，隱隱聽到了隔「床」爸爸媽媽的細語聲。

「臭蟲這樣多，怎能住下去？明天不如搬到旅館去住吧！」是媽媽的聲音。

「算了，逃難時期，能省則省，又不是要住多久，你忍耐忍耐好嗎？」

「忍耐？要忍到什麼時候嘛？」

「不會很久的，等桂林那邊的工作談妥我們就去。」

「唉！桂林又不知是什麼樣子？」

「少發牢騷了，睡吧！」

「我睡不著。」

歇了會兒，我又聽見媽的聲音：

「喂！夢周為什麼忽然間討起侍妾來的？」

「不就是為了淑清不能生育嗎？」

「淑清為什麼答應他這樣做？」

「為什麼不答應？淑清知書識禮，不是那種蠻不講理的女人。」

「哦！那麼不答應丈夫納妾的女人就是蠻不講理哪！」

「少廢話，三更半夜的。」

「小紅是什麼出身？」

「聽說是個琵琶仔。」

「哼！夢周也不是好人，虧他是個大學畢業生，居然嫖賭飲吹樣樣皆精，所以，一年到頭都是臉青唇白的樣子，把身體這樣糟蹋，錢多又有什麼用？」

「你別損人啊！他不是好人，為什麼肯這樣照料我們？」

「好人！好人！你的學生，你的朋友都是好人！」

爸爸沒有回答。這時，我覺得媽真是蠻不講理。

清晨，大家才起床不久，妹妹忽地劈頭劈腦地問，「媽媽，什麼叫琵琶仔？」

媽媽的眼睛瞪得比銅鈴還大；爸爸的剃刀停在半空中；我手中的梳子也差不多摔到地上去。

「你……你……，從哪裡聽來的？」

「我……我……」妹妹期期艾艾地說不出來。

我知道妹妹一定是和我一樣在昨天晚上第一次聽到這個名詞；突然，我變得機智起來：「我們不是聽到的，是在報上看到的。」

「不管是聽到的或是看到的，你們都不要再提這三個字，女孩子家，羞死人了。」媽的臉色蒼白得怕人。

「到底是什麼意思嘛？」妹妹固執地問下去，她的膽子真不小。

「是——，她們是陪客人喝酒的姑娘。好了，不要問下去，知道了嗎？」爸爸皺著眉頭揮著手，一副極不耐煩的樣子。

我和妹妹默然了。我們不明白爸爸媽媽為何這樣緊張；陪客人喝酒的姑娘，就會羞死人？

住在這貨倉中的日子是沉悶的，我和妹妹除了偶然到街上散散步以外，大部份的時間都是躺在我們的「床」上看小說。爸爸總是在樓下和莊大叔以及他的夥計們聊天，媽媽則多和莊婆婆及莊大嬸作伴。至於小紅，她既不和婦人們在一起，也不和年齡相若的我們姊妹接近，她幾乎是一天到晚無所事事，只是坐在蓆子上和那個陰陽怪氣的大塊頭莊二叔玩紙牌。

有一天午後，爸爸媽媽都在午睡，我和妹妹各自捧著一本小說躺在「床」上看。當我看得有點昏昏欲睡時，妹妹輕輕扯了我的衣服一下，我轉過身去想要問她什麼事，她已豎起一隻手指在嘴唇邊，示意叫我不要作聲，她看了看爸爸媽媽是否還在睡，然後用手指了指樓下，叫我往下看。

今天陽光很好，室內很光亮，從那兩寸寬的樓板罅隙中，我清楚地看見二樓的一切：像往常一樣，莊婆婆在午睡，小紅和莊二叔在玩牌；莊大叔和莊大嬸不在，前者是難得留在樓上的，後者可能是上街去了。

我轉頭望著妹妹，眼裡充滿疑問：「沒有什麼可看的嘛！」

妹妹把嘴巴湊到我的耳朵邊：「你看他們的手。」

我又睜大眼睛細看一遍，這一看不由得使我臉紅。小紅和莊二叔哪裡是在玩牌嘛？我想：玩牌是做掩飾，他們只是藉這個機會來接近。她的一隻手被握在他的大手裡，他的眼睛正貪婪地望著她，她的身體斜斜地背著我的視線，我看不到她的臉，但我不難想像出她含情脈脈的樣子。

「姊姊，他們是不是在談戀愛？」妹妹又耳語著。

「不知道，小孩子少管閒事！」我悄聲地制止她再看下去，但心裡卻怪不自在的，直覺著一幕悲劇將要演出。

吃晚飯時，我不自禁地多看了這幕悲劇的三個主角幾眼。莊大叔還是那副談笑風生，躊躇滿志的樣子，當他一心一意的和爸爸討論戰局時，他的眼睛不看旁人一眼，即使他那美麗的姨太太也不放在眼內。莊二叔呢？我覺得他真是枉為男人，他從不參加爸爸和他哥哥的談話，正如小紅不參加婦人們的閒聊一樣；每次吃飯，他都是一言不發，只顧低頭大吃，他的食量很驚人，往往我們一碗未吃完，他便已吃罷四五碗。小紅，一直是吃得那麼斯文秀氣；今天，不知是由於我的敏感，我發現她的瓜子臉上有著嬌羞無限而又憂心忡忡的表情。她吃得更秀氣了，盛了小半碗飯，用筷子一粒飯一粒飯的挑著吃，半天，還沒吃完，她的「情人」一走開，她也就默默地離開了飯桌。

這幾天天氣很暖和，陽光很好，我和妹妹也就不再躲在貨倉裡聞霉氣，每天都到外面去散步。幾條街道給我們都走遍了，於是，我們試探著走到郊外。郊外有小山，有灌木，有野花，景色還不錯，這時，我們覺得都城也並非一無可取。

這裡的郊外還有一個好處，就是非常幽靜，除了偶然一兩個牧童牽牛而過，或者一個老樵夫路經以外，簡直難以遇到一個遊人。有時，我們拿著書本，坐在樹蔭下看了半天，都沒有別人來打擾。

可是，有一天我們卻聽到了男女的笑聲在我們背後的灌木叢中發出。我們先是嚇了一跳，拔腳就想逃走，後來，男人的一句話，又使我們的雙足像被釘住了一樣。

「小紅，我們不能長久這樣下去，我受不了，讓我們逃到別的地方去吧！」那分明是莊二叔的聲音嘛！

我和妹妹面面相覷，動彈不得。

女的很久都沒有答話。

男的又說：「怎麼樣？你捨不得他？」

「不是捨不得，是覺得對他不起，若不是他為我贖身，今天我還得在窯子裡受罪呢！」

「你覺得對他不起，可是，他現在怎樣對待你？他恃著自己有錢，把你買回來丟在一旁，當作玩具，我看你呀！你在他的眼中還不如一件貨品哩！做生意才是他的命，你算什麼？」

「他對你也不壞呀！你要什麼就給什麼，我看很少哥哥對弟弟這樣慷慨的。」

「慷慨？我已不是小孩子了，我再也不要倚靠哥哥生活，我要自己去過獨立的生活。」

「仲周，你能做什麼呢？你一向嬌生慣養，須知道這世界上謀生並不容易的呀！」

「好，你瞧我不起，怕我養不活你，那麼我們一刀兩斷算了。」莊二叔似乎快要哭了。

「你別逼我好不好？這是大事，我們要從長計劃才行呀！」

「你先說，你愛不愛我？」

「這還用問嗎？不愛你為什麼肯跟你到這裡來？你呢？我也要問你，你是真心愛我的嗎？」

「小紅，你居然還不相信我？假如我不是真心愛你，不得好死！」

「傻瓜，誰叫你賭咒？我看我們得回去了，省得別人起疑心。」

聽到最後一句，我和妹妹沒命的飛跑，一直跑到大路上才停下來。然後，喘著氣，青白著臉，滿心惶惑的走回貨倉。

過了好一會，我們從板罅中看見小紅獨自回來。莊婆婆問她哪裡去了，為什麼出去了老半天。

「看戲去了。」小紅小聲地回答。

「這些鄉下戲班的戲有什麼好看的？」莊婆婆說。

「也還不錯，反正閒著無聊嘛！」

「淑清，什麼時候我們也去看看好嗎？住在這裡真是太無聊了。」莊婆婆對莊大嬸說。

「媽，您什麼時候想看，我就陪您去。」莊大嬸從書本上抬起頭來，柔順地回答。她永遠是那麼溫柔恬靜，和藹善良，對於丈夫的納寵，似乎完全沒有一絲怨懟。

小紅和莊二叔的事使我和妹妹都在心中打了一個死結，從此我們不敢到郊外去。我們不敢在貨倉中談論這件事，為的怕人聽見；現在，我們只能在大街上遊蕩著，愁苦地研究如何應付這「突發事件」了。

我們都很矛盾，一方面同情莊大叔將要失去寵姬，一方面又希望小紅能找到她的幸福；不過，我們對莊二叔卻是絕無好感的。我們所徬徨的問題是：要不要告訴爸爸媽媽？告訴的話，我們會害了小紅；不告訴呢？又害了莊大叔。這叫我們多為難呵！

幸好，很快的，另外一件事沖淡了我們的徬徨。爸爸喜孜孜地告訴我們，桂林方面已把聘書寄來，過一兩天，只等有船開往桂林，我們就可以去了。我和妹妹高興得互相抱著跳了起來，媽媽一直緊鎖著的眉頭也展開了。

那天晚上，淅淅瀝瀝地下了一整夜冷雨；雨聲催眠，我們在那副硬繃繃的木板床有了一次從未有過的酣睡。

第二天吃早飯時，飯桌上少了小紅和莊二叔兩個人；莊大叔的臉青白得驚人，他看見爸爸媽媽下樓，竟忘卻一向的禮貌。

我和妹妹馬上直覺出這是怎麼一回事。果然，莊婆婆一看見爸爸，就招呼叫爸爸過去低聲說了兩句話，莊大嬸也噥噥唧唧地在媽媽耳邊不知說些什麼；立刻，爸爸媽媽的臉色都變了。

一頓早飯大家都默不作聲，不識相的妹妹幾次都想開口發問，卻被我機警地及時制止。

吃完早飯，爸爸媽媽叫我們先上樓去，我知道他們想要談論這件事，於是，就乖乖和妹妹回到我們的舖位上去。

我們各自拿著一本書，躺在「床」上，把耳朵伸得長長的，想聽聽他們講什麼；但是，他們的聲音太小了，一句話也聽不到。

半天，媽媽才獨自上樓來，我們看見爸爸陪莊大叔下樓去了，我們猜想他們是去報案。

爸爸不在，我大著膽問媽媽說：「媽媽，莊家發生了什麼事？小紅到哪裡去了？」我故意不提莊二叔。

「小紅那賤人跟莊二叔跑了，真不要臉！」媽氣憤憤地說。

「噢！」我和妹妹齊聲驚叫了起來。這件事我們雖已事先知道，但仍不能不裝得很意外似的。

「媽，小紅是不是不喜歡莊大叔？」妹妹問。

「大概是吧，要不然她怎會逃走的呢？」

「媽，那麼莊大叔喜歡不喜歡小紅？」這次是我問。

「當然喜歡，他現在好難過啊！」

「那麼莊大叔喜歡不喜歡莊大嬸呢？」

「傻孩子！喜歡的話他為什麼要娶小紅？」

「其實莊大嬸挺好的嘛！那麼賢淑，也長得並不難看。」

「就是說啦！這叫做作孽，家裡放著個賢妻，還要去拈花惹草的，也算活該！哎喲！我怎麼和你們小孩子談起這些問題了？這件事談到這裡為止，你們千萬不可在別人面前多嘴啊！記得嗎？」

「媽，再問一句：莊大叔是不是要去報案追他們回來？」我仍然不放過的追問著。

「唉！你真多事！莊大叔說他不準備這樣做，小紅的心既已不向著他，追來又有何用？何況，跟她一道逃的又是他的親弟弟？」

「媽，小紅為什麼要喜歡莊二叔？莊二叔楞頭楞腦的，簡直是個大傻瓜！」

「不知道！不知道！我說過不准再問了。現在，你們來幫我整理行李，明天我們就得動身啦！」

我和妹妹又得再過「養豬」的日子了，因為我們一家子又坐上木船，它將載著我們從這裡西江上游直溯桂林，逆水前往桂林，聽船家說，最快也要二十天才到哩！

莊大叔站在碼頭上相送，頻頻向我們揮手，他的瘦臉更瘦也更黃了。莊大嬸站在他旁邊，一隻手舉起，輕經的搖動著，另一隻手拿著手帕不斷的擦眼睛。莊大叔也是滿臉憂傷的，癡癡地望著黃蕩蕩的江水出神，我不知他是為他所敬的老師離去而傷感，還是在懷念小紅？

三年後，抗戰勝利，我們回到家鄉，又看到了莊大叔一家。莊婆婆還健在，莊大叔卻是變得又黑又瘦的，像個小老頭兒。莊大嬸的圓臉也沒有那麼豐滿了，她已跟著莊婆婆長年唸經茹素，眉目間隱隱流露出一股清氣。

爸爸和莊大叔在大談別後的情況。媽媽挨著莊婆婆坐，悄聲問：「這些年有小紅的消息嗎？」

莊婆婆看了看坐在媽媽身旁的我一眼，現在，她不怕我聽見了，我已不再是小孩子。她嘆了一口氣說：「唉！真是作孽！她死啦！」

「真的？多可憐！她只比秀蘅大一歲啊！她是怎樣死的？」媽媽激動地說。我也覺得鼻孔酸酸的。

「難產！聽說那死小孩還是男的哩！你說作孽不作孽？要是她好好的在家跟著我們，怎會有這樣的結果？」莊婆婆唏噓不已地說。

「那麼，仲周呢？」媽又問。

「回來了！剛剛還在家，現在不知跑到哪裡去了。」

「夢周原諒了他？」媽壓低聲問。我看了看莊大叔，他和爸爸正談得起勁，沒有注意到我們的談話。莊大嬸坐在一旁垂首低眉，也似乎沒有聽見。

「不原諒又怎樣？老二若不回來，準在外頭餓死，他什麼都不會做，這兩年來吃的恐怕還是小紅的私房錢哩！唉！作孽啊！」

我不忍再聽下去，站起來走到坐在對面的妹妹身邊，她正迷頭迷腦地在看一份報紙的副刊哩！

「姊姊，莊婆婆和媽媽在談些什麼？」

「沒什麼，小孩子少管閒事！」現在，我也儼然以大人自居了。

飛去的小鳥兒

當他的目光開始接觸到那棟隱藏在綠蔭深處中的精緻小洋房時，腳步竟不自覺地踟躕起來。我為什麼要來打擾她？難道只為了要重睹那頰上的梨渦？十七年的久別，天曉得她還記不記得我？噢！不，她一定記得的，這麼多年來，她一定還在想著我；要不然，她為什麼要等到現在才結婚呢？

唉！重慶珊瑚壩飛機場上的記憶猶新：他和她避開了送行的同學們，躲在一個無人的角落裡，他攬著她的細腰，她的頭埋在他的胸前；他吻著她的眼淚，嘴裡喃喃地叫著她的名字。

「豪，抱緊我，不要讓我走！」她像個小孩子般哭著。

「我的小鳥兒，別哭，人家會笑你的。」她的名字叫遼英，可是他喜歡叫她「小鳥兒」。

「你真的甘心情願讓你的小鳥兒飛走嗎？」她抬起頭，用充滿淚水的眸子看著他。

他覺得一陣心酸，眼眶也開始有點濕潤；但他強忍著，緊緊咬著牙說：「小鳥兒，為了你遠大的前程，我願意你飛去。」

「豪，只要你說一聲：『你不要走，我需要你。』我就立刻把飛機票撕毀，跟你到鄉下去，你教書，我在家替你燒飯洗衣服。」她的頭仍然靠在他胸前，一隻手任性地扯著他襯衫的領子。

「不要孩子氣，小鳥兒，現在說這些話是不是太遲一些了呢？」他苦笑著說。

「什麼？你嫌我說得太遲？我本來就是徵求過你的意見才決定去的呀！」她霍地離開了他的懷抱，生氣了。

「啊！我的小鳥兒，你生氣了！我不是說你太遲，我只是說現在討論這件事已經太遲了。」他把她又拖回來。沒有人看見他們，他偷偷吻了她頰上圓溜溜的酒渦。

「豪，你答應一定要等我，兩年，我便回來了。」飛機起飛的時間快到了，她再度離開他的懷抱，從手提包中取出小鏡子，擦乾淚痕，抹上口紅，理平亂髮。

「小鳥兒，我相信你一定會飛回我身邊的。」他緊緊的握了握她的手，轉身就走，因為他沒有勇氣看著飛機起飛。走了兩步，他回過身來，又與她說：「小鳥兒，笑一笑給我看。」

她嫣然綻開紅唇，露出細小而潔白的牙齒，深深的笑渦在頰上一閃一閃的；他，將自己的手在唇上吻了一下，再情意綿綿地伸向她。然後，急步離開了飛機場。

她不會忘記我的，永遠不會，正如我沒有忘記她。他不再猶豫，也不再踟躕了，大踏步地跨過馬路，昂然走進××之家的大門。

庭園很靜，一個人也沒有。草坪上的杜鵑花開得正燦爛，假山畔的一株桃花也繁英滿枝；陽光很暖和，是真正陽春三月的景色。這時他才察覺到自己還穿著一套深色的冬裝，未免太不合時宜了。

走進大廳，也和外面一樣的靜，還是一個人也沒有。找誰替我通報呢？他四面張望著，牆上掛著的一面電鐘才指著九點半。他啞然失笑，來得太早了，大人物誰這樣早就起床？

他在一張沙發上坐下，順手撿起旁邊一份日報來看。不知怎的，他竟一反常態先從第二版看起。一張照片立刻攫住了他的眼光：一位禿頂的矮胖紳士和一位風華絕代的貴婦人正在和政府官員握手。

「我的小鳥兒，你美麗如昔；只是，那位大人物的尊容未免太配你不起了吧？」他喃喃自語著。

偶一抬頭，對面一面穿衣鏡中現出一個瘦削的中年人的影子，他的面色青黃，雙頰深陷；那套半舊西裝穿在他身上就宛如掛在衣架上一般。他憎厭地望了鏡子一眼，換了一個位置，又細細去讀報。

報上清楚地記載著這一對前天剛剛回國的新婚夫婦今天的活動節目，他知道他們十點半要到一個地方去參觀，他很慶幸自己來得正合時；可是，櫃台還是空無一人，他不知道他們住在哪一個房間，只好等下去。

回頭我們見了面該說些什麼話？他在想。其實，自從前天看報他發現他的小鳥兒竟然就是那位去國多年的大官員的新婚夫人時，他就已準備好一番見面辭了。

我說：「小鳥兒，你好，你還是和從前一樣美麗。」噢！那怎麼行？她現在是莫夫人了呀！「莫夫人，您還記得我嗎？」也不好，這太陌生了，不像老同學。老同學？我們一度是戀人呀！分手時她還倒在我懷裡哭過哩！不過，人家已經名花有主，丈夫又站在旁邊，我還是這樣說吧：「遼英，我是黃志豪，你還記得我嗎？」

她將怎麼回答呢？假使她還是當年的小鳥兒，她一定跳起來，執著我的手說：「啊！志豪，我真高興又看到你，你還是老樣子，一副滿不在乎的樣子，眼睛還是那麼憂鬱。告訴我，這些年你都好嗎？」不，她不會這樣說的，她一定是矜持而又高貴地伸出戴著鑽戒的白嫩小手，和我輕輕一握，然後說：「啊！原來你是志豪，你好嗎？讓我給你們介紹，這是外子，這是我在重慶念大學時的同學。」

然後，我們將尷尬地坐下，默默無言。她的丈夫可能會用輕蔑的眼光看著我，在心裡想：這個窮小子來找她做什麼？要借錢？要求職？多討厭呵！

我一定要勇敢一點，不理他的目光，只要小鳥兒問我一聲：「為什麼自從抗戰勝利後就得不到你的信？」讓我有機會向她解釋，我以後就不再來打擾她了。

「喂！你要找誰？」一個聲音把他從幻想中喚醒。他茫然四顧，櫃台上此刻站了一個穿制服的僕歐正用不怎麼友善的面孔問著他。

他蹌踉地走到櫃台前面，問：「請問莫先生和夫人住在哪一間房間裡？」

僕歐看了看腕錶，不耐煩地回答他：「他們還沒有起床。」

「那我再等一下。」他搭訕著又走回原來的坐處。壁上的電鐘正指著十點。

大門外有汽車停下來的聲音，一個身軀碩大服裝入時的中年婦人和兩個西裝畢挺的男人走了進來。僕歐面上立刻掛上一副職業性的微笑彎腰迎接他們。兩個男人不知跟他說了些什麼話，他就領著他們一行三人，格登格登的走上樓去。

假如她問我為什麼沒有去信，他目送那些人上了樓，又暗自在想。唉！那真是世界上最不幸的一個誤會，遠在新大陸的她，又如何能想像得出那些偏僻小縣郵遞的緩慢？我是不是應該這樣回答她：「自從我到鄉下教書以後，幾個月都收不到你的信，我以為你變心了，一氣之下，所以勝利後回家也不通知你。後來，學校的同事輾轉把你的信轉給我，我才惶恐地趕忙去信道歉；然而，十幾年來，一直就沒有得過你的信，難道你是在報復我嗎？」

不，我不能這樣回答，她已是別人的太太，我也已經兒女成群，還提那些無法補救的往事做什麼？那麼，她會問我：「志豪，你一定結婚了吧」麼？也許會，也許不會；假如她問，我當然只好從實招來：

「孩子都五個了，嘿嘿！這就是人生！」乾笑兩聲，自我解嘲。說來真是慚愧！她等我等到現在，報上不是說她「本來準備終生不嫁，獻身學術嗎？」可是我在十年前就已成家，先變心的是我，還好意思提那些信嗎？

一陣笑語聲起自樓頭，他看見剛才上樓去的三個人簇擁著一對男女像眾星捧月般從樓梯上下來。他很慶幸自己沒患近視眼，而老眼又還未昏花。在晴朗的春晨中，在這光線充足的洋房裡，雖然距離有兩三丈遠，他還能把被簇擁著的那對男女的面孔看得清清楚楚。腦滿腸肥，頭頂發出五十支燭光的紳士，不是剛回國的大人物是誰？他身旁的麗人，低鬟淺笑，梨渦閃動，呀！我的小鳥兒，你一點都沒有老，你似乎更美，因為你已成熟了。

他站起身來，張著口，想走過去打招呼，然而他的腳卻好像被釘住了一般，不能動彈。他的小鳥兒，不，高貴美麗的莫夫人在走過時曾經看了他一眼。可是，她的臉部一點表情也沒有，她並不認得他，她也許以為他是個送信的工友，是個店員，是個司機。

笑語聲隨著香風遠去，他頹然坐下，從窗口中望著這群人走進汽車，又望著汽車開走。她的背影多苗條呀！十多年的歲月，還有彼邦的牛油麵包，竟然沒有使她的腰圍增加半吋，她的丈夫豔福倒不淺啊！突然間他妒忌起那個矮胖的大人物來，假使她當年不去留學，假使不是那些信的遲到，這美麗的小鳥兒原是我的。

「剛才出去的就是莫先生莫夫人，你不是要找他們嗎？還呆坐在這裡幹嗎？」櫃台後面的僕歐又發出了冷冷的聲音。

他像個夢遊病患者茫然站了起來，茫然地走了出去。

春陽更暖和了，他的心卻像掉在冰窟中一樣的冰冷。頰上的梨渦他真的看到了，可是又如何？見面不相識，今日的貴婦人已不再是當年的小鳥兒，而有著一雙憂鬱的眼睛的他依然是一個窮教員，見面何益？

路旁的一叢灌木中有隻鳥兒驀地飛了起來，轉瞬衝入霄漢，他仰頭望著牠，喃喃自語：

「小鳥兒，你是應該飛走的！你是應該飛走的！」

拙婦

鮮血淋漓的肉，腥臭的魚；摩肩接踵的人，一腳的泥濘……，市場上醜惡的一切對陶夢真都全無所覺，她那雙五百度的近視眼完全被那花販的一籃花所吸引了。黃色的菊花、嫣紅的玫瑰、紫色的劍蘭、白色的夜來香、粉紅色的康乃馨……還有綠色的葉子，一叢叢一簇簇的適當地擺在籃子裡，彩色繽紛，花團錦簇；雖則現在已是暮秋天氣，市場外正是風風雨雨的，然而春色卻藏在花販的花藍裡。

陶夢真瞇著眼，戀戀不捨地注視著那籃花，遲遲不忍離去，為了欣賞這滿籃春色，她已不曉得被多少人推過擠過，但是她卻絲毫也不覺得厭煩。「假使我會畫畫多好！這是一幅絕妙的靜物畫題材呀！」她依然瞇著眼，像在欣賞一幅名畫。

「太太，買一束花吧！」花販向她兜攬了。

緊緊捏著手中那張十元鈔票，陶夢真猶豫了一下。

「買幾朵黃菊好不好？這是應景的花。」花販又說。

看著那叢肥大茁壯的金黃色蟹爪菊，她試探著問：「多少錢一朵？」

「很便宜，三塊錢一朵。」

她伸了伸舌頭，轉身想走，花販卻又叫住了她：「太太，那麼買一束康乃馨，一塊半就行，太便宜了。」

想到家中水盆裡已經枯謝了的花，她不再考慮，就選了一束淡紅的。即使是便宜的花也好，一個客廳裡沒有花怎麼像話？

現在捏在她手中的是一圈揉得又髒又破的一元鈔票和一個五角硬幣。當她把眼光從花販的花籃移向一個蔬菜攤上時，她又發現了另外一幅美麗的靜物畫。紅熟的番茄像顆顆瑪瑙，黃澄澄的紅蘿蔔像珊瑚，結實的白蘿蔔像羊脂玉，然後那一叢叢的芹菜和碧綠的青菜就是翡翠了。陶夢真睜大著眼睛，像一個站在珠寶店中的貴婦人，選了瑪瑙和羊脂玉，又選了珊瑚和翡翠；那些剛上市的菜蔬貴得驚人，等她把手中那個小菜籃裝成另外一幅靜物畫時，手中只剩下一元五毛了。她猛然一驚：好險！差一點就沒有錢替女兒買明天帶飯的菜了。不過，一塊半又是只能買一隻鴨蛋，女兒不是天天嘀咕著不要再吃荷包蛋了嗎？沒有辦法了，這是最後一次，以後先把她的小菜買了再買全家的就是。

陶夢真提著一幅靜物畫走出菜場。她的菜籃裝得真美！這邊一束花，那邊一叢碧綠的芹菜，當中是幾個鮮紅透明的番茄……連她自己也忍不住時時的低首去欣賞。這就是藝術！生活的藝術！從日常生活中製造情趣，把平凡的東西美化，這樣的人生才有意義。她用憐憫的眼光看著其他主婦們的菜籃，裡面是一包包用報紙用芋葉用竹莢包著的東西，毫無美感可言；她真想大聲對她們說：「人生的真諦就是美，你們為什麼不懂呢？」

想著，不自覺又失笑起來。她們不懂得美？恐怕不見得吧？看！她們那高聳的新式髮型，塗抹得又紅又白的臉。緊裹著身軀的花花綠綠旗袍，即使上菜場也要穿著的三吋細跟皮鞋。誰說她們不懂得美？而你，那身又寬又大的過時衣服，頭髮永遠亂糟糟的，一副黃臉婆本色，這又算得美嗎？你們不懂的！你們不懂的！她無聲地笑著。塗脂抹粉是世俗的美，我所欣賞的美與你們的不同。

她每天去買菜時都要經過一家西書店，這家西書店的窗櫥中經常裝飾著一些名畫的複製品，每次有新的掛出來，她都要駐足觀賞一會。這家書店的主人真是我的同道，他選的畫都是我最喜歡的印象派大師們的作品，梵谷、高更、塞尚，還有雷諾。陶夢真在觀畫之餘還常常探頭探腦的望向店內，有著想和店主人一談的衝動。

今天，窗櫥內掛的是雷諾的「瓶花」，好美的靜物畫啊！這是我今天所看到的第四幅靜物畫，一幅真真正正實實在在的靜物畫——紫藍色的色調，白色的花菜，看來有著冷豔的感覺。花朵多得瓶子裝不下，桌子上還散佈著幾朵，這使得整幅畫更加空靈而灑脫。陶夢真呆呆地看著那幅畫，眼中流露著迷醉的神色，她想，假使她家中的客廳能夠掛上這麼一幅，她可以日夕的欣賞著，那麼，她的人生就更美了。

書店裡的兩個女店員用輕蔑的眼光望著她，一會兒又交頭接耳地吃吃而笑。一個說：「看這個土頭土腦的女人！提著一籃菜在欣賞名畫，多滑稽啊！」一個說：「這女人一定是個瘋子，所以才天天站在這裡看畫。你看她臉上那種奇怪的表情，好可怕啊！」

但是陶夢真茫然不自覺，她不知道她站在那裡顯得多麼不調和。看到滿足了，才提著她自己的靜物畫，搖搖晃晃地離開。

陶夢真只有一個女兒。白天，當丈夫和女兒去上班和上學以後，她有足夠的時間去過精神生活，去美化她的人生。她常常想：她是幸福的，她不需要像別的主婦們一天到晚像驢子推磨一般，在搖籃、爐子和水龍頭之間團團轉。

回到家裡，把菜籃往地下一放。她立刻把收音機扭開，找到了她每天必聽的一個古典音樂節目，為自己泡了一杯濃茶，往籐椅上一倒，攤開一份報紙。呀！靜悄悄的屋子內，除了美妙的旋律，一點雜音也沒有；音樂淨化了她的心靈，濃茶解除了煩渴，報紙充實了她的頭腦，這是她一天中至高無上的享受，人生如此，復有何求？

當她買了花回來的那一天，第一件事就是插花。在悠揚的樂聲中，她洗盂換水，修剪花葉。這裡插一枝，那邊插一朵。她歪著頭，抄著手研究了半天，插斜的還是直的好呢？斜又該斜到什麼角度呢？等到一盆扶疏有緻、姿態美妙的插花完成，往往大半個上午就報銷了。

每一頓飯她都是在匆忙中趕著做好的。有時是因為她等著樂曲完畢，有時是陶醉在插花的樂趣裡。今天，她插好了花，又沈迷在蕭邦的鋼琴曲中，遲遲不願意從籐椅中爬起來。等到那個節目播完已經是十一點半了。她呀喲的叫了一聲，衝進廚房。兩個人的飯是很容易做的，不過，那籃她憑著唯美眼光去選購的蔬菜該怎樣配搭著燒呢？

她費了一番腦筋，在丈夫進了門的十五分鐘後總算捧出了一湯一菜。番茄白菜湯紅綠相映，紅蘿蔔絲炒白蘿蔔絲，上面還配著些碧綠的芹菜，色調很美；這兩個菜擺在桌子上確是能引人食慾。拍進鏡頭簡直就跟美國的家庭雜誌中的插圖一樣。陶夢真想：丈夫應該會誇獎她兩句才對啊！

可是，她這位身高五尺八寸，體重只有五十五公斤的丈夫卻皺著眉說：「你還嫌我不夠苗條嗎？怎麼天天都吃素？我們又不是蕭伯納的信徒！十塊錢買三個人的菜不至於買不起肉吧？呃？」

「我——我沒有預算好，我看見今天的番茄又紅又大。專家們不是說烹飪必須色香味俱備嗎？所以我比較注重色澤的調配——」她帶點歉疚地替自已分辯著。

丈夫打斷了她的話：「算了吧！我看你做的菜除了有色以外，既無味又不香，倒有點像日本菜哩！」他挾了一箸蘿蔔絲依然皺著眉說：「我後天要請一個同事來吃便飯，你有辦法應付嗎？可不要又是紅蘿蔔炒白蘿蔔啊！」

「笑話！怎會沒有辦法？做主婦做了快二十年了，你以為我連招待一個客人吃飯的菜都不會做？」她認為丈夫的話對她有點侮辱。

「那麼，我要有魚有肉的，不一定要好菜，要緊是能夠下酒下飯。」

「你放心！都包在我身上，不過，加菜的錢你要拿來啊！」她拍著胸膛說。喝了一口紅綠相映的湯，自覺非常滿意。

在「請客」的前兩天她一直十分緊張。「請客」在她家是不常有的事，儘管只是便飯，而客人又只有一個。「要有魚有肉，能夠下酒下飯的」，丈夫的話老在她耳邊響著。當了快二十年的主婦，她會做的魚只有煎和清蒸，肉呢？也不過只是紅燒、炒、燉幾款，她想來想去，決定煎一條魚，做一鍋紅燒肉。那麼，其他的呢？吃什麼好呢？猛然她又想起了「色香味」這三個字，不行，煎魚和紅燒肉顏色不夠美，我一定得弄幾個好看的菜。關於配色她是拿手的，馬上她就想出了豆腐、白菜、番茄、紫菜湯，白綠紅紫四色，又好看又營養！還有一個是火腿、毛豆炒蛋，另外再炒一盤四季豆。這樣應該是差不多了吧？

一切似乎相當順利，「請客」那天，她把要買的菜都買到了，還特別買了幾朵肥大的菊花，雖然那影響到菜錢，使那條魚和肉的分量都減少了一點；不過，她想請的只是一個客人，少一點點又有什麼關係呢？

客人是來吃晚飯，上午她輕鬆地悠閒地插花、聽音樂；下午，她把紅燒肉擱在爐子上，把爐火弄到最小，於是，拿了一本心愛的小說躺在床上看，這也是人生的享受之一呀！好心的她，每當自己在「享受」時，就會替他人設想，她覺得那些把空餘的時間花在牌桌上和閒嚼舌根的太太們真是太不懂得享受了！陶夢真不但好心腸，而且感情豐富，很有同情心。唉！書中的女主角的遭遇多可悲！她的丈夫那樣報復她未免太狠一點了吧！她躺在枕上，把書闔起來，閉著雙眼，似乎是不忍卒睹，然後，迷迷糊糊的竟然睡著了。朦朧中她聞到了一種怪味，馬上，她就明白了是怎麼一回事。她跳了起來，衝進廚房。那鍋紅燒肉在冒著煙。掀開鍋蓋一看，完了，變了一鍋黑炭。她簡直要哭了，白白浪費了金錢和勞力不算，時間已來不及再弄一鍋了呀！客人來吃什麼好呢？

她哭喪著臉，從自己的一點點私房錢中拿出十塊錢，趕到市場再買回一塊肉和一塊榨菜，時間不允許，她只好改變菜單了。

時鐘似乎有意和她作對，才煮好了飯，榨菜炒肉絲剛下鍋，交通車就嘟嘟地駛到村子口。半分鐘以後，她的那口子就帶著客人有說有笑的走進了屋子。她連忙把炒菜鍋從爐子上拿起來，帶著著一雙油膩膩的手走出去見客人。

客人望著茶几上那盆姿勢美妙的插花，以及牆壁上幾幅她從月曆上剪下來的名畫，嘖嘖地稱贊她的佈置典雅，這使得她那蠟黃的臉因為得意而增加了兩道紅暈。

「菜馬上好了，你們先坐下來喝杯茶休息休息吧！」她向客人招呼了　聲然後又走進廚房。

該死的火！怎麼老是大不起來？煎魚的要訣是火要旺，鍋要熱，油要多呀！她得意地自己笑了笑，我不是不懂，只是，我的心有時沒有用在這方面，所以做的菜都不大成功罷了！別笑了，這一次準又失敗，該死的火！她不耐煩地把魚翻個身，皮脫肉離，一塌糊塗！沒有關係！又不是什麼客人，同事嘛！她自我安慰著，開始做第三個菜。她的心又飛到剛才看的小說上：那個丈夫怎能那樣狠心，在女兒死了之後才讓那個出走了的妻子回來看她呢？

「喂！好了沒有？客人肚子餓了呀！」丈夫站在廚房門口叫著她。

她吃了一驚，定了定神，慌張地說：「快好了！快好了！」

糟糕！湯裡的白菜變了黃色，紫菜也因煮得太久而變成一團一團的，她理想中的紅、紫、綠、白的四色湯完全走了樣。

懷著懊惱的心情匆匆把最後兩個菜炒好，然後漲紅著臉，像個做了錯事的小學生一樣，用托盤捧了出去。

她不敢接觸丈夫的目光，侷促不安地坐在椅子的邊沿上，用不自然的聲調請客人用菜。

丈夫和客人舉杯喝了一口，然後各自挾了一箸榨菜炒肉絲，她發現兩個人同時皺起眉頭。她不安地也嚐了一口，鹹得使她幾乎吐了出來，現在她想起了，一定是在她出去招呼客人之後，回來又再加一次鹽的結果。

「我——我忘記了叫內人準備菜，這——這都是臨時湊合的，沒有菜，不成敬意，您隨便用吧！」丈夫失卻了平日的朗爽氣概，結結巴巴地招呼著客人。

「哪兒的話？這樣最好！這樣才親切嘛！大嫂，您說對不對？」客人挾了一小箸魚肉放進口中，又扒了一大口飯說。

望著那盤一塌糊塗的魚，走了樣的湯，鹹死人的榨菜肉絲，帶著一股生澀味的毛豆火腿炒蛋。半生不熟的四季豆。她窘得恨不得鑽進地洞。可是她又不能半途離席，那是不禮貌的舉動呀！

忽地，她丈夫放下筷子站起來對客人說：「老兄，你慢慢吃，我馬上就來。」說著，他投給妻子一個譴責的眼光，匆匆走出門去。

她和客人默默相對，幾分鐘彷彿有幾年長。

一會兒，丈夫拿著兩隻罐頭回來，她藉口看水開了沒有，連忙溜進房間去。

她不在場，減少了尷尬的氣氛，又加上兩隻罐頭，兩個男人的興趣顯然好起來了，他們開始淺斟低酌，談笑風生。

隱約間，陶夢真聽見客人說：「嫂夫人恐怕是一直在外面工作的吧？」

「你覺得她燒的菜不行，是吧？」丈夫呵呵大笑著。「她一離開學校就嫁給我，一天也沒出去做事過。可是，她實在不是個做主婦的胚子，她是應該去做個畫家、音樂家、或者詩人之類的，她選錯行業了。」

愛，在思念中

稀疏的雨點灑向玻璃窗，也灑向窗外那叢芭蕉的葉子上。沙沙地響，噠噠地響，令人想起了古箏泠泠的樂音。

風好涼，正是已涼天氣未寒時，涼得使人渾身舒暢，涼得使人變成了冰肌玉骨。這是向晚的風，寶島仲秋的風啊！若在家鄉，這個時候該要穿上夾衣了吧？

郁青欹坐在一張籐沙發上，手中捧著一本小小的線裝書。紅色灑金箋的封面已經很破舊了，原來的鮮紅變成了暗紅，還有著許多皺摺。這，正像她的臉，青春的光顏早已悄悄地褪了色，老鴉的腳爪卻深深地印在她的眼角。

灑金箋封面上的書名標簽和書頁的宣紙也已發黃，然而，那裡的句子對她卻是常新的。那些美麗而哀傷的句子，三十年來，始終震盪著她的心弦。使她發出了共鳴。

是的，三十年了。不可置信地，三十個寒暑就像抓不住的細沙似的無聲地從指間漏走。昔日的青絲變成了華髮，明亮的眼光遲滯了，紅唇只剩下了蒼白；但是，這有什麼關係呢？她微笑了一笑。我的精神生活比誰都充實。我的心靈比誰都富有啊！

她游目四顧。書架上，屈原、宋玉、李白、杜甫、李後主、納蘭性德、黃仲則、蘇曼殊正在舉行雅集；雪萊、拜侖、濟慈、白朗寧做了緊鄰。牆壁上，明人的山水畫和塞尚的風景並列。電唱機上，那個有著獅子般表情的石膏半身像是她所崇拜的樂聖，而那大疊大疊的唱片所播放出來的美妙旋律，又把她的小屋裝飾得像皇宮一樣。

然而啊！這些都不是她精神生活的中心。她雙手捧著一本灑金箋封面的小書，把它貼到臉頰上偎著。「這才是！這本小書才是！它是我的聖經！我是靠它而活著的啊！」

「給郁菁　戴天行贈。」扉頁上的題字也褪色了，題字那個人的影了，卻在她心目中越來越鮮明。

她用手指輕輕撫摸著那幾個矯健的字跡，嘴角的微笑加深了。雨，沙沙地打向玻璃窗；雨，噠噠噠地打向芭蕉葉；漸漸，時間、空間都不復存在了，她，發覺白己雙手抱著一疊書，正冒雨衝進校園，衝向教室。

身後響起了急促的腳步聲。

「前面那位同學，請等一等！」有誰在喊她。

她回過頭去，一顆心立刻就砰砰地跳著。是他在喊她。會笑的眼睛在金絲眼鏡後面彎成了兩鉤新月，一手撐著把大黑傘，一手撩起藍布長袍的下擺，正急步向她走來。

她全身顫抖著，一顆心幾乎跳到了喉嚨口，瞪大著雙眼，呆呆地站在雨中望著他，是他喊我嗎？他為什麼要喊我？他根本連我的名字也不記得啊！

他走到她身邊了，立刻把黑傘的一半遮住了她。「忘記帶傘了，是不是？小心受涼啊！」他柔聲地對她說，雙眼仍是新月形的。

「嗯！」她低著頭小聲回答。

他已經開始邁步了，她不得不跟著他走。他們之間有著一寸的距離；可是，她卻因為緊張而發著抖。不知怎的，他很快就察覺到了。「你冷？」他說著，也不等她答話，就把拿傘的手換過一隻，空出的一隻手立刻伸過來摟著她的肩膀。她羞得滿臉通紅，又不便拒絕他的善意。她知道，這在他看來是很尋常的舉動，她看過多次他把手搭在女學生的肩上了，人家是英國留學生啊！在他臂膀的護衛下，她的確感到一份溫暖；然而她卻是抖得愈發厲害了。從校園走到教室的路為什麼這麼漫長？（在她的內心深處，卻又希望這條路長一點）幸虧因為下雨，而且時間也晚，校園裡寂寂無人，否則她真是無地自容。

漫長的路終於走到盡頭，為了怕被同學碰見，在還沒踏上石階時她就先跑開了。分開時低低的一句：「謝謝你，戴教授。」幾乎連自己也聽不見。她俯著頭走進了教室，裡面已坐滿了人。人愈多愈好，否則她真怕別人會看出她臉上的表情哩！在最後面的一排找到了一個座位坐下，攤開課本，卻無法按住那顆跳動的心。一會兒，他悅耳的聲音已在講台上響起來了，她竟然羞得抬不起頭來。

多可笑啊！為什麼要低著頭？你以為他會看見你嗎？他才不會記得剛才發生過的小事，他正英姿勃發地在講述雪萊的羅曼史，他的眼光不時會停留在坐在前排的漂亮的女生身上；但是，他決不會看你一眼的。醜小鴨！你可以放千萬個心。

是嗎？我是隻醜小鴨？她微微一笑，疲倦的眼光掠過案頭鏡框中一張發黃的照片。照片裡是個瘦削的少女，垂著兩條長長的辮子，平凡的臉孔上有著夢幻的表情；不過，這夢幻的表情只有她本人才能看得出，只因為她的臉太平凡，太呆板。別人是不會去注意到的。

不錯，我是隻醜小鴨，然而醜小鴨也有權去喜歡好看的人呀！她的眼睛閉起來，似乎進入了夢境。是的，她回到青春的夢裡去。那個學期的開始，她的學校掀起了一陣狂潮，大名鼎鼎的青年詩人戴天行到來擔任英詩研究的課程，立刻，這成為最熱門的一課，學校裡的「詩人」也驟然增加了幾倍。

到底真的是戴天行的詩風魔了大家呢？還是大家只欣賞他俊美的儀表？這，郁青，並不十分清楚，而她自己，她承認二者都兼而有之。她在高中時就已讀過他的詩了，那真是美得令人陶醉；於是在她的想像中，這位詩人也一定美如子都。果然，他並沒有使她失望，上天對他太偏愛了，既賦予他一副好頭腦，又給予他一個好面貌。第一天，當他第一次踏進教室時，她就為他外形的如此符合自己的想像而驚訝。

他長得夠高，但卻不是高得令人替他擔心的那種竹竿型；他有一點瘦，卻是瘦得恰到好處，正好有著詩人的清癯；他的臉孔白淨而無病態；他的舉止溫雅而無娘娘腔。他講的是一口標準牛津英語，但卻終年穿著中國長袍；他是個名滿中外的詩人和學者，但是他仍有一顆年輕的心，無論在教室內外，都和學生打成一片，也贏得了所有學生的心。而他的金絲眼鏡和藍布長袍，也似乎成了青年詩人們的標識。

上課的時候，她總是用手托著腮，癡癡地望著他，欣賞他眉毛一揚，彎眼一笑，白牙閃亮，單手揮動這些優美的姿態，而把他幻想成美貌的拜倫、雪萊和濟慈。當然，她也不會錯過他所講的每一句話和一個字的。當他用充滿感情的聲調朗誦著一首首名詩，當他用生動的言辭講述他在牛津求學的趣事時，她就會情不自禁地被感動得眼睛濕潤起來。她老是希望這一節課上得久一點。可是無情的鈴聲總是按時搖碎了她的好夢。

她的成績很好，尤其是英詩，每一次考試的分數都在九十分以上。戴教授每次發回試卷都會提一句，今次又是郁菁同學的分數最高；然而他卻老是記不得郁菁是誰，每一次都要問哪一位是郁菁。

他永遠不會記得我是誰的，她微笑著搖搖頭。我為什麼一定要他知道我呢？只要我永遠記得他就行了。他留給我這麼許多甜蜜的記憶，最要緊的是，還有這本小書，使我一生快樂而滿足，這不就已經很夠了嗎？

那恐怕是她一生中最幸福的一天了，她居然能夠和他一起朗誦了一首雪萊的詩「贈」：

當柔和的歌聲消沉，
清音在記憶中顫吟；
撲鼻的幽香永令人陶醉，
甜馨的紫羅蘭早已憔悴。

玫瑰逝了，戀人堆積
綠葉做愛侶的枕蓆；
我的愛也將在你思念中
憩息，雖然我的懷抱已空。

那一天，戴教授邀請他那一班的學生到他的家裡去喝下午茶，他是個好教授，不但要授給學生以課本內的知識，生活上的常識他也要給他們灌輸，今天的「英詩外一章」就是「喝茶的禮儀」。

幾十個學生把他的客廳擠得滿滿的。他選了一個漂亮的女生權充「女主人」，他教她如何倒茶和遞點心給客人，一面教大家一些在喝茶時的交際會話。那個女生又高興又害羞地暫時當起了戴太太，卻把其他的女生妒忌得眼睛都紅了。唯一沒有妒心的女生是郁菁，她也很欣賞那個女同學的美，她認為那樣的美女倒是很有資格匹配有如玉樹臨風般的詩人的。

然後，意想不到的榮譽落到她的頭上來了。茶點撤去以後，戴教授忽然站起身大聲問：「那一位是郁菁同學？」

在同學們的爆笑中，她臉紅紅地站了起來：「我就是郁菁。」

「好極了！我們班上成績最好、發音最準確的一位！」教授很隨便地望了她一眼，就豎起了大拇指稱讚著。彷彿只要這個學生的名字是郁菁就行，至於他是男是女，是美是醜，一概無關宏旨。接著他又說：「來，郁同學，我們來合作朗誦一首詩給大家欣賞，算是我們的餘興節目。」

同學們一陣鼓掌，簇擁著把郁菁推到戴教授的身邊。他也不管郁菁答應不答應，就把手中一冊精裝的原版「英詩選粹」遞給她看，「我們來唸這首，你先看一遍。」

沒有生字，意義也看得懂，照理，以郁菁的程度是應付有餘的；但是，她太緊張、太激動了，朗誦第一遍時，她的聲音顫抖，結結巴巴的毫不流利。

他笑了笑，拍拍她的肩膀，說：「不要緊張，我知道你會讀得很好的，我們再來一次。」

於是，她振作了一下，跟他再度一人一句的朗誦起來。這一回，她讀得抑揚頓挫，感情充沛，雖然聲音仍然略帶顫抖，卻正好吻合了詩中的含義。

在朗誦的時候，他和她是站得那麼近，那些女生們，包括那位暫充的「戴太太」在內，又立刻把妒忌的目光投向她。她沈醉在詩中，一切都毫不自覺，等到如雷的掌聲把她驚醒，她才發覺自己的頭已幾乎靠在他的肩上而羞得滿臉通紅，連忙逃回自己的位子中。

「……

我的愛也將在你的思念中

憩息，雖然我的懷抱已空。」

蒼白的嘴唇開闔著，醉人的詩句仍然流利地從她的唇間背誦出來。雖然她的聲音已不再清朗悅耳；但是，它仍然充滿了真摯的感情。

也許我應該把這句詩竄改一下的。她微微吁了一口氣。他連我的樣子如何都始終弄不清楚，怎會思念我呢？要是把詩改為「我的愛將在我的思念中憩息」，那就真實得多了。可是，那又有什麼關係呢？只要我愛他、思念他就行，何必一定要他也愛我、思念我？

當然，最後他還是知道了誰是郁菁。那是畢業前夕的最後一課，戴教授宣佈，他帶來了五本他的詩集「蘆花小唱」。將要送給班上五名成績最好的學生作為紀念。說著，他柔和的目光透過金絲眼鏡向課室的每一個角落搜索，當他發現了郁菁而高興得像孩子般大叫著「我認得你了！」時，郁菁的心卻在狂跳著，還低著頭不敢看他。

「我認得她了！郁菁！我的認人本領真差，四年了，到今天，我才認得出她的樣子。」他繼續高興地叫嚷了一陣，然後改用柔和的聲音向她說：「郁同學，你願意接受我這份小小的贈禮嗎？」

郁菁滿眼含著熱淚，步履蹌踉地走到講台前。連她自己也不知道為什麼要哭，是高興他終於認得了自己呢？還是因為他經過了四年才認識自己而傷心？不但她當年無法解釋，就是三十年後的今天，她也弄不清楚。她只是清晰地記得：他笑容可掬地伸手和她相握，他的眼睛笑成了兩彎新月，他的手心溫暖而潮濕。他恭賀她學業告成，他祝福她前途無限，並且把一本小巧精緻的用紅色灑金箋做封面的線裝書遞給她。她什麼都說不出來，只低低地說了聲「謝謝」，就又蹌蹌踉踉地走回座位去。她的眼淚已奪眶而出，不得不拿出手帕去揩拭；她現在的哭是不會有人驚異的了，大家都以為她是喜極而泣。

第二名的得「獎」人是個男生，其餘三個就都是漂亮的女生了。現在，大家已很習慣於戴教授「重美輕醜」的作風，也沒有人會因此而怪責他；他是個唯美主義的天才詩人，他們認為他有權這樣做。

不論如何。隨著學期的結束，她和他之間的關連就此斷了。很奇怪地，她並沒有因此而悲哀，她天生的謙卑與恬淡使得她認為能做他學生已是幸事，她是從來不會有其他奢望的。

有一本小書作為這段幸福歲月的印證就很夠了。這本精緻的線裝書裡面登的是新詩；這和他是個研究西洋文學的人而喜歡穿長袍一樣，完全代表了他的性格。呀！「蘆花小唱」，多清逸的名字！裡面的詩句又是何等的清幽脫俗，不食人間煙火！他不但外形俊美得和拜倫、雪萊相同，連心靈的美也是相同的啊！

我們的唯美派詩人在她畢業後不久又出國去了，她卻從事於作育英才的工作，直到如今。詩人去國以後，在巴黎和一位美麗的中法混血兒結了婚，國內的報紙把這件事大書特書，許多崇拜他的少女都因此而哭腫了眼睛。郁菁沒有哭，她只是默默地為他倆祝福。

有一次，郁菁和一個女同學閒談過去在校時的趣聞。談到了戴教授時，那個女同學忽然說：「當時我們班上許多女生都在暗戀著他，你記得嗎？」

「是呀！我還記得幾個。」郁菁的臉紅了一下。

那女同學如數家珍似地扳著手指一五一十地數了十多個，然後用銳利的目光盯著她說：「還有一個大家都不知道的，你知道是誰嗎？」

郁菁的臉更紅了。她期期艾艾地回答了一句：「我不知道。」竟不問那個人是誰。

「你真的不知道？」女同學冷笑了一聲。「那就算了。」

她的臉發著燒，低著頭不敢再說半句話。從此，她避免再和任何人談到戴天行。如此而已。說出來沒有人會相信她竟能以這淡淡的、空洞的、虛無的愛支持了她的大半生。三十年來，她沒有再愛過任何一個男人，她把她的全部精力、時間都付給了她的教育工作；雖然她也愛她的學生，但是她卻把她的愛心保留了一部份給那個幾乎連她的面貌都認不出的、如今已渺無蹤跡的詩人。

殘破了的紅色灑金箋線裝書從手中滑落到地上，疲乏的半老婦人在秋風中睡著了。瀟疏的雨點沙沙沙地灑向玻璃窗，噠噠噠地灑在芭蕉葉上。夢中的郁菁仍然在低吟著：

「我的愛也將在你思念中

憩息，雖然我的懷抱已空。」

陌生人來的晚上

葉子固定在樹枝上，紗窗簾固定在窗框上，髮絲固定在面頰上，沒有半點風，一切應該是動的東西都靜止了，像是泥塑的、木雕的，一切都失去了生命。

有鬱雷在遠遠的天邊隱隱約約在響。

連她的臉也像泥塑木雕的了。她坐在走廊上，膝上攤開一本書，眼睛卻看著遠方。她的眼睛很大、很黑，黑得像個深潭。她的一頭濃髮也很黑，因而顯得她的臉更白更小。此刻，她正在凝視著遠處灰色的山峯，她是看得那麼出神，彷彿山上有什麼新奇的東西似的；其實，同一的山峯她已看了一年多。

距離她幾步遠的地方坐著一個老人，同樣是一張沒有表情的泥塑木雕的臉。他呆呆地坐在椅子上，手上什麼也沒有。失神的眼睛茫然注視著前方，乾癟了的嘴巴緊緊地閉著。

屋前幾丈以外的公路上駛過一部貨車，揚起了一陣塵土，然後又消失在路的盡頭。

公路過去是一片稻田，一個農人正在收割；不時地，他直起了腰，抬頭望著天空，一面用袖子擦著汗。

一隻黃狗蹲在樹蔭裡伸著舌頭在喘氣；池塘裡有兩隻水牛在游泳。

葉子輕輕舞動了，她背後白色的紗窗簾輕輕舞動了，她頰上的髮絲輕輕舞動了；鬱雷在響；她的眼睛也動了，目光從灰色的山峯游弋到灰色的天空。

葉子在枝頭顫動著，白色窗簾飄揚著，髮絲飛舞著；鬱雷在響。大地復甦了，生命在蠢動著。

老人打了一個噴嚏，她連忙放下書本，站起來走到老人身邊扶起他，攙著走進屋裡，安置在一張沙發上，給他一杯熱茶，把窗子關上；然後拍拍他的手背，她又走到走廊上。

葉子在亂抖的枝頭狂舞，白紗窗簾癲狂得像兩條飛舞不止的妖蛇，髮絲亂拂著她蒼白的雙頰。狂風挾著砂石，從山邊，從稻田，從公路捲向她的小屋。灰色的天空像潑了一片墨水，時有一兩條銀蛇滑過，鬱雷似隆隆的戰車從山後駛過來。

她把雙手撐在欄杆上，仰著臉，挺著胸，閉著眼，迎風作深呼吸。薄薄的嘴唇微微開闔著，不知在呢喃些什麼。

突然，有些冰涼的水點灑到她的臉上，就在她睜開眼睛的時候，叭噠叭噠的聲音已進入她的耳膜，地面蒸發出一股乾燥的泥土氣味。雨水及時地來解救這快要窒息枯渴而死的大地。

她凝視著面前這片在風雨中漸漸被暮色籠罩的荒郊，臉上露出了一絲欣悅。然後，走進室內，走到老人身邊，拿起他一隻佈滿斑點的粗糙的手，用自己的手指，在老人的手心上寫了「下雨」兩個字。

老人點了點頭，慈祥地對她笑了笑，用沙啞的、低沉的、模糊不清的聲音說：「我知道了。」

她扭亮了電燈，坐在老人身邊，重新攤開了書本。室外的風雨在逐漸增大，小屋在搖撼著，彷彿像是怒海中的一葉小舟。她抱著雙臂，有些戰慄不安；於是，又放下了書，重新站起來去檢查全屋的門窗有沒有都關妥。

當她走到一扇玻璃窗前，正想把窗簾全部拉攏時，她發現走廊上有一個陌生人，正瑟縮地站在牆角躲雨。在還沒有完全黑暗的暮色中，她可以看得出他的衣領豎起，雙手插在口袋裡。窄窄的走廊上根本就擋不住狂風斜雨，遠遠望去，那個人渾身上下都是濕漉漉的。

我應該讓那個人在窗外受風吹雨打嗎？她一手扯著窗簾呆呆站著，心中委決不下。

咬著嘴唇猶豫了幾秒鐘，她終於打開門，向著那個人大聲說：「這位先生，請進來吧！」

那個人一下子就跑了過來，她讓開身子給他走進屋裡，然後關上門，把漫天風雨，擋駕在戶外。

那個全身濕透的人，站在門邊，很尷尬地望著她笑了笑，「小姐，太感謝你了，假使你不讓我進來，我一定會得肺炎的。」

那個人很年輕。看來不會超過三十歲。身體很壯碩。像個體育家，有著一身古銅色的皮膚。他的兩隻眼睛很明亮，看人的時候一閃一閃，好像會看透一個人的心。他笑起來很好看，兩列牙齒白得發亮。

她看了他一眼。「你全身都濕透了，讓我弄一盆火給你烘一烘。」

「啊！不，小姐，請不必麻煩了。」那個人說著，看了看茫然坐著的老人，又問：「這位是——」

「他是我的公公。他的眼睛已幾乎看不見了，耳朵也聾了，你不必去驚動他。」她說著，走到老人身邊，在老人的手心裡寫了幾個字，老人點了點頭，她走進了廚房。

在廚房裡，她吩咐小女傭多準備一個人的飯，然後挾了一小爐燃著的木炭，親自捧到客廳上。

那個全身濕透的客人正不安地站在那裡東張西望。她把火爐放在地上，又遞給他一張小木凳，說：「來吧！來烘乾你的衣服，否則你會受涼的。」

「我想我得叫您太太了吧？謝謝！」那個人不客氣地走了過來，把濕漉漉的身子往小凳子上一坐，就伸出雙手在爐火上烘著，一面喃喃自語：「雨水沾在身上真不是一件好受的事，只怪我為什麼要玩到這麼久還不想走！」

她沒有搭腔，回到老人身邊坐下。然後說：「我們馬上就要吃飯了，歡迎你參加。」

「看來我只有做不速之客做到底了。太太，我可以請教貴姓嗎？」他轉過頭來看著她。

「那是無關緊要的，我以為你不必知道。」

「那麼，我可以自我介紹嗎？」

「那是你的自由。」

「謝謝你。」他的白牙齒在微紅的爐火中閃閃發光。「我姓莫名叫恆，在一艘貨船中擔任二副。我們的船前幾天才從菲律賓開到基隆來，過兩天又要開到日本去了。今天我獨自到你們屋子後面那座山上去玩，想不到遇到這場大雨。」

原來是個四海為家的水手！她用深深的眸子看著那個壯健的年輕人，微微一笑說：「航海的人也怕雨麼？」

「我們到了岸上就像魚兒離了水一樣。」

「你一定到過很多地方。」

「是的，我差不多跑過半個地球了。」

「我羨慕你們。而我，簡直像是生了根的植物了。」她幽幽地嘆了一口氣。

莫恆指著室隅一架用布罩著的鋼琴問：「太太是位音樂家嗎？」

「不是的。」她搖搖頭，臉色立刻凝重起來。

「那麼，琴是老伯的？」他又問。

「也不是——你不要問了，好不好？」她別轉頭去，不再理他。

暴雨像瀑布般不停不歇地傾瀉著，狂風搖撼著小屋，小屋就像怒海裡的一葉孤舟。莫恆在為自己如何離去而擔心。女主人也在為怎樣處理這個不速之客而發愁。只有老人茫然而沉默地坐著，誰也不知道他在想些什麼。

小女傭捧了幾樣簡單的菜餚出來，放在靠近廚房門口的一張方桌上。少婦把老人扶到上首坐下，給他盛了飯，又給他挾了一些菜放在碗上。然後招呼莫恆說：「莫先生，請來用飯。」

莫恆身上已乾了大半了，此刻，正是饑腸轆轆。他走到一個空位子上坐下，說了一聲「謝謝」，就不客氣地大嚼起來。

少婦似乎沒什麼胃口，只是用筷子慢慢地把飯粒挑著；她又不時得照應老人，所以，半天都沒有吃完一碗。她看見莫恆吃得那樣快，就帶著歉意的微笑著對他說：「真對不起！鄉下地方沒什麼好菜招待你。」

莫恆連忙搖著手說：「太太，您別擔心！我敢發誓這是我生平吃得最好的一餐。」說著，他拍拍肚皮站起來。「我吃飽了，三大碗。」

少婦吩咐小女傭倒茶給他，自己仍然無精打采地在數著飯粒。

莫恆走到窗前，掀開一角窗簾，望著窗外漆黑的夜和傾江倒海般的豪雨，回過頭來問少婦說：「太太，從這裡到車站要走多遠呢？」

「起碼要十幾分鐘。」她抬起頭來看著他。

「您可否借我一件雨具，明天我送回來或者用包裹寄回來。」

「不是不肯借給你，只是，公路車開不開還成問題。這條公路一遇到下雨就會坍方，今天雨這樣大，我看靠不住。」

「糟糕！那怎麼辦呢？」莫恆又回頭望著窗外，喃喃自語。

「我看，你就在那張長沙發上將就過一夜吧！這樣的壞天氣，難道我們還會趕你出去不成？」少婦已經吃完了，這時，她垂著眼皮，慢條斯理地一個字一個字的說著，彷彿在說給自己聽，也彷彿在背台辭。

「太太，那真是太謝謝你了。」莫恆轉過身來，感激地說。但是，少婦連眼皮也沒有抬一下。

老人也吃完了，少婦叫小女傭出來收拾，就扶著老人上樓。在樓梯口，她對莫恆說：「請你隨便休息吧！我要服侍我公公上床。」

莫恆目送瘦小的她吃力地攙扶著個子相當高大的老人上了樓，心中感到一股莫名的悵惘。他走到廚房門口，藉口要水洗臉，搭訕著問小女傭：「你們家的男主人呢？」

「太太的先生死了。」小女傭答得很妙。

「哦！你們太太是做什麼的？」

「她沒做什麼。」

「家裡還有些什麼人嗎？小孩子呢？」

「就只有太太和老太爺，沒有小孩子。」

莫恆洗過了臉，不便再問，就又走到窗前坐下，聆聽著窗外奔騰澎湃的雨聲和轟隆轟隆的雷響。他有著說不出的悵惘，他在為這個人家難過。荒郊的小樓中，住著一個既聾且瞎的老人和一個年輕的寡婦，這裡面蘊藏的是一個甚麼悲劇啊？

過了一會兒，少婦抱著一張薄毛毯下樓來交給他，垂著眼皮說：「下雨天氣涼，這張毯子你會用得著的。我看，你還是早點休息吧！」

「太太，我這樣打攪您，真是過意不去。明天雨停了，我一早會離去的。」他接過毯子，微微躬著身，很誠懇地向她表示了謝意。

「明天早上再說吧！」她仍然垂著眼皮，說著，轉身就上了樓。

他熄滅了電燈，躺在長沙發上。四周一片黑暗，廚房側的小房間也已沒有燈光，小女傭一定已經睡了。除了雷雨的聲音外，萬籟寂然，連一聲狗吠一聲蟲鳴也沒有。他擁著薄毯，遲遲不能入睡。不知怎的，少婦那張尖削的小臉和故作矜持的神色，竟一直縈繞在他的腦海。

也不知過了多久，他才朦朧入睡。當他一覺醒來時，雷雨已經停歇，四野寂靜得像一個無聲的世界。有微光從紗窗簾外透進室內，他以為天亮了，就起身扯開了窗簾。呀！有誰看見過深夜雨後的清涼世界？一輪明月從薄薄的雲層後射出濛濛的亮光，郊原上的草木被雨水沖洗得一塵不染，在月色下閃耀著黑綠色的光芒。他一面張口結舌地為造化的神奇而驚異，一面舉起手腕就著月色看錶，才一點多！他還以為不知睡了多久哩！

忽然他想到要抽一根香煙。伸手到褲袋裡把一包三五牌香煙摸出來，白天淋雨的結果，已變成了一團紙漿。

他頹然再躺下去，卻是怎樣再也睡不著。月光從扯開的窗簾外照射進來，正好落在那架用白布罩住的鋼琴上，使他忽然起了要彈琴的衝動。在還沒去航海以前，他學過了幾年鋼琴，如今，還是個音樂愛好者，一部電晶體的唱機、十來張心愛的唱片，是他隨身行李的一部份。

輕手輕腳的走到琴邊，掀起了積滿灰塵的白布罩子，他坐在琴前，輕按琴鍵，一聲清脆的琴音，立刻劃破了沉寂的夜空。起初，他怕吵醒屋子裡的人，不敢用力去彈，只是隨意地輕輕用手指敲打著琴鍵；慢慢的，月色引起了他的琴興，他忘記了他是在別人家裡作客，也忘記了這是深夜，竟興起的彈起了德布西那首著名的「月光」。月兒似乎也被優美的旋律吸引了，她慢慢從雲層中輕輕移著蓮步走了出來，一時，人地全都浴在她的銀光裡。

當一曲快要告終的時候，他忽然感覺到一個軟綿綿的軀體伏在他的背上，接著，兩隻溫柔的臂膀圍上他的脖子，一個發散著髮香的女性頭顱也從後面伸過來，用面頰貼住了他的臉。他立刻聯想到許多許多聽來的有關女鬼的故事，不禁嚇得身體僵住，毛骨悚然，兩隻手也停在鋼琴上，不能移動。

「煒，彈下去呀！這是我最愛的曲子，你不記得了嗎？煒，我知道你有一天會回來的，你不知道我想你想得多苦！」那個頭顱開口了，也把他摟得更緊。

他聽出了這是招待他過夜的女主人的聲音，又是嚇了一跳。他輕輕把少婦的雙臂掰開，說：「太太，對不起！您認錯人了，這是我。」

「什麼？你不是煒？那麼，你是誰？誰叫你去碰我先生的鋼琴的？」少婦突然跳了起來，指著他大罵。

「太太，對不起！我只是因為一時興起忍不住去彈一下，想不到——」他訥訥地說著，感到尷尬無比。

穿著睡衣的少婦坐在他睡過的長沙發上，雙手掩著臉，嚶嚶地哭泣起來。月光從她背後的窗外灑進來，在她濃黑的頭髮上和抽動著的瘦削的肩膀上鑲了一道銀邊；對面望去，宛如一幅佳妙的藝術照片。

她哭了很久。他靠著她對面的牆壁站著（他不敢再坐在鋼琴前面了），手足無措，不知如何是好。

大雨過後，天氣很涼，只穿著一件汗衫的他，正開始感到有點涼颼颼時；從窗口的縫隙鑽進一股夜寒，少婦連連打了幾個噴嚏，同時，又用兩手交叉護著兩肩。

「你冷了吧？」他憐惜地說著，一面，走過去拿起他蓋過的薄毯子，給她圍在身上，她沒有拒絕；而他，也就順勢的坐在她身邊。

此刻，她不再哭了。她抽咽著說：「莫先生，剛才太對不起了，你能原諒我的失禮麼？」

「不，該請求原諒的是我！」

「你一定認為我是個怪人吧？是不是？」她用毯子把自己裹得緊緊的。

「沒有，我從來沒有這樣想過。我尊敬您。」他誠懇地說。

「尊敬我？尊敬一個冷漠的、瘋瘋癲癲的寡婦？你別開玩笑了吧！」她忽然狂笑起來。那笑聲淒厲得就像哭聲一樣，使他全身的毛孔都豎起了。

「噓！你會把老伯和那女孩子吵醒的。」他企圖制止她。

她笑得更厲害了。「老人聾了，他根本不會聽見。小女孩睡熟了是打雷也打不醒的。我吵了誰？你知道嗎？我已經有一年多沒有笑過了。」笑聲在死寂的夜空中消逝了，接著，又是嗚咽的聲音。「你知道嗎？有一年多，我不曾笑過了，除了吩咐小女工做事以外，我甚至連說話的對象都沒有。」

「你先生是怎樣去世的？」他望著她在月光下像塑像般的側臉，同情地問。

「是由於一種先天的心臟病。」

「他是位鋼琴家？」

「是的。他雖然還沒有成名，可是人人都說他是個天才。」

「那麼你也是一位音樂家吧？」他又重複了日間的問題。

「不是，我什麼也不是，我只是個愛慕他的女孩子。」

「你沒有出去做事？」

「過去我是個教員，但是這場打擊使我無法再教下去。」

「你們為什麼要住在這個荒涼的地方呢？」

「我們原來住在城裡，為了我丈夫要養病才搬到這裡來。想不到，丈夫死後，公公又因為一場中風而變成這個模樣，所以，我們只得在這裡住下去；看來，我是在這裡生了根啦！」她幽幽地說到這裡，忽然抬起頭來望著他說：「莫先生，講講你自己吧！你也是音樂家麼？為什麼又會當起海員來的呢？」

「只為了我愛海。」說著，莫恆覺得冷，他把搭在沙發背上的香港衫穿上，還是冷。不禁脫口說出：「夜好涼啊！」

「你冷嗎？我去找一件衣服給你穿。」少婦說著就把毯子解開，想站起來。

他拉住她的手，原來只想阻止她去拿衣服；但是，也許他力氣用得太大了，竟把她整個人拉到他的懷裡。將錯就錯，他把她輕輕擁住，另外一隻手就拉起毯子把兩個人裹在一起。他一面柔聲地說：「這樣，我們兩個人都不冷了，是不是？」

她在他懷裡顫抖著，低泣著，但是沒有掙扎。

他吻著她。「我不會侵犯你的，你不必害怕。」

她把頭靠在他的肩上，溫順地動也不動。他把臉頰抵著她的頭，用低低的聲音娓娓地為她述說海上的故事。

她靜靜地聽著，許久許久都沒有說話，他以為她睡著了，而他自己的眼皮也很沉重，就閉著眼睛，停止了說話。

但是，她卻開口了：「說下去呀！為什麼不說話了？」

「我以為你不愛聽。」他吻了一下她的頭髮。

「莫先生，你帶我走吧！這種生活我過不下去了，再這樣下去，我會窒息、枯萎而死的。從你的話裡，我彷彿已經聞到了海上帶有鹹味的風，看到了墨綠色的大海，我也開始喜愛航海的生活了，你帶我走吧！」她忽然把臉埋進他的胸前，又害羞又興奮地一口氣說了一大堆話。

他的心怦怦在跳，把她擁緊一點，低著頭問：「真的嗎？你願意跟一個陌生人去浪跡天涯？可是，你還叫我莫先生，而我連你的姓名都不知道！」

「你答應帶我走？」她仰起頭高興地問。

「當然，你是個可愛的小婦人，我第一眼看見你的時候就愛上你了。」他在她的鼻尖上又吻了一下。

「你沒有騙我？」

「你看我像個騙子嗎？」

「你忽然間帶一個女人回船上去，船長會答應你嗎？」

「你不要忘記了，我是個二副。而我們那艘只是貨船。」他撫摸著她的小臉。

「我擔心的只是，你這樣嬌弱，能抵受得海上的風浪嗎？啊！你到底叫什麼名字嘛？我總不能永遠用一個你字跟你說話呀！」

他的話才說完，樓上傳來一陣猛烈的咳嗽聲。少婦一聽見了，立刻就像觸了電一樣，用快捷無比的動作，掙脫了他的懷抱，沒有說一句話，沒有回頭看他一眼，就急步衝上樓去。

他像是從一場甜蜜的夢境中醒來一樣，擁著那條還帶有她的體溫和體香的毯子，目瞪口呆地望著那空蕩蕩的樓梯，在懷疑剛才發生的到底是不是真實的事。

樓上的咳嗽聲已經停下來。遠處有雞啼的聲音。曙光不知何時已爬滿一室。

他再也睡不著了。起來打開大門，走到走廊上去。被晨風一吹，頭腦跟著也就清醒了許多，他知道，剛才的美夢是絕對不可能實現的了。

金光璀燦的朝陽已從對面的山頭升起，今天，又將是一個晴朗而炎熱的日子。昨夜的暴風雨已消逝得無影無蹤，如他剛剛失去的那個甜美得醉人的好夢一樣。望著那碧綠如洗的原野，他嘆了一口氣，又悄然踅回屋裡。

小女傭已經起來，正在打掃屋子。他到廚房中洗了臉出來，樓上依舊寂然無聲。他對小女傭說：「請你去看看太太起來了沒有，好麼？你告訴她我要走了。」

「吃過早餐再走吧！先生。」小女傭說。

「不了，謝謝你。我要趕時間。」他的眼睛失神地注視著樓梯，希望會有奇蹟出現。

小女傭到樓上去，很快又下來，交給他一封信說：「這是太太交給你的。」

他的臉立刻變成灰白色，看也不看，就把信放進口袋裡。他向小女傭道了別，又再看了樓梯一眼，就大踏步離去。

當他在門前的小徑上走著時，他回頭又望了小屋一眼，二樓的一扇窗子彷彿有人在簾後站著哩！他向著那裡揮揮手，人影卻立刻不見了。

像生過一場大病一樣，他虛弱而乏力，拖著遲緩的步伐慢慢捱到了公路上。在路旁等車的時候，他取出少婦給他的信來看：

「莫先生：請你把剛才所發生的一切當作是一個夢。連我自己也不知道，怎麼會做出那樣的事來的？是琴聲的挑逗？是月色的引誘？還是我本來就神智不清？我真的不知道。

我有一個殘廢的公公，他需要我的照應。我愛我死去的丈夫，所以也敬愛他的父親。我曾經在心裡立過誓，只要他在世一天，我是決不離開他的。我的確是在這個殘缺不全的家庭中生根了，即使有一天枯死在這裡，這也是我的命中註定。夫復何言！

你我本是陌生人，就讓我們永遠做兩個陌生人！別了，請把我忘記。敬祝

順風」

信末沒有署名；但是，他可以在那些清秀的字跡中看到那張有著濃髮和黑眼的小臉，正在淒苦地向他微笑。

他用力眨了兩下眼睛，把將要流出來的淚水逼回去。遙望那幢山腳下孤獨的灰色小樓，他喃喃地為那可憐的少婦和殘廢的老人祝福著。

微塵

我常常覺得：人活在這個世間上多麼像大氣中的微塵呀！我們的存在固然渺小得像一粒微塵，而人與人之間的離合散聚不也像微塵在空氣中浮游飄蕩，這一粒忽然跟那一粒碰在一起，但是隨即又被分開一樣嗎？

做夢也沒有想到，今天我又碰到他了。這個不見面已有七八年，僅有兩面之緣，然而卻曾經改變了我下半生人生的人。在分別後的時間裡我雖然不曾想過他，可是今天見到了，我心頭卻不由自主的有了一陣激動，於是我不得不承認，這個人在我的心中是佔有相當地位的。

他穿著一件晴雨兩用的夾大衣在馬路上走著，手中拿著一把雨傘，當作手杖般在地面上一步一敲的，風度很瀟灑。馬路上人很少，老遠我就看到了他那頎長的身影，下意識地我把自己藏在行人道的一根柱子後面，一雙眼睛，卻緊緊地跟蹤著他。我為什麼要躲著他呢？是自卑感作祟？是的，我已變得又老又醜，而他卻正在英年。他大概有三十了吧？也許還要多一點。看！他比當年成熟得多了，雖然還是瘦瘦的，不過卻瘦得有精神，不像當年那麼纖弱。眼裡那份憂鬱的表情也消失了，取代的卻是剛強和自信，看來他的事業已有成就，也習慣於作富家婿的生活，不再需要苦悶與徬徨。他為什麼不笑一笑啊？我多想看一看他頰上兩個酒渦！他昂著頭，手中拄著雨傘當手杖，是那麼怡然自得地走著；會想到路旁有一個女人在窺伺著他嗎？不！即使他看到我也不會認識的，我和他僅有兩面之緣，他怎會記得我呢？我又何必躲起來？我從柱子後面走出來，他卻一轉身走進那家國民學校裡面。他到國民學校裡去做什麼？啊！一定是看他的孩子去了，那年他剛結婚，現在當然已經有了六七歲的孩子。他做了爸爸，那麼，他的父親就是祖父了。啊！多可驚！我也幾乎……

＊　＊

「潔芝，明天晚上我想請你到我家裡吃晚飯，會會我的兒子和兒媳婦，他們雖然不和我住在一起，但是兒子總是兒子，我希望將來你和他們能夠相處得來。」季生用他粗大的手蓋在我的手背上說。

我低著頭說：「我害怕。」

「真是的，這有什麼好害怕？我的兒子將來就是你的兒子，世界上哪有母親怕兒子的？」

他呵呵大笑了起來。

「就是因為他太大了，我覺得我不夠資格。」

「不要怕，一切有我。假使他對你不恭恭敬敬的，我把他的脖子打斷。」他大聲的說，口沫飛濺到我的臉上。同時還用手在桌子上猛力的拍，把一桌子的玻璃杯都幾乎震碎了。

懷著「醜媳婦終須見家翁」的心情我依約到了季生的家，因為我急著要抓緊這張長期飯票。自從去年跟我那個不務正業的浪子型丈夫仳離之後，好心的朋友們都要為我介紹，但老是高不成低不就的，季生已是第四個候選人。挨窮挨怕了的我，已經決定不再三心兩意，因為他雖然舉止粗野一點，但是卻符合了身體健康和小有積蓄兩個條件。

傭人給我開了門，意外地站在玄關門口迎客的不是季生而是一個瘦長的青年。

「您是黃小姐吧？我是少棠。」青年人微笑著，露出一口雪白的牙齒和兩個酒渦。很恭敬地對我說。

「啊！」我慌張地應了一聲，不知怎樣稱呼他才好。同時我也感到詫異：季生竟會有這麼一個溫文爾雅的兒子？想來他一定是像他死去的母親。

「黃小姐請裡面坐。」青年人看見我站在那裡猶豫，又禮貌地彎著腰伸出一隻手請我進去。

季生在做什麼呢？怎麼不出來陪我？我走進客廳坐下，嘴唇略一掀動，還沒有開口，少棠便先陪著笑說：「對不起得很！剛才行裡打電話來說有要緊事要我父親去一下，他說半個鐘頭就回來，請黃小姐等一等。」

哼！有什麼事比自己的終身大事還要重要的呢？要「女朋友」在家裡等他，多麼不禮貌呀！我心裡很生氣，但是又不便發作，以免有失風度，表面還是裝著笑說：「沒有關係！」

兩個人面對面地坐著，想不出話來說，窘極了。

「你太太呢？」我忽然想起了季生所說「去見見我的兒子和兒媳婦」這句話。

「啊！您是說丹娜？」少棠正呆呆地望著窗外不知在想什麼，聽見我的問話，頓時嚇了一跳。在這一剎那間，我發現他眼中有著很奇怪的表情。

「我是說你的太太在家嗎？」我再說一遍，因為我並不知道他太太的名字是什麼。

「啊！她還沒有來。」他慌慌張張地回答。

「你們另外租房子住？」我問。

「不，我們住在我岳父家裡。」他說。我也聽季生說過了，少棠的岳家很有錢。

「那麼，你父親一定很寂寞了？」我隨口的說，說過了又覺得自己失言。

「是嘛！所以他才要——」他說到這裡住了口。

兩個不善言辭的陌生人單獨相對，多尷尬的場面啊！

他看著我，臉上帶著友善的微笑，兩個酒渦被扯得長長的，牙齒閃閃發光，但是眼裡卻隱隱有憂鬱的表情。我忽然感到不安了，這個年紀只比我小十歲的青年人有可能成為我的兒子嗎？

他也不安地看著錶，半個鐘頭過去了，他的父親還沒有回來，更糟的是，他的妻子也還沒有到。

「我打個電話去催父親回來。」他搓著手說。

我說：「再等等沒有關係嘛！」但是，他已撥通電話了。

他放下電話，笑著對我說：「父親已離開貿易行，大概馬上就要到了。」

「你現在在哪裡做事呢？」我問。因為我想起了季生曾經告訴過我，少棠對生意沒有興趣，不肯到父親行裡幫忙。

「我剛受完軍訓回來，現在正和幾個朋友在籌備一間攝影公司，你知道。我對攝影很有興趣。」提到他的嗜好時，他的眼睛閃亮了。

「是嗎？我祝你們能夠成功。」我說。

這個時候，門外響起了季生的大嗓門：「潔芝，對不起！累你等久了！」他大踏步跨進屋裡來，面色紅潤，精神奕奕，活像一頭壯健的公牛，誰也看不出他已屆望五之年，誰也看不出他已做了公公。

我沒有說話，少棠也不開口，很顯然地，他和他父親談不來。

季生在我旁邊坐下來，四周望了一眼，又大聲問：「丹娜呢？丹娜在哪裡？」

「她還沒有來。」少棠有點膽怯地望著他父親說。

「豈有此理？豈有此理？我請客，她居然到現在還不來，快打電話去催她。」季生粗聲粗氣的說。

少棠無可奈何地站起來去撥電話，掛通了以後他把電話筒交給他父親，露出為難的樣子說：「爸爸，請你跟她講。」

「沒有出息的小子！只會怕老婆！」季生罵了一聲，對我笑一笑，然後對著話筒說：「丹娜，客人都來了半天了，你怎麼還不來呀？哪裡的話，我請客一向準時的呀！得了，你夠漂亮的了，還用得著化妝嗎？她嘛？唔，你自己來看吧！哈哈哈哈！好孩子，你快點來呀！我們肚子都餓扁了。」他一面笑一面噹的一聲掛上電話又對少棠說：「在冰箱裡找點吃的東西來，黃小姐一定餓了。」

少棠一走開，季生就低聲問我：「你看我這個兒子怎麼樣？」

「還不錯嘛！」我能怎樣回答呢？

「有點娘娘腔，對不對？」他說著大笑起來，笑完了又壓低聲音說：「像他的母親。」

少棠捧了一盤蘋果出來。季生立刻就罵：「真不中用！怎麼拿蘋果出來？不是越吃越餓了嗎？」

「冰箱裡沒有別的東西了嘛！」少棠板著臉說。

季生嘆了一口氣：「家裡沒有主婦真不像話！要哪樣就缺哪樣！」他含情默默地望著我，我卻望向別的地方，我不願意在他兒子面前和他眉目傳情。

汽車喇叭在大門外叫得震天價響，少棠連忙三步併作兩步的跑出去開門。一陣香風，一團錦繡，擁進一個打扮入時的少婦，但是，她的容貌我卻不敢恭維。眼睛太小，鼻子太闊，嘴唇太厚，整張臉都配合一無是處。唯有她的身材卻沒有辜負她一身華服，該凹的地方凹，該凸的地方凸。

她走進來站在室中，沒有向季生招呼，卻只顧把我從頭到腳的打量著。

「潔芝，這就是我的兒媳婦丹娜。」季生為我們介紹著。

我向她點頭微笑，她只向我皮笑肉不笑的動了動嘴角。

少棠像個跟班似的站在她後面替她脫大衣，她把皮包往沙發上一丟，就大叫著：「爸爸，你剛剛不是說肚子餓嗎？怎麼還沒有開飯呀？」

「飯早就好了，我們就是在等你嘛！」季生像哄孩子似的對他的兒媳婦說。

這一頓飯吃得並不愉快。丹娜只吃不說話，少棠和我是既不開口也吃得極少，只有季生一個人大吃大喝，說話滔滔不絕。

飯後坐了一會兒我就告辭，季生要送我回去，我堅持不肯，於是少棠說：「我們的車子送你吧！反正我們也要回去了。」

好吧！只要能擺脫季生就行。門口停著一部相當豪華的轎車，司機打開後面的車門，丹娜首先鑽進去，然後回過頭來對我說：「進來嘛！」我走進去和她坐在一排，少棠坐在司機旁邊，他除了問我住在什麼地方以外，一句話也沒有說。丹娜和我也不開口，到我要下車時，她忽然問我：「你們什麼時候結婚？」

我搖搖頭，面無表情的說：「不知道。」

我說的是實話，我要和季生結婚的念頭已開始在動搖了。我懷疑我是否愛他——恐怕連是否喜歡他甚至是否不討厭他都要懷疑了——，也隱約看出一些為財富而結婚的悲哀。

那一夜我簡直無法入睡。我知道：明天季生一定要來逼我攤牌的，我該怎樣回答呢？為了將來好有個安定的生活，糊裡糊塗的就嫁給他？還是趁早跟他分手，另作打算？桌子上面擺著一張他最近送我的照片：稀疏的頭髮梳得光溜溜的，方形的大臉上展開一個善良卻是毫無內容的微笑。我想：這個將是我寄託下半生的男人嗎？他不醜，可是舉止粗野；他上過大學，可是思想庸俗，言談粗鄙；我雖然只是中人之姿，教育程度也只是和他相等；然而，我是個講求精神生活的人，他卻只知孳孳為利，我和他的心距離了何止千萬里啊！兩個不同心的人——就像以前那個浪子和我一樣——能夠生活在一起嗎？

突然間，另外一張臉閃過我的眼前，那是一張清癯俊秀的臉，從他眼裡的憂鬱就知道他不是像季生那種不用心思的人。多奇怪啊！他怎能有這樣一個兒子？這樣的男人，似乎才談得來，似乎才合我的標準……啊！我想到哪裡去了？我怎能有這樣荒謬的想頭？

果然，季生第二天便來找我了。他開門見山地說：「怎麼樣？沒有問題吧？我們來定個日子好不好？」

「季生，我還要考慮考慮。」我說，冷靜地。

他的臉色立刻變了，兩眼直直地盯著我。「潔芝，我知道你並不喜歡我，我是個生意人，不屬於你們文人墨客這一類。」他大聲地說。

他濫用的名辭使我發噱。他向來就把喜歡和書本親近的人稱作「文人墨客」，這使得我也沾了光。

我忍著笑說：「季生，你別這麼緊張好嗎？這是我們兩個人的終身大事，我們不應該慎重一點麼？」

「我不是小孩子，你也不是黃花閨女了，要這麼多的考慮做什麼？」他鼓著腮，氣虎虎的。

他的話傷了我的自尊心。人們對再婚的女人為什麼一定要用異樣的眼光來看待？對男人再娶卻似乎是理所當然？「不管怎麼樣，我得考慮個幾天，隨便你等不等好了。」我說。

「好吧！可是到時不准說不的啊！」好野蠻的一句話！但是他臨走時投給我的目光卻是帶著哀求意味的，這使得我的心又軟了。

我把自己關在家中一整天，把自己的將來作了各種假設：嫁給季生，忍受他的庸俗；嫁給另外一個志同道合的窮光蛋，過著柴米夫妻的苦日子；獨身以終，孤苦伶仃的有疾病也沒有人侍候；……條條都不是康莊大道，條條路我都不願走，天啊！我將何去何從？

入夜了，我連晚飯都不想吃，獨自在繞室徬徨。有人在我的房門上輕輕叩了兩下。會有誰來找我呢？季生的敲門聲不是這樣的。我好奇地去打開門，站在門外的竟然是少棠。憂鬱的眼睛閃著不安的光芒，長形的酒渦深深地陷在頰上。

「啊！是你。」我輕輕地叫著。

「我可以進來嗎？黃小姐。」他不安地問。

「當然可以，請進來坐吧！」我把他讓進房間裡。

他環視著我簡陋的房間說：「我不想我父親知道我到這裡來，你想他現在會來嗎？我剛剛去過，他正在家裡吃飯。」

「大概不會吧！他今天上午來過。」我坦然地說。

「我有幾句話想跟黃小姐說，假如你不介意的話，我想請你到外面吃晚飯，我的意思是省得我父親知道。」他說，眼睛不時慌張地望著門口。

「好吧！那麼請你到樓下等我幾分鐘，我要換件衣服。」我毫不猶豫的答應了，我相信他找我一定有事。

十分鐘後我和他已對坐在一間幽雅的西餐室一個角落裡。他禮貌地為我脫短大衣、拉椅子，請我點菜；眼神雖然帶著不安，但是臉上卻始終保持著溫柔的笑容。我這一生還不曾受到男人這樣慇懃款待過，浪子型的丈夫不會這樣，交遊過的幾個男人不會這樣，粗線條的季生更是不會了。能夠做他妻子的女人真幸福啊！忽然間，我竟妒忌起那個小眼睛的丹娜來。

他雖然年輕而且涉世未深。可是他為人處世卻相當老成。在吃飯的時候他一句不提及正題，只揀輕鬆的話講，等到咖啡送上來，他啜了一口，才非常審慎地問：

「黃小姐，請原諒我很冒昧的問一句，你和我父親已經決定了婚期沒有？」

哦！原來就是丹娜昨天晚上的老題目，我還以為有什麼嚴重的事哩！我鬆了一口氣，悠然地回答：「我還沒有答應他哩！」

「是真的嗎？」他的眼睛亮了起來。

「真的，我今天告訴他我還要考慮考慮。」

「黃小姐，我再冒昧的問一句，你愛我父親嗎？」他的臉微微紅了一下，似乎覺得自己的問題太大膽。

「對於一對再結婚的中年男女，你以為愛情是需要的嗎？」我反問他，他的問題使我很感興趣。

「你為什麼要這樣問呢？黃小姐，你和我父親不同，他也許不需要。你和他卻是不同型的。唉！我真討厭繞著圈子說話，還是讓我爽爽快快的把話說完吧！」他停頓下來喝了一口咖啡，變換了一下坐的姿勢又接著說：「昨天晚上我第一眼看見你的時候，首先我替父親欣慰，他這次挑到個好妻子了，你知道，你給予人的印象就是嫻靜賢淑，是個標準的好主婦。然而，後來我又覺得不對了，我父親配得起您嗎？當然，做兒子的不方便說父親壞話，而我父親也不能算是個怎麼壞的丈夫，只是，他的氣質和您相差太遠了。以往，他也選過幾個女人。結果他又嫌人家這樣那樣的都不成功，他眼光倒是蠻夠的啊！」他又喝了一口咖啡。「後來丹娜來了，她對您的態度很無禮，請您原該，她就是那個樣子，我也沒有辦法。我是說，我看見丹娜就想起了一件事，您想嫁給我父親，可能與我娶丹娜的目的相同，都只是為了錢。黃小姐，我這樣直言，您不會見怪吧？」他望著我說。

我搖搖頭。「沒有關係，你說下去吧！你的話很對。」我幾乎已猜得出他後面的話了。

「我和丹娜的結合完全是沒有愛情的，父親想我高攀，我因為不想繼承父親的事業，也樂得藉有錢的岳家另謀發展；但是舒適的生活是要用代價去換取的，有人出賣血汗，有人出賣青春，有人出賣肉體，而我卻是出賣靈魂。昨天晚上，您大概也看得出我的痛苦了吧？」憂鬱的眼睛黯淡了，笑容消失了，兩道薄薄的嘴唇抿在一起，這個陌生的青年人竟毫無保留地在我面前吐露了他的心聲。

「少棠，」我第一次叫著他的名字。「你不必說下去了，我完全明瞭你的意思，我不會步你的後塵的。」連我自己都感到詫異，一個使我苦思了一日一夜的問題，竟然毫無困難毫不勉強地順利解決了。

「黃小姐，我希望您不要誤會，我沒有阻止您和我父親結婚的意思。更不是怕您來和我分產業，我只是覺得您不是那些凡俗的女子，我不忍心看您將來精神受苦……」他困難地噍了一下口沫又說：「其實，我跟您素不相識，本來犯不著多事；可是我不這樣做，良心又會不安……」

「我明白，我完全明白，你不要多心，我年紀比你大得多，我懂得怎樣處理的。」他看了看錶說：「我得回去了，否則丹娜會查問我去哪裡的。黃小姐，無論你作怎樣的決定，都請你把我們的這次會面保守秘密。」

「你放心好了，我會的。」我站起身來，伸手和他相握。「謝謝你的晚飯。也謝謝你的忠告，少棠，祝你快樂。」

我們一起走下樓去，他為我叫了一部三輪車，說了一聲：「黃小姐，再見！」就向著相反的方向走開。

我寫了一封很委婉的信給季生，說明我不能和他結合的原因。為了怕他來糾纏不休，我還特地搬了一次家，好在我只有一個人，行動簡單，換個環境，對我的身心也都有好處。

從此我打消了抓長期飯票的主意。過去的三十幾年似乎是白活了，我有獨立謀生的能力，為什麼要去倚靠男人呢？我找到了一份教書的工作，七八年來，心如止水，在作育英才中得到了心靈上的滿足。

*　*

「黃老師早！黃老師早！」無數稚嫩的聲音在我身邊響著，我茫然的抬起頭環視四周，什麼時候我已走到學校裡來了？數不清的紅噴噴的天使般的面孔圍繞著我，孩子們的歡笑聲一下子便把少棠的長酒渦和季生的大臉盤驅走。還想他們做什麼呢？一個和你只見過兩次面，另外一個的心和你相距了千萬里。

人真像是大氣中的微塵，他們在浮游著，飄蕩著，彼此撞擊著；他們碰在一起了，但是一會兒又分開。

七八年前我遇到季生和少棠，在分別多年後，今天我卻又遇見了少棠，明天我會不會遇到季生或者那個浪子，有誰知道？人本來就像微塵一樣飄浮無定的嘛！

心中的神

我在房間裡聽唱片，柴考夫斯基A大調第一號鋼琴協奏曲的第二樂章，我讓它放了一遍又一遍，我讓那憂鬱卻是醉人的旋律充滿了我的房間，充滿了我的耳膜，更充滿了我的心靈。四五年來，我幾乎每個晚上都要這樣聽上幾遍，假如偶然有一夜沒有空去聽，我就會覺得忽忽如有所失，無法入寐。你問我為什麼嗎？噢！這是我的祕密。每個女孩子的心裡都有或多或少的祕密的，是不是？我又怎會例外？

媽推門進來。

「又在聽這首東西了？有什麼好聽的？每晚聽也聽不厭。」媽一開口就說。正如我每夜都要聽這首樂曲一樣，媽每夜也都要嘮叨一次。

「這是柴考夫斯基的第一號鋼琴協奏曲，不管怎麼樣，它比你們那些黃梅調和流行歌曲好聽得多。」我說。

「什麼司機不司機，我不懂。像哭似的，我才不愛聽。」

「媽，你不愛聽就算，別毀謗人家嘛！」

「瘋丫頭，這麼大一個人，說話沒一句正經的。若是你命好，早都可以做人的媽了。我生你那年才十九歲。」媽坐到我的床沿上。

「媽，知道你命好！這句話不曉得說過多少遍？」

「我算什麼好命？你汪阿姨的命才好。她只不過比我大幾歲，人家都做婆婆啦！」媽一面翻弄著我書桌上的東西一面說。

「什麼？哪一個汪阿姨？」我驚叫了起來。

「還有哪個汪阿姨？就是我的朋友汪以文呀！」

「汪阿姨做了婆婆？你的意思是她有了兒媳婦？她的哪一個兒子結婚了？為什麼我們全不曉得？」我繼續驚叫著。柴考夫斯基哀怨的旋律依然在我四周流動著，我覺得它彷彿是一種不祥之兆，就走過去用力地把電唱機的開關啪的一聲關了起來。

「對了，這樣才對！省得吵著我們說話。以文的大兒子在美國結婚了，她把我們這些朋友全瞞住，大概是怕我們花錢吧？」

「大兒子？什麼時候結婚的？媽，你怎會知道？」我急促地問，希望是媽說錯了，也希望是自己聽錯。

「我當然知道囉！今天他們在報上登了廣告的呀！趙雅同不就是他們老大的名字麼？」媽得意洋洋地說。

「媽，會不會是同名同姓？」我仍然抓住一絲希望。

「笑話！你以為媽真是老糊塗了嗎？廣告明明登著汪以文和她先生的名字嘛！你不信去拿今天的中央日報來看看。笑話！人家博士學位都拿到了，難道還不該結婚嗎？讓我算算看：雅同出國四年了，今年應該有廿七八了吧！……」

我沒有聽媽嘮叨下去，衝出客廳，一把抓起了放在茶几上的那份中央日報，在第一版下面的結婚啟事中緊張地找尋著。我矛盾得很，一方面希望快點找到這則廣告，省得心中疑慮不安；一方面又希望找不到趙雅同的名字，是媽看錯了。

我顫抖的手指在報上滑過去。喏！這不就是了嗎？我的天！「小兒趙雅同小女何美美已於中華民國五十四年元月十五日在美國紐約結婚，特此敬告諸親友。」

紅色的鉛字在我眼前模糊了，我沒有細看下面四個家長的名字，又再衝回房間裡。媽還坐在我的床沿上，我背著她站在電唱機前，假裝在刷唱片。

「怎麼樣？看到了沒有？我沒說錯吧！明天，我想到趙家去道喜一番，你去不去？」媽在問。

「不去！」我回答得很乾脆。

「你這個孩子怎麼搞的啦？剛才還很熱心地問長問短，現在又變成這個樣子，我真不明白你。」

一滴眼淚從我的眼角流了下來，我用一隻手掩住臉，打了一個假哈欠，說：「媽，我睏了。你回房間去吧！」

「好！好！我回去！女兒長大就不需要媽了，以前，你是非要我坐在床邊等到你睡著不放我走的。記得嗎？」

媽一面喃喃說著，一面走了出去。我也真不明白媽，還不到四十歲的人，為何就變得像老太婆一樣嚕囌呢？

媽一走出，我立刻就把房門扣上。含著一眶失望的、無告的眼淚，我又把電唱機打開。柴考夫斯基的旋律又再流動在靜夜中，在房間裡，在我的心靈內。媽說得不錯，它像哭一樣，因為它正是我的哭聲啊！

「湘玲，怎麼又把電唱機開起來了？太晚了，爸爸怕吵。你剛才不是說要睡的嗎？」媽媽的聲音從鄰室傳了過來。

「媽，我關掉就是。」我無可奈何地只好把電唱機關了。

其實，打開或者關起來對我又有什麼關係呢？聽了四五年，我早已耳熟能詳，幾乎每一段音節我都背得出來，我的心中也無時不在歌唱著它，聽不聽對我都是一樣的。

我熄了電燈，和衣躺在床上，柴考夫斯基的音樂在我心靈中演奏著，漸漸地，時光倒退了六年，我變成了一個留著短髮的初中女生，我看到了他……

那天，媽第一次帶我到汪阿姨的家裡，我記得，那是寒假裡的一天。

一進趙家的大門，就聽見一陣很悅耳的樂聲。看見了汪阿姨，媽立刻大聲問：「是誰在聽輕音樂呀？這麼好聽？」

我暗暗扯了媽一把。這明明是古典音樂嘛！不懂就不要亂講，媽一向就是這樣「口不擇言」的。

「哦！是我那兩個孩子。放假在家就一天到晚在聽唱片，吵死人了！」汪阿姨滿面笑容地迎接我們進去，我希望她沒有留意到媽說錯的。

汪阿姨看著我又說了：「這就是你的大女兒吧？長得好可愛啊！今年幾歲了？」

「十五了，在唸初三。湘玲，你還不快點叫汪阿姨？」媽說。

「汪阿姨！」我一面說一面鞠了一個躬。

「好乖！好乖！來，你們快進來坐。」

汪阿姨急急忙忙地招呼我們走進客廳。我覺得她跟媽真是一對，兩個人講話都是那樣急促而嘩啦嘩啦的。她剛才說唱片吵她，我反而嫌她們兩個說話吵我。裡面傳出來的音樂多好聽呀！我真希望我們家裡也有電唱機和唱片。

一面大聲叫女傭倒茶，汪阿姨一面大聲向裡面喊：「雅同，樂同，出來見見范阿姨。」一會兒裡面走出來兩個差不多一般高的青年，一個瘦一點白一點，一個卻是又黑又壯，兩個人臉孔很像，都長得很俊。

汪阿姨指著瘦的那個向媽媽說：「這是老大雅同。」又指著黑的那個說：「這是老二樂同。」

兩個人很有禮貌地向媽鞠了一躬，又對我笑笑點點頭，然後並排坐在一張長沙發上。媽在問他們幾歲，在哪裡唸書，汪阿姨卻打岔說唱片聲音太吵，叫他們去關掉。

「啊！不吵！不吵！那很好聽嘛！」不知怎的，我居然大膽地叫了起來。

媽瞪了我一眼，汪阿姨詫異地看著我，趙家老大卻很感興趣地微笑著對我說：「小妹妹你也喜歡音樂？」

他竟然叫我小妹妹，我有點不高興；不過，我很喜歡他溫文爾雅的態度，雖然是第一次見面，他對我多親切呀！

我點點頭回答他：「我很喜歡，可是一點也不懂。」

「那麼，我來給你介紹一些淺近的好聽的曲子好嗎？」他仍然微笑地看著我說，說完了就轉過頭去問他的母親：「媽，我們帶小妹妹到裡面去聽唱片好嗎？我關起門來就吵不到你們了。」

「也好，你們小孩子進去玩吧！我跟范阿姨可以痛痛快快地聊天。」

「媽，不要忘記了我們都是大學生啊！」老二樂同到現在才開了口。

「我管你們是大學生是留學生，反正在我的眼中永遠就是孩子。你說是不是？」汪阿姨最後一句話是說給媽媽聽的，說完了，兩個人就無端大笑了一陣。

我跟著他們兄弟倆走進他們的臥室。第一次跟陌生的男孩子共處，我感到有點緊張和害羞；但是，後來想到他們比我大了很多，都快大學畢業，可以當我的老師了，心裡也就為之釋然。

他們的房間裡面擺著兩張單人床，兩張書桌，兩把椅子，一個堆滿了書的書櫥和一個唱片櫃，此外就是那部正在開著的電唱機。

范雅同請我坐在其中的一張椅子，說：「我把這張唱片換掉，找一張短的曲子放給你聽好不好？」

「不，不，這一張很好聽。這首樂曲叫什麼呢？」我毫不思索就這樣回答了。在學校上音樂課時，老師雖然有時也放些唱片給我們欣賞；但是，這一首我卻從未聽過，而剛才我一進門時它就吸引住我了。

「這是柴考夫斯基的第一號A大調鋼琴協奏曲，我們也都很喜歡聽。現在奏的是我最喜歡的第二樂章，我弟弟卻喜歡第一樂章。」范雅同坐在床上，對我微笑著說。

范樂同雙手插在口袋裡，靠著桌子站著，一直不講話；此刻，才露出了淺淺的笑痕說：

「第二樂章太傷感了。」

傷感？是的。這音樂對我雖然陌生，然而它與我卻有一股振撼心弦的力量，它的美是淒清的，使我感染了無端的淡淡的哀愁。

「小妹，不知你有沒有聽老師說過，這個樂章的主題之一是從乞丐所唱的歌改編過來的。」范雅同依然微笑著對我說，那神情就像一個老師；可惜我的老師們沒有一個像他那樣親切。

「真的嗎？想不到乞丐的歌也會好聽。」我驚訝地說。同時心裡也很佩服他對音樂的認識與了解。

他笑著點點頭，沒有再說什麼。唱片在唱機上急促地旋轉著，音樂也漸漸由緩慢而變成快速，范雅同告訴我這是第三樂章了。

唱片放完，范雅同問我好聽不好聽，我點點頭，眼睛不自覺就濕潤起來，我只好趕緊眨眨眼睛把眼淚逼回去。這是喜悅和感動的眼淚，我第一次親炙古典音樂，想不到它給予我如許深的感應。

「還要再聽點別的嗎？」他又問。

「不了，謝謝你，我還是出去跟我媽媽在一起吧！」我實在是想聽下去的，不過，我怎好意思一直待在男孩子的房間裡呢？

我走出去，媽大概已和汪阿姨談夠了，就說：「以文，我們要走了，還要到西門町買東西去哩！」

「急什麼？吃過飯才去不好嗎？」汪阿姨說。

「以後再來吧！我們今天真的有事。」媽媽說著就站起來。

我們走到大門口的時候，范家兩兄弟也趕出來送客。范雅同還特別對我說：「小妹，你喜歡聽唱片的話，歡迎你隨時來玩。」

范樂同只是對我笑笑擺擺手，他是個多麼沉默的人啊！

在路上我就要求媽給我買電唱機和唱片，媽不答應，說我正在升學關頭，功課這樣忙，哪裡有空聽唱片呢？我聽了嘟著嘴不高興，媽就說：「這樣吧！假如你考高中考得理想，就買一部給你做獎品。」

好吧！有什麼辦法？只好乖乖地等半年啦！那個晚上，我做了好多好多夢。我夢見我已有了一部電唱機，和范家的那部一模一樣，唱片在上面飛快地旋轉著，還彷彿聽見了柴考夫斯基那一段哀傷的旋律。我又夢見范雅同當了我們的老師，站在講台上講課，他問我一個問題，我答不出，他的臉忽然就變成了范樂同的，兇兇地舉起教鞭要打我，我急得哭起來，然後就哭醒了。

從那個時候開始我就瘋狂地愛上了古典音樂。沒有電唱機，我只好從收音機裡收聽各電台的音樂節目來滿足自己。漸漸我也認識了一些世界名曲，知道了一些音樂方面的知識和故事。

我經常參加點唱，十次有九次，我點的是柴考夫斯基的那首鋼琴協奏曲第二樂章，我也不知道自己為什麼會偏愛這憂傷的旋律。

整個寒假，我沒有再看到過范家兄弟，也沒有再到過范家去。媽倒是偶然去的，不過，她沒有叫我去，我又怎好自己跟著去呢？我多麼希望汪阿姨會帶他們來，或者在路上碰到他們呀！不，我說「他們」是不對的，我只希望見到范雅同，我喜歡他的文靜、溫柔和親切，而且，我對古典音樂的愛好又是他啟發的。至於他的弟弟范樂同，似乎有點陰沉、自負，我不喜歡這種人。

開學以後，我忙於功課；但是，卻不忘記聽音樂。每天，當我獨自一個人關在房間裡收聽音樂節目時，眼前就會浮現出范雅同那張白淨的、斯文的臉孔。我總是這樣想，他現在在做什麼呢？是在用功還是像我一樣在聽音樂？當我想到他的時候，心裡就會覺得很安慰。

轉眼一個學期過去，我畢了業，居然順順利利地在聯考中考取第一志願。發榜那天，我高興得幾乎昏了過去，我不只為考取好學校而高興，也為了電唱機呀！

媽媽實踐了她的諾言，雖然那只是一部手提的便宜貨，但已夠我興奮的了，因為它對我有著重大的意義。媽媽還給了我一些錢去買唱片，我去選了幾張我愛聽的，可是卻買不到柴考夫斯基的第一號鋼琴協奏曲。

我想到要去跟范雅同借，就跟媽說：「媽，你陪我到汪阿姨家去好不好？」

「去做什麼？我昨天才跟她在一起打牌，今天不想去了。」媽午睡剛起來，還是懶洋洋的。我纏住她不肯罷休，她叫我自己去。還說：「我好幾次在他們家碰到雅同，他都叫你去聽唱片，你為什麼不去呢？這麼大一個人還處處要媽陪著，也不怕人笑話？」

啊！真有這回事！他並沒有忘記我？我要去！我一定要去！否則，我們哪裡來見面的機會呢？

我真的大著膽去了，頂可笑的，在按門鈴時，一顆心竟然突突地跳個不停。想不到，開門的就是他自己。他看見我似乎很驚喜：「啊！是小妹！你長高了，我差點認不得了哩！」

我羞澀地對他笑了笑。這是我們之間第一次見面；可是，他的臉對我是多麼熟悉呀！他的髮型、眉毛、眼睛、鼻子、嘴巴，還有說話和微笑的神態，我一閉目就想得出來。我現在還清楚地記得：那天他穿著一件雪白的襯衣和一條咖啡色的西裝褲，風度瀟灑地站在門口對我微笑。我是個矮個子，站在他面前就彷彿短了一截。

他請我進去坐，問我媽媽為什麼沒有來。在我還沒有把來意說明以前，他又告訴我，他媽媽和弟弟都出去了，問我是不是要找他媽媽。

我困難地把要借唱片的意思說了出來。他聽了，依然安詳地微笑說：「恭喜你考取了好學校，小妹。媽沒有告訴我，不然我們會到你家裡道賀的。這樣吧！我把你要的這張唱片送給你，就當作我和弟弟送你的一點小禮物好嗎？」

「不，不，我只要借回去聽幾次就行，我不能拿你們的東西。」

「那只是一張舊唱片，算不了什麼。何況，我和我弟弟過幾天都要去受訓，沒有機會去聽了。」

「哦！原來你們兩位也都畢業了，恭喜恭喜啊！」我的心一沉，但是表面卻不得不裝著微笑。

「謝謝你。不過，我弟弟還沒有畢業，他還有一年，我們都是在第三年的暑假開始集訓的。」他口口聲聲離不開他的弟弟，看來兩人的感情極好；可是，兩個人的性格又多麼不同呀！

他看見我低頭不語，又說：「我現在進去把唱片拿給你好嗎？」

「我覺得我還是不應該拿你們的東西的。」

「那有什麼關係？小孩子何必這樣拘謹呢？」他笑了笑，就站起來走進房間裡。

小孩子？我的天！他還是把我當小孩子看待，我馬上就是一個高中生了呀！我惱恨地咬著牙，心中有一股說不出的難受。

一會兒他就拿著唱片走出來了。「小妹，你還想借點別的唱片嗎？或者要不要在這裡聽一會兒音樂？」

要！我當然想跟他多聚一下，他馬上就要離開我們一年了！可是，我卻這樣回答他：「不了，謝謝你。我還有別的事，我想回去了。」

我硬著心腸站起來，硬著心腸走出去。他送我到大門口，還是用他那溫雅的笑容望著我說：「你以後常常來嘛！想借什麼唱片，可以叫我媽媽拿給你。」

我沒說什麼，只輕輕向他道了一聲再見，就挾著那張他親手為我包紮好的唱片走了。偶一回頭，他的笑容和白襯衫都在盛夏的陽光下閃閃發光。

我足足有一年多沒有再見到他，也沒有到過他家去。不過，在這段時間內我並不寂寞，我有唱片和音樂陪伴我；同時，因為我知道他正好好地在基地受訓，我不須為他擔心事，所以我的心境反而泰然。我後來又買到了另外一張柴考夫斯基的第一號鋼琴協奏曲，就把他送的那張當寶貝似地珍藏起來，那是我珍貴的紀念品，我不能讓唱針把它磨壞了。

在我上高二那年的秋天，有一天他忽然由汪阿姨陪同到我們家裡來。一年多不見，我覺得他似乎長高長壯了，本來白淨的皮膚變成了健康的褐色，樣子也因此而更帥。

多時沒見，我們都變得生疏起來，彼此默默地對坐著，一句話也說不出來。

倒是汪阿姨先開口了：「我好久沒看到湘玲了，看她長得多標緻！完全像個大姑娘的樣子。我記得那次她上咱們家的時候還是個黃毛小丫頭哩！」

媽媽也說了：「黃毛丫頭十八變嘛！！看你這位少爺還不是愈長愈英俊？怎麼樣？有女朋友了嗎？」

這時，我發覺他和我的臉都在發紅了。

「還沒有哪！要不是雅同馬上要走，我倒想叫你給他介紹介紹哩！」汪阿姨說著嘆了一口氣。

我的心忽然一震，他要走？到哪裡去呢？

媽立刻把我心裡的話說了出來：「雅同要走？到哪裡去呀？」

「我要到美國去讀書。」范雅同回答說，同時，我發現他瞥了我一眼。

「哦！恭喜你們了！以文，你真好福氣啊！」媽媽說。

「福氣什麼？兒子長大就一個個飛走，今年他去，明年就輪到樂同了，唉！」汪阿姨又在嘆著氣。

原來是來辭行的，我正在奇怪：從來沒有來過我們家裡的他為什麼會翩然來臨哩！

汪阿姨和媽媽不知在嘀咕一些什麼，我枯坐一旁怪無聊的。他默默坐在我的對面，不時羞澀地向我笑一笑，而我向他回報的笑容卻是淒楚的，淒楚得就像柴考夫斯基的第一號鋼琴協奏曲的第二樂章。

跟我講話嘛！你這個怕羞的人！難道真的要女孩子先開口？你知道嗎？我有好多好多話要跟你說，我要跟你討論音樂，我要告訴你我的夢想；雖然我們以前只見過兩次面，但是我已把你供奉為我心目中的神了，你知道嗎？

汪阿姨跟媽說完了話，就大聲地對兒子說：「雅同，我們走吧！還得到別家去哩！」他默默地站起來，默默地看了我一眼，微笑著、溫文地向媽道了別，走到門口時，才似乎鼓起勇氣地紅著臉對我說：「你現在還聽唱片嗎？」

謝天謝地！他不叫我小妹了。「我天天在聽。」我的喉頭哽塞著，只輕輕地回答了他一句。為什麼？為什麼？為什麼要到現在才開口？現在，即使我有滿腔衷情，又如何向他訴說？

「真好！希望你這個興趣永遠保持下去。」他微笑著溫柔地再看了我一眼，然後，向我們擺擺手，就伴著汪阿姨下樓去。

* *

快五年了，他一直是我供奉在心裡的神，柴考夫斯基的鋼琴協奏曲是我的聖樂，那部小小的電唱機是我的神殿；我每夜在我的神殿中膜拜、祈禱，想念遠隔重洋的他，等候著他的歸來。

但是，今夜我發現我的祈禱完全無效，我的期待已成泡影。

我瞪視著在黑暗中仍然露出灰白色的天花板，眼淚慢慢乾涸，心靈也漸趨寧靜，我的聖樂——柴考夫斯基悲悽的旋律又在心中無聲地響了起來。他的臉，那張曾經在陽光下閃閃發光、永遠帶著笑容、像天使一般的臉在我眼前開始擴大又擴大……，於是，我向著黑暗笑了。

對！我應該笑的，我為什麼要哭呢？他曾經是我心中的神，今天也還是我心中的神啊！他學業有成，又了卻人生大事，我應該為他慶賀，為他祝福才對，我為什麼要哭呢？

於是，我又想了：他還會記得我這個只見過三次面的小女孩嗎？見了面還會認得我嗎？他現在還喜歡音樂嗎？我不知道自己是不是有一天也像他和他弟弟一樣能夠負笈到彼邦去，假如我和他見了面，我又會怎樣？……

啊！別想得那麼多了，還是回到你的音樂天地中去膜拜你的神吧！他一旦是你的神，就將會永遠是你的神，直到另外一個「神」進入你的心靈中為止。噢？是嗎？我的心靈會不會讓別的「神」進去呢？我不知道！我怎會知道？

網

生命中有兩個悲劇。一個是不能達到心頭的慾望，另一個是達到了它。

——蕭伯納

一

他早就醒過了。他是個早起型的人，每天和太陽同時起來，是他多年來的習慣；雖則他現在用不著早起，但是他仍然不願睡懶覺。他有時起來看看書，有時就利用這段起床前的時間躺著思考，解決一些還沒有解決的公務上的問題。

他今天醒得特別早——現在才五點半不到——，那是由於昨晚睡得太遲的緣故。睡得愈晚醒得愈早，這也是他多年來的習慣，由於這個「壞」習慣，使得他經常處在睡眠不足的狀況中。他多恨那些剝奪他睡眠的無謂應酬啊！

四周靜悄悄的，樓上樓下一點聲音也沒有，傭人們都還沒有起床。窗外偶然傳過來幾聲小麻雀的啁啾，那是他一天中最早聽見的聲音，也是他最喜歡聽見的聲音；於是，他就會睜開眼睛望向窗外，想看看那些跳躍在枝頭的小鳥兒。可惜，他從來不曾看見過一次，淡綠色的薄紗窗簾把窗外的風光都擋住了，他只能看到牛奶色的濃霧般的晨曦正在偷偷地從綠紗窗簾外滲進來。

他想起來，可是頭腦卻有點昏沉沉地抬不起。是的，他昨夜睡得太遲了，十二點多才上床，距離現在不過五個鐘頭，怎麼夠？

想到昨天晚上的宴會，他的兩道濃眉就皺了起來，已經睜開的眼睛重又闔上。他極力想忘記昨夜的一切，然而宴會上的所有情景卻偏偏不肯放鬆他，一幕一幕地在他腦海中又重映了出來。

鄰床的人翻了一個身，身上那張嫩黃色的毛巾毯有一半滑在鋪著厚地毯的地板上，露出了裹著豐滿肉體的粉紅色薄紗睡衣。他皺著眉，也翻了一個身背著她。他腦海中的電影恰好映出了她的一張笑臉。

她不醜，但他卻不承認她美。她的眼睛夠大，鼻子夠挺，可惜額角太窄，嘴巴太寬。她的皮膚很細很白，可是她卻喜歡用十種八種化妝品塗在上面遮蓋著它。她的身材大致上還不錯，五呎四吋，在中國女人中已是很出類拔萃的。她的腰和臀生得恰到好處，腿也夠長，假使戴上了有墊的乳罩，就算得上是標準的身段了，怪不得她那麼自負啦！

平常，她在交際場合中，總是裝出一副高不可攀的模樣，昨天晚上為什麼一反常態呢？難道那個人妖似的二流小生，真的使她那麼傾心嗎？一想到那個人妖，他就感到陣陣噁心。水汪汪的大眼睛，殷紅的嘴唇，白皙的皮膚，電燙過的鬈髮，二十幾歲的大男人，說話還尖聲細氣地忸怩作態，真不知他是男是女，還是個陰陽人？

當主人把那個人妖介紹給他夫婦時，他的妻子露碧立刻就伸出那隻戴著鑽戒塗著蔻丹的纖手，和那個人妖相握。「哦！原來這位就是名小生潘安先生，久仰久仰！」她甜甜地笑著，一面還有意無意地瞟了他的丈夫一眼。

潘安滿臉堆著諂媚的笑，彎下腰，執起了露碧的手，模仿著西洋人的禮法，送到唇邊輕輕吻了一下。

「伍總經理，伍夫人，幸會幸會！」他的話是對兩個人說的，但是眼睛都只看著露碧。

「潘小生，你就替我招呼伍總經理和伍夫人一下吧！他們都是你的影迷哩！」主人隨便說了一句就走開了，於是，這位小生就像一隻嗅到了魚腥的貓兒，開始跟著露碧寸步不離。

他——伍光庭，難得看到露碧對人這樣隨和過。隨和？不，這兩個字眼用得不夠恰當。隨便，這才差不多，以一個總經理夫人身份，居然跟一個頭一次見面的男人隨隨便便的，而且這個男人又是個「演戲的」，這算什麼名堂？哼！

看吧！她坐在長沙發的中央，她的丈夫坐在她的左邊，人妖小生坐在她的右邊，她臉就一直朝向右邊，跟那個人有說有笑的，他只有悶坐一旁猛抽香煙的份兒。

入席了，人妖小生又不放鬆地緊緊跟著他們，坐在露碧的身旁。看！他們兩個坐得多麼靠近！肩膀貼著肩膀，手臂貼著手臂的，大腿怕不也緊貼著？伍光庭一開始就鐵青著臉，悶聲不響地喝酒，任何人向他敬酒他都乾杯；不過，他並沒有忘記注視露碧和人妖的一舉一動。看吧！他們的頭幾乎要碰在一起了，在喁喁細語，不知談些什麼，連坐在旁邊的他都聽不見。然後，兩人突然一起大笑起來，各自舉起白嫩的手，兩隻玻璃杯清脆地噹的一響，兩個人杯中的酒都乾了。

他想半途退席，又怕露碧不肯，使他丟臉。現在，他已想不起他是怎樣捱完昨夜的宴會的了，他只記得：他是半醉著由主人和人妖兩個人夾扶著（他還記得他一直要摔開人妖的手）坐上汽車的。在汽車上他閉著眼睛裝睡，沒有理睬他的妻子，露碧也沒有理他。

他轉過頭去望了妻子一眼，嫩黃色的毛巾毯幾乎完全掉在地板上了，她依然睡得很酣，嘴角還帶著一絲笑意。他再度把頭別轉，閉上眼睛想再睡；可是，五分鐘、十分鐘甚至半個鐘頭過去了，還是毫無睡意。他感到有很強的光線刺激著眼皮，睜開眼睛一看，天已經完全亮，朝陽給綠窗簾鍍上一層K金，照得滿室通明。他舉起腕錶一看，七點三十五分，這正是他平常起床的時間。

睡不著，乾脆起來吧！他霍地坐起身來，頭痛似乎更劇烈了。他皺著眉頭，趿著拖鞋走到窗前把窗門推開，一股清新的空氣向他撲來，立刻覺得精神一振，不由得就立刻伸展雙手，作了一次深呼吸。

「要死嘍！一大清早就把窗門打開，想把我冷死嗎？」背後忽然起了一聲嬌嗔。他懶洋洋地把窗門關上，沒有答腔，轉身逕自走向浴室。當他經過她的床側時，眼角彷彿看見她正用雙手緊執著毛巾毯的兩個角，全身蓋得密密的，瞪著兩隻大眼怒視著他。

他假裝沒有看見，走進浴室，洗了一個舒舒服服的澡。半個鐘頭之後，他走出來換上西裝，準備外出。

「星期日這麼早到哪裡去？」當他正在穿上衣時，露碧從他背後冷冷地問。她的聲音低沉而帶著怒氣。

「上媽那裡去。」他也冷冷地回答著。說完了，就要往外走。

「幾點鐘回來？」她叫住了他。

「不知道。」他不情願地立住了腳步，背向著她。

「什麼叫不知道？爸爸下午要請幾個外國朋友來喝茶，你得在家招待啊！」

「知道了。」他的聲音低得只有他自己聽得見，說完又想走。

「伍光庭，」她忽然大喝一聲。「你今天犯了什麼毛病？跟你說話愛理不理的？是誰得罪了你？」

「沒有誰得罪我，」他忽然轉過身來。鐵青著臉說：「你做了什麼事。你自己心裡有數的。」

「我做了什麼事？說呀！」她撇著嘴，冷笑著說。嘴唇上留著斑駁的口紅，眼泡皮腫腫的，頭髮蓬鬆著，他覺得她的樣子好醜惡。

「你真的要我說出來？不怕難為情？」他坐在她對面的床上，也冷笑著。

「怕什麼？我又沒有做什麼壞事！」她嘴巴硬應著，不過聲音都是軟弱無力的。

「你——你這個賤婦，昨天晚上簡直把我的臉丟盡了。」他突然用手指指到她的鼻子上，厲聲地說。

她的臉一板，用手撥開他的手指，從床上坐了起來。和他面對面的，一伸手就在他臉上打了一巴掌。「姓伍的，你說話得小心一點！什麼賤婦不賤婦的？你把我當做什麼人？」

他用手撫摸著臉上熱辣辣的地方，睜著睡眠不足的充滿紅絲的眼睛，狠狠地瞪著她足足有五分鐘，然後一言不發地走了。

露碧從床側的小几上拿起一根香煙點著了，啣在嘴裡靠著床欄坐著。她吸了長長的一口，仰起頭向空中吐出一連串的煙圈，無言地冷笑著。

二

三輪車在一條幽靜的巷子裡停下來。伍光庭付了車資，從一道側門走上一座小洋房的二樓。他在大門上輕輕叩了兩下。

「媽！」他一面叫著。

門開了，一個矮小的半老婦人站在門內。「啊！光庭，你今天來得真早！」她愉快地叫了起來。她穿著一件半舊的灰色綢旗袍，半白頭髮梳得光溜溜的，在腦後挽起一個髻。

「媽，我特地早點來的，就是因為來得太早，都忘記帶東西給您了。」他摟著母親的肩膀一同走進去。

「我不要東西，只要你來就好了。來，快坐下！你一定還沒有吃早餐，告訴媽，想吃什麼東西，媽去弄。」伍老太太把兒子按在一張沙發上，自己在他對面坐下，一面端詳著他。

「媽，我不餓，您別忙，咱們先聊聊。」伍光庭垂著眼皮說。他似乎有點不敢正視他的母親。

他的母親發覺他瘦了，兩道眉頭老是交纏著，當他抬起眼皮，她還看見他眼白上的血絲。

「光庭，你瘦了，身體沒什麼吧？」做母親的不勝愛憐地問。

「沒什麼。媽，我挺好的。」他勉強地笑著，露出兩排又整齊又潔白的牙齒。

啊！他依然是我那個英俊的兒子，他的瘦大概是因為工作太忙的緣故吧？做母親的寬心了。

「你要吃麵還是吃稀飯？我去弄。」伍老太太說著就站了起來。

「也好，媽一定也還沒有吃，那麼給我下一碗麵好了。」

「我知道你喜歡吃麵，昨天就滷好了一碗牛肉和豬腳，我先嚐了一些，味道好極了。光庭，他們家裡也常常吃麵食嗎？」

「才不會哪！南方人頓頓離不開米飯，所以我才每星期回來吃麵呀！」

「哎喲！聽你說得好像回來只為了吃麵而不是為了看媽的。」

「媽，我怎麼會嘛？算我說錯了話好不好？」

「看你急成這個樣子，傻孩子，媽是跟你開玩笑的呀！」

他跟母親走進廚房。小小的一間，卻是收拾得非常整潔。水泥砌成的灶頭上放著兩個液體煤氣爐，另外一邊是調理台和白瓷的水槽。所有的鍋子都擦得發亮，一鍋子的開水正在爐子上冒煙。

「你到外面看報紙，弄好了我拿出去。」伍老太太開始動手下麵。

「不，我要看著您做嘛！」做兒子的故意捱到母親身邊。

「看，快卅歲的人了，還撒嬌哪！」母親樂得滿臉都起了皺。

一會兒，伍老太太就把兩碗麵下好了。她自己只吃一小碗，卻給兒子下了一大碗，還在上面堆了滿滿的滷牛肉和滷豬腳。

母子兩個人各自捧著麵到客廳坐下。他挾起一塊牛肉放進嘴裡，立刻就說：「啊！真好吃！」

「光庭，你吃不慣白米飯，為什麼不每天來我這裡吃呢？你不知道，我一個人吃飯太沒意思了，有的時候簡直懶得去弄。」

一片陰霾掠過他的臉。「媽，對不起！這是沒有辦法的事，我不是跟您說過了嗎？又提起來做什麼？」

「好，好，我不提就是。光庭，你最近工作很忙吧？」

「也不算特別忙，還是那個樣子就是。」

「露碧她好嗎？我好久沒有見到她了。」

「她很好。」他沉著臉小聲的答。

「光庭，我不是怪你，你為什麼從來不帶她回來呢？我只有你一個兒子，多了一個媳婦就是多了一個女兒，你帶她回來我也好熱鬧熱鬧呀！」

「媽，您又不是不知道，像她那樣的人，肯乖乖地在這裡坐半天陪老太太談天嗎？算了吧！」

「可是，她是我的媳婦呀！」

「媽，您有兒子就夠了。」

「但是我的兒子卻住在他老婆的娘家裡，剩下我孤老太婆一個人過日子。光庭，我不但要媳婦，還要孫子哩！」老太太開始歇斯底里地叫著。

「媽，夠了！夠了！請您不要再說下去了！」他忽然大聲地吼叫起來。

做母親的張著嘴愕然地望著他。

他雙手捧著頭，痛苦地說：「媽，對不起，我不是故意的。」

「光庭，看你的臉色多難看！你一定有著什麼煩惱，告訴媽吧！是不是跟露碧拌嘴了？」

「沒有，沒有。媽，您別問好不好？我昨天晚上睡得太少，睏得很，我想去睡一會兒。」

他不耐煩地說。

「好，你去睡吧！媽去買菜，咱們中午吃烙餅。」

他母親家裡一共有兩間臥室，一間臥室是母親自己住，一間放了張單人鐵床，是給他回來時休息用的。

他躺在那張鋪著漿燙得很乾淨的印花床單的床上，聽見母親開門出去的聲音；然後，他可能的確是因為太累了的關係，一下子就睡著了。他似乎睡了好久，醒來時他聽見母親在廚房裡剁肉的聲音，在迷糊中，他彷彿不是躺在這張精緻的鐵床上，而是躺在一張發著霉味的榻榻米上，他媽媽在那間汙穢狹窄的公用廚房裡剁——剁蘿蔔乾。那個時候，他母子兩人幾乎每一頓都吃鹹蘿蔔乾，剁得細細的，加入一些葱花和蒜末。起初他覺得很好吃，但是吃了幾餐以後他就不愛了。而且，那個時候的台灣根本買不到北方麵條，吃蓬萊米他嫌太膩嘴，在來米又嫌太粗糙，配著那又乾又硬又鹹的蘿蔔乾，每一頓他幾乎都是含著淚把一頓飯扒完的。

「媽，明天包餃子給我吃好不好？」他常常這樣哀求著母親，那時候他只有十二歲。

「好的，等媽找到事情做，賺到錢就包餃子給你吃。」母親總是這樣答應著。眼睛裡也總是閃爍著淚光。

是的，一定得等媽媽有了工作，才有錢包餃子給他吃。爸爸因為不服水土，一來到台灣就得病死了。為了爸爸的病和喪葬費已把他們帶來的錢全部用光，現在，爸爸才去世兩個多月，母子倆的生活立刻就成了問題。北方的老家已經淪陷了，她們在這個陌生的海島上一個人也不認識，言語又不通，有誰會幫助他們呢？媽媽天天在外面跑，想找一份能夠餬口的工作；可是，她每天都是失望地回家，一回到家裡就哭，哭得眼睛都快瞎了……。

光庭的目光停留在牆壁上一張他母親的放大照片上。媽今年才不過五十一歲，在這個年紀。有些女人還打扮得花枝招展哩！然而，媽媽卻已頭髮斑白，憔悴不堪，這不是為了年輕時吃得太多苦是什麼？可憐的媽！他的眼睛開始潤溼起來，正如他那個時侯一看見母親哭就會挨在她身邊流淚一樣。

房門口出現一個小小人影，他轉過頭去看，是媽。糟糕！別讓她看見我在哭。他裝作在打哈欠，一面用手背擦去眼淚，一面說：「媽，我睡了多久了？」

「也沒有多久。要是你不想起來就再躺一下吧！餅我都已經做好了，你要吃我就去烙，冷了不好吃的。」伍老太太走了進來說。

「媽，您過來。」他用手拍著床沿。叫母親坐下。

他執起母親一隻粗糙的手撫摸著說：「媽，您——」說到這裡他就頓了下來。他本來想問媽現在快樂不快樂的；可是，他說得出口嗎？媽一個人寂寞地生活著，有子有媳卻無人侍奉。快樂？不，媽怎會快樂呢？物質是永遠填補不了精神上的空虛的啊！

「你說什麼嘛？這樣吞吞吐吐的？」母親疑惑地望著他那雙深黑色而帶著憂鬱的眼睛。

「我——我說您是我最最親愛的媽媽，世界上沒有任何人能夠代替您。」他改口說，勉強擠出了一個笑容。

「媽知道你的孝心了，傻孩子，這還用說嗎？」媽媽用另外一隻手在他的手背上輕輕拍著，慈祥地注視著他。

當他和母親正對坐在客廳中一張小圓桌上慢慢品嚐母親親手做出來的烙餅時，大門外的門鈴忽然被人按得震天價響。

「奇怪！這個時候會有誰來呢？」伍老太太說。架上一隻金色小座鐘的指針正指著十二時三刻。

「我去看看。」伍光庭放下筷子，站起來走到門口，把門打開。

門外站著的是他岳父家的司機老王。伍光庭皺著眉看著他，沒有開口。

「伍總經理，董事長說有要緊的事跟你商量，請你馬上回去。」老王垂著手，恭敬地說。

「我正在吃飯，你等一等。」他仍然皺著眉，不耐煩地說。說完了還把手揮了一下。

「是。」老王向他微微點了一點頭，轉身就走下樓去。

老王才走了幾步，他又叫住了他：「老王，你吃過飯了沒有？在這裡吃吧！」

「謝謝伍總經理。董事長在家裡等著，我還是回去才吃吧！」老王面無表情地回答，眼中卻顯露出狡詐之色。

伍光庭鐵青著臉回到母親身邊，一言不發。

「光庭，老王找你什麼事？」母親問。

「說有要緊的事要我回去商量。」他挾起剩在碗裡的半個烙餅咬了一口，又放下去。

「是公司的事嗎？」

「當然是囉！難道還會有別的事情？」他粗魯地回答，接著就站起身來說：「媽，我吃完了，我現在就走。」

「現在就走？你才吃了沒幾個呀！你吃飽才回去吧！讓老王等一下有什麼關係呢？」

「不，我吃不下了。媽，我有空再來看您。」他說著就大踏步走出門外。

母親望著還剩了滿滿一大盤的烙餅，搖搖頭，輕輕地嘆息了一聲。

三

他匆匆走進那間鋪著厚呢地毯，每一件家具都跟酒櫃中的玻璃器皿同樣閃閃發光的餐間，看見露碧和他的父親正坐在大圓餐桌的一邊，在悠閒地剝食著螃蟹，兩個人的面前都放著一杯紅酒。

他的岳父楊老先生看見他，稍稍露出了一點錯愕的表情說：「光庭，你回來得正好，來，來吃螃蟹。我們剛剛開始的。」

「不，爸爸，我吃過了。您不是叫老王去找我回來的嗎？」他按捺著怒氣說。

「我？」楊老先生側著頭，不解地問。

「對呀！爸爸，你看你多善忘！你不是說要找光庭回來吃螃蟹的嗎？而且，下午那幾個美國人又要來。」露碧用眼角瞟著她父親，嗲聲嗲氣地說。她正用兩隻細嫩的手指拈住一隻蟹鉗，猩紅色的蔻丹正好和蟹殼的紅色相輝映。

「哦！對！對！我忘了！我忘了！」楊老先生一面呵呵大笑，一面會意地說。也指著面前的滿桌佳餚對他的女婿說：「光庭，坐下來嚐嚐看。今天的螃蟹新鮮得很。」

光庭也會意了，但是他仍然忍耐著。「爸爸，我吃不下。我睏得很，想去睡個午覺。」說完。他沒有看露碧一眼，就上樓去。

他並不睏，只感到疲累。他脫去外衣，連鞋子都不想脫，就倒在床上。他睜大眼睛，瞪視著天花板，那柔和的淡玫瑰紅色並沒有對他起了安撫的作用，相反的，他感到氣得肺部都快要炸破了。

床頭小几上豎立著一個金框的露碧的小照，那雙大眼睛凝視著他，似在向他嘲弄。啪的一聲，他把它推倒。他覺得他簡直不能相信，她就是八年前那個使他一見傾心的女孩子。

他閉起眼睛，淡玫瑰紅的天花板變成了一個淡玫瑰紅的人影。對！她最愛這個顏色，那個晚上，她穿的就是一身淡玫瑰紅的舞衣。她，那天是個快樂的公主，是牛日舞會的美麗主人，巨型的生日蛋糕上插著二十支紅色的小蠟燭，楊宅的大廳裡整晚洋溢著年輕人的歡笑。

他是被另外一個同學趙以文拉來參加的。大學讀到了二年級，還沒有參加過一次舞會，這在那些貪玩的青年看來，真是一件奇事。他讀的是國際貿易系，趙以文和楊露碧都是外文系（天曉得她念的什麼書？到現在連普通的英語會話都說不好），他和她只見過面而不認識。但是，好事之徒趙以文卻要為他們拉攏。

那天，趙以文請他到福利社吃冰，同時裝得很神祕地對他說：「伍光庭，今天晚上打扮漂亮一點，我帶你到一個地方去，包你有意想不到的收穫。」

「去你的！你這個壞傢伙，別想帶壞我。」伍光庭笑罵著，他誤會了他的意思。

「哎喲！伍光庭，你想到哪裡去了？」趙以文怪聲怪氣的叫起來了。

伍光庭被他說得臉紅了，訕訕地說：「那麼你是要帶我到哪裡去嘛？」

「去楊露碧家裡。」趙以文故意壓低聲音說。

「我又不認識她，去做什麼？」伍光庭疑惑地問。

「她今晚要開生日舞會，很多人想參加她都不答應哩！」

「我不明白你的意思。」

「告訴你吧！蠢材！她要選漂亮的人去參加。她是個唯美主義者，她要她舞會中的來賓都是俊男美女呀！」

「那麼，到底是誰邀我去的？」伍光庭有點心動，他對自己的外形是相當自負的；但是，強烈的自尊心又使他矜持著。

「是我向她提出，經她通過的。你得謝謝我啊！」趙以文用手重重地拍著他的肩膀。

「可是，我不會跳舞。」他還在躊躇。

「你不一定要跳呀！去湊湊熱鬧也好。你不知道她家有多漂亮！她爸爸是一家進出口公司的董事長，還有汽車哪！」

「是嗎？倒值得去見識見識，不過……」他沉吟著。

「不過什麼？你這個人真嚕囌！」

「她沒有請梅耐冬？」他臉紅紅地問。

「梅耐冬？像這種又寒酸又骨瘦如柴的女孩子她怎會請？」趙以文大聲地笑了。「哦！楊露碧沒有請梅耐冬你就不敢去，你怕梅耐冬怕到這個程度？」

「不是怕，只是有點不好意思。」

「有什麼不好意思？是誰規定有了女朋友就不能參加別的女孩子的舞會的？別三心兩意的了，今天晚上我來找你。」

趙以文這一句話就決定了伍光庭的命運，他做夢也沒有想到，有一天他會成為這幢華麗得使他張口結舌的洋房的主人之一。

他對他自己的外貌一向是極端自信的。他長得相當高，腰背都很挺直，加上一張五官端正的臉，作為一個男孩子，有了這樣的條件就很夠了，何況他還有一副傲岸的神情，更使得那些對他傾心的女孩子感到可望而不可即。他連一套西裝都沒有，那個晚上，他穿著一件母親替他編織的淡灰色套頭的毛衣去赴會，下面是　條在故衣店中買回來的咖啡色舊毛呢褲子。即使是這樣寒酸的服裝，他在所有的男孩子中還是卓爾不群的。

他默默地坐在一隅，堅持著不肯跳舞；但是，當燈光亮起來時，他就游目四顧，他不是看女孩子，而是在欣賞屋子裡的水晶吊燈、絲絨窗簾、皮沙發和牆角的巨型瓷瓶。他在心裡慨嘆著：楊露碧是人，我也是人，為什麼她有福氣住在大公館裡，而我就只能住在狗窩似的只有三疊大小的木板子裡呢？

有兩個人站到他的面前。一個是趙以文。他把伍光庭帶進舞會中以後就失蹤了，伍光庭知道他是急著去泡蜜絲，倒也沒有怪他。一個是全身上下都是淡玫瑰紅色的美人兒，她主是今夜舞會的主人楊露碧，在盈盈含笑地望著他。

「伍光庭，你難道真的要做壁花做到底？」趙以文怪聲怪氣地對他說。

「聽說在我的生日舞會中來了一位最驕傲的客人，我倒要來請教請教。」楊露碧的一雙大眼睛中含著似笑非笑，亦喜亦嗔的表情，嬌聲嬌氣地說。

伍光庭連忙站起來，欠著身說：「豈敢，豈敢，對於跳舞我實在一竅不通，趙以文可以給我證明的。」

「不會跳不會學嗎？傻瓜。現成的老師在這裡，還不趕快拜師？」趙以文把他拉到楊露碧身邊。

楊露碧倒是挺大方的。她笑嘻嘻地拉著伍光庭的一隻手說：「來，我教你。這樣出色的美男子不會跳舞怎成呀？」

伍光庭臉紅紅地任她擺佈著。她握著他的一隻手，又把他的另一隻手拉到她的背後，要他撫著她的背，然後她把手搭在他的肩頭上。音樂一起，她就數著拍子，一面告訴他腳步該怎樣走。

他不是個愚笨的人，可是，不知怎的，這簡單的幾步他就是學不會，不是踩到她的腳，就是在後退時碰到了別人。也許是因為他從來不曾和女孩子這樣靠近過的關係，楊露碧身上的香水味薰得他有點意亂神迷，她的話他沒辦法聽得進去。

楊露碧笑了：「看不出你這個人竟然這麼笨！算了，我們不跳，你來幫我切生日蛋糕。」

她又拉著他的手走到大廳的另一邊，一張鋪著白桌布的長桌上擺著各式各樣的點心和飲料，當中是一個三層的大蛋糕，二十朵橙紅色的火焰在紅色的小蠟燭上面跳著舞。

大家圍著壽星唱完了生日快樂歌，又簇擁著她幫她把小蠟燭吹熄了。她舉起銀色的餐刀回頭對身後的他說：「幫忙呀！」他想把餐刀拿過來代她切，可是她說：「你握著我的手，幫我用力就行。」

他把手握在她的手上。幫她用力切下去。立刻，就感覺到有無數妒忌的眼光也就像他手中那把刀子似的刺到他的臉上。同時，他又聽見有人在怪叫：「看哪！新郎新娘在切禮餅！」那是趙以文的聲音。

趙以文開的玩笑果然成了真。三年以後，他真的和楊露碧併肩站在這裡切結婚禮餅。

他愈想愈有氣，幾乎要恨起趙以文來了。他害了人，自己卻過著幸福的家庭生活，他娶了一個初中程度的本省小姐，夫妻恩恩愛愛的，現在已經有了一雙可愛的兒女。啊！兒女！別提了，媽渴望著抱孫，而她的兒媳婦卻是隻不下蛋的母雞。她並非真的不能下蛋，她只是怕生孩子會損壞了她的曲線。呸！

房門被推開，一陣香風送了進來。他瞇著眼裝睡，看見楊露碧曳著三寸高跟拖鞋一扭一扭地走過他的床後，然後走到她自己的床側坐下。她背著他而坐，他看不見她在做什麼，只聽見她在輕輕地哼著一首熱門英文歌，似乎是很愉快的樣子。

你倒得意啊！伍光庭覺得無法忍受了。他厲聲地問：「你為什麼要假冒爸爸的名義把我叫回來？」

「什麼假冒不假冒的？我叫你或者爸爸叫你，還不是一樣？」她頭也不回地回答。

「誰說一樣？假如是你叫我，我就不回來了。媽孤零零地一個人住著，我好不容易去陪她一下，你都不肯放過，你這是什麼意思？」

「這麼大的一個人了，還整天離不開媽，你好意思說得出口。」她依然背向著他。

「你別強辭奪理好不好？媽這麼寂寞，你居然連一點同情心也沒有。可憐她老人家還想你去看她哪！」他的怒氣漸漸消失，代替了的卻是滿腔的悽怨。

「誰叫你從來不帶我去？」

「我帶你去你就肯去嗎？」

「你根本就從來不曾問過我去不去，你，你，根本就不把我看作你的妻子，你，根本就不愛我。」她忽然間帶著哭聲，一連串地發作起來。同時，她把身體轉向他，他看見她的手中拿著一把小小的銼刀。磨指甲，是她無聊時的消遣之一，她可以一天磨上三四次。

他並沒有被她突如其來的戲劇性動作嚇倒。相反地，他卻冷笑一聲說：「你不必把愛字抬出來了，你說我根本不愛你，難道你又愛我嗎？」忽然間他的怒火又上升了。「早上我們的話還沒有談完哩！你得向我解釋，你昨天晚上跟那個人妖小生到底搞些什麼鬼？」

她忽然哈哈狂笑起來，笑到掉眼淚、彎腰、倒在床上。她躺在床上笑夠了，斜著眼角瞟著他說：「我的好丈夫，你妒忌了，是嗎？我所日夜期待著的，就是你的妒忌，這證明你對我還有感情。我還年輕，我們結了婚還不到五年，我是多麼的渴望著愛情，但是，你白天忙你的工作，晚上又忙著睡覺，你幾曾注意到你的妻子？啊！光庭，」她從她的床上爬了起來，一下子就撲在他的身上。「讓我們不要再爭吵吧！你應該明白，我所做的一切，都完全是為了愛你啊！」

她把她那兩片肉感的紅唇印到他的嘴唇上，雙手緊緊擁抱著他。起初他的反應是冷淡的；後來，他禁不住她豐滿的肉體的誘惑，怒火終於被慾潮淹熄了。懷抱著這個像火球一樣的人兒，他想起了他和她的第一次約會。那是在舞會後的第三天，她約他到她家裡去玩，在闃靜無人的樓上，他們併坐在一張長沙發上共同翻閱她的一本照相本。突然地，她把照相本丟開，整個人歪倒在他的懷裡，低低地說：「吻我。」他惶恐地輕輕吻了她一下，從此，她就把他從梅耐冬的手中擒獲過來。

他沈醉在肉的享受中。管她是真情是假意呢？不要去想得太多吧！將來只是一個未知數啊！

四

從圖書館出來，天色已有點昏暗了，北風搖撼著樹枝，呼呼地響著，冬意已深。伍光庭把制服外套的領子翻起，縮著頸，一手拿著書，一手插在口袋裡，匆匆地走向校門。下課的時間已過，校園裡空蕩蕩的，益發顯得這個冬日黃昏的淒冷。

大街上，人人都行色匆匆，公共汽車站擺成了長龍。他排到長龍的末端，一面焦急地伸長脖子張望車子的蹤影。當他轉身的時候，手肘不小心碰到了他旁邊的一個少女，害得她手中的一疊書全都掉到地上。

「啊！對不起！」他慌忙彎下腰替她把書撿起來。

「沒有關係！」少女從他手中接過書，客氣地回答了一句。

當他們彼此抬起頭來時，在朦朧的光線下，都發現對方似曾相識。光庭望著身邊這個矮小、瘦弱，有著一頭濃髮和黑黑的大眼睛的少女，微笑著問：「你不是我們的同學嗎？」

「是呀！我也覺得你很面熟哩！」少女有點羞怯地說。

「我叫伍光庭，是國際貿易系一年級的新生。你呢？」他首先自我介紹。

「我叫梅耐冬，也是新生，讀中文系。」少女的聲音很纖細，就像她的外表一樣。

「未來的女作家。」他笑了笑。

「哪裡比得你們這些大企業家？」她也微微張開了薄薄的嘴唇，「還不是碰上的？」

「你為什麼這樣晚才放學？」他又問。說著，車子來了，他們開始跟著隊伍前進。

「我到圖書館裡抄筆記。你呢？」

「我也在圖書館裡，怎麼就沒有看見你呢？」他有點驚喜地。

「你怎會看到我？大家都在用功嘛！何況，你本來並不認識我，看到了也不會有印象。」

她回過頭來跟他笑了一笑。

他們都被擠在車門口。擠得連氣都透不過來。他們都沒有講話，只是不時地相視一笑。車子在霓虹燈閃爍著的夜街裡馳過，一站又一站，搭客下去了又上來。他們找到兩個座位坐下，他問：「你在哪一站下車？」

她告訴了他。

「奇怪！我跟你一樣」他驚叫了起來。

「你住在哪裡？」她問。

「我不住在這一區，我是到××街去當家教。」他說。

「多怪！我也住××街。你去的地方是幾巷？」她也叫了起來了。

他們互相把兩個地址對了一下，是相鄰的兩條巷子。他高興地說：「我以後可以天天送你回家了。」

「可是我們下課的時間不一樣。你天天都要去的嗎？」

「嗯！我每天這個時候去，他們供給我一頓晚飯。」

「我真羨慕你！」她忽然幽幽地嘆了一口氣。

「為什麼？」他吃驚地問。

「因為我也想當家教。」她低著頭說。

「那你為什麼不去當呢？」

「我抽不出空來，回到家裡我得燒飯和洗衣服，因為我媽在生病。」她在咬著嘴唇皮。

「你真可憐！」他誠心地說。他想不到在同學中還有這樣一個跟他同病相憐的人，在過去六年中學階段中，他的同學似乎個個都是天之驕子，沒有人懂得人間的痛苦滋味。

「我們到了！」她輕輕地說，打破了他的沉思。

下了車，一陣冷風吹得衣衫單薄的他連連打了兩個哆嗦。瘦小的她也瑟縮在舊呢短大衣裡。

「冷嗎？」他問。

「還好，馬上就到了。」她的聲音有點發抖。

兩人默默地走了一段路，到了一條巷口，她說：「我到了，再見！」

「再見！」他向她舉舉手，望著她矮小的身影走進了黑暗的巷子，無緣無故就嘆了一口氣。

每夜他要在學生家裡耽擱三個鐘頭，回到自己家裡時已是九點多了。這時，正是他家的麵攤生意最好的時候，他母親站在攤子後面，忙著替顧客煮麵，由於長時間在爐子邊的關係，雖然是嚴冬天氣，她還是累得滿頭大汗。但是，儘管她又忙又累，一看見兒子回來，她就丟下顧客不管，連忙端一碗特地為兒子準備的雞絲麵進屋去給他吃，然後才又匆匆跑回門口的攤子上做生意，直到十二點才收攤。

這個麵攤她開了三年了，在這之前，她做過三年多的洗衣婦。近來，光庭常常勸他媽不要賣麵，他說他寧可輟學去找工作，也不要媽這樣拋頭露面。

「媽，我們伍家是書香世家，爸爸是個地道的讀書人，假如他在天之靈有知，一定反對您這樣做的。以前我小不懂事，現在我長大了，我不能再要您養我，我相信我可以找得到一份養活我們兩個人的工作的。」他這樣說。等媽媽收了攤，回到他們那間只有三疊的房間裡時，光庭往往還伏案在翻譯英文雜誌裡的文章，投稿，是他做家教以外的另一賺錢之道。

「還虧你說得出書香世家這句話，你不讀大學，算什麼讀書人？對得起你死去的爸爸嗎？」媽媽生氣了，也傷心了，說著，就眼圈一紅。

「媽，算我說錯了，您別當真好不好？其實，我還不是為了要媽好？」光庭執起了母親的一雙手。「媽，您看您這一雙手，弄到這樣又粗又黑，看了就使我心疼，我怎忍心再靠它們來供我讀大學？」他把那雙手捧起，用臉頰去偎著熨著。

「傻孩子，你現在又不花我的錢，你自己不也在賺錢嗎？媽不過是要積一些棺材本罷了！」

「媽，不許您這樣說！」他用手掩住母親的嘴巴。

這回輪到媽捉住他的手了。「光庭，可憐的孩子！媽老了，手弄粗有什麼關係？你年紀輕輕的，一雙手卻因為洗碗洗到又紅又粗，跟你的臉多不配！多不像一雙讀書人的手！假使現在不是僱了阿雄來幫忙，我是說什麼也不讓你再洗的。」媽媽又在吸著鼻子了。「很晚了，快點睡吧！你天天這樣熬夜也不行的啊！」

「媽，不要難過！我現在向您發誓，在不久的將來，我就要使您過著舒服的日子。我一定要用我的全力去達成我的願望，我說得出來，就做得到。」他站了起來，摟著母親的瘦肩，另外一隻手握緊了拳頭。

五

自從那次和梅耐冬同過車以後，他就很少碰到過她。偶然在校園中遇見，都是有其他的同學在一起，沒有機會說話。不知怎的，他老是惦念著她，老是有著想向她傾吐心事的慾望。因為，其他的同學們的境遇都太優渥了，他們不會了解他的內心的，何況，他也不願意在那些富家子弟面前坦露他的卑微身份。唯有梅耐冬，和他同屬於一個世界，在她面前，他無須自卑，無須隱瞞，可以把長時期埋在心底的抑鬱向她傾訴。

寒假轉眼過去，雖說日子難熬，他的大學階段總算爬過了八分之一。早春裡一個暖陽高照的下午，他沒有課，腳步自然地就走進了圖書館，當他無意中從書頁裡抬起頭來時，忽然發現梅耐坐在不遠的地方，正埋頭在抄寫。他喜出望外的走過去，輕喚著她的名字。

她張惶地抬起頭，看見是他，大眼睛中飽含著驚喜。「啊！是你！」

「你還要抄多久？」他低低地問。

「這不是趕緊的，隨時都可以停下來。」她不停地眨著眼睛，長長的睫毛一開一闔。

「出去走走好嗎？你看天氣多麼好！」他仰起下巴，指了指窗外。

「也好。」她答應了，一面收拾桌上的東西。

他們並肩走出了圖書館。在台階下，她仰起頭問他：「往哪裡走好呢？」

「你下午有沒有課？」他說。

「沒有。」

「那麼，我們到外面去。」他的手在褲袋中搜索著，摸到還有一些零錢。「我請你喝紅豆湯好不好？」

「不，走走就好了。」

他不再答腔。兩人默默地走了一段路，快到校門口時，他問：「你寒假過得好嗎？做了些什麼事？」

「不好！什麼也沒做！」她搖搖頭。

「為什麼？」他吃了一驚。

「沒什麼嘛！就是跟平時一樣。」她的聲音忽然變得激昂起來。「不！比平時更壞！」

他低頭看著她。「怎麼樣壞法？你一定要告訴我。」他的聲音很大。她的吞吞吐吐使他很不愉快。他想，假使她是個男孩子，他就要用力握住她的雙肩重重地搖撼著，迫她快點說出來。

「你為什麼要知道得這麼多呢？我們只不過見過幾次面。我其他的同學都不像你這樣的。」他的聲音使她嚇了一跳；但是，她卻是小聲而緩慢地回答他。

「你認為我太好管閒事是不是？你不想告訴我那就算了。」他會錯了她的意思，竟然生氣了。

「啊！我不是這個意思，我只是奇怪你為什麼會對我這樣——」她停頓了下來。

「這樣什麼？」他瞪大了兩隻眼睛。

「你對我很——很關心。」她低著頭，蒼白的臉頓時泛起了淡淡的紅暈。

「你知道為什麼嗎？因為我和你同病相憐，我們都是世間可憐人！」他激動的說。

「真的嗎？我還以為你是很幸福的哩！」現在，她抬起頭來望著他了。她覺得很困惑：這個面孔俊秀的男孩子也會有著不幸的身世？

說著，他們已走到那家小吃店。他領她進去，她也沒有再推卻。店裡很清靜，他們選了靠牆的一個位子坐下，叫了兩碗紅豆湯。

當她用小調羹慢慢地舀著紅豆湯送進嘴裡時，他又說了：「告訴我，寒假裡你做了什麼？」

「最平凡、最不足道、最低微的事：買菜、燒飯、洗衣服、打掃屋子，當變相的下女！」

她微笑著故意說得很輕鬆。

「伯母的病還沒有好？」他蹙著眉。

「媽的病一時好不了的，她患的是慢性心臟病，躺在床上已經好幾年了。」

「家務就全落在你身上了？」他的兩道濃眉交纏在一起。

「有什麼辦法？我是長女呀！」她輕輕嘆了一口氣。

「伯父不幫你忙？」

「爸爸白天要上班，晚上到一家印刷廠去當校對，忙都忙死了，哪裡還有時間和精神去做家事？」

「可憐！那麼你為什麼又說寒假裡過得比平時更壞呢？」他目不轉睛地看著她，不相信這個纖弱的女孩子竟能一手負擔了全部的家務。她今天穿著一件黑色的舊毛衣和一條用她媽媽的旗袍改成的綠格子窄裙，未經電燙的烏黑濃密的頭髮蓋住兩耳，看來還像個中學生的樣子。

「因為，我比平時更忙了，弟弟妹妹們全都在家裡。」

「你有幾個弟弟妹妹？」

「六個！」

他伸了伸舌頭。「最小的幾歲？」

「七歲，剛進小學一年級。」

「要命！真夠你受！你一定還要服侍那些小的囉？大的能不能給你幫忙呢？」

「幫什麼忙？大的三個全是男孩，功課又忙，還得我去伺候哪！」她苦笑了一下，搖搖頭。

「梅耐冬，不是我誇獎你，你真是了不起！在這樣苦的環境中居然每次都還能考上理想的學校。假如你不要做家事，說不定本屆的狀元就是你了。」他誠心地說。

「也不見得！」她謙遜地微笑了一下，喝光了最後一口紅豆湯。「我認為我的考取都是僥倖的。」

「還要吃點什麼嗎？」他問。

「不要了，我吃不下。」

他付過了賬。兩人又再走到春日的暖陽下。他看了看錶，問她：「你能走路嗎？」

「到哪裡去？」

「到你家裡去。」

「你要到我家裡去？」

「不一定，看你歡迎不歡迎？主要的是，我送你回去，然後我去上課。現在還有一個多鐘頭，我們慢慢地走，到了那邊時間就差不多了。你怕累嗎？」

她又搖搖頭。「我最不怕累的。我讀中學時也常常走路，為的是要省車票。」她停了一下又說：「不過，你今天不要到我家裡去，我家裡亂得很，你去了會使我難為情的。」

「我並沒有堅持要去，我是完全尊重你意思的。」他認真地說。

春陽撒了一地的金粉，使得萬物都閃閃生光；藍天一望無垠，枝頭一片嫩綠。他們走在溫暖的春陽下，友情也隨著腳步的前進而慢慢滋生。

「伍光庭，你剛才說，你也是一個可憐人？把你的事告訴我一點好嗎？」一面走著，梅耐冬遲遲疑疑地提出了她的問題。

「你先看看我的手。」他很快地從口袋中抽出他的一雙手，先攤開雙掌，然後又翻過手背給她看。

那是一雙粗糙而皮膚呈暗紅色的手，掌紋和指甲縫中藏著洗不去的汙垢，那應該是屬於勞工的而不是屬於一個大學生的，跟他白皙的臉完全不相配。

「你的手？那是為了什麼？」她先是駭然地叫了起來，隨後立刻又換過平靜的聲音說：「這也沒有什麼，男孩子並不需要一雙漂亮的手。我的也跟你差不多。」她看看附近沒有行人，也伸出了她的手。

當然，跟他的相比，她的手並不算太難看。只是紋路太粗，指頭龜裂，又沒有尖尖的指甲和猩紅的蔻丹，不像一雙少女的手而已。她學著他的樣，也把手背和手心都翻給他看，然後收了回去，帶著滿不在乎的表情說：「我這是洗衣服、洗碗和擦地板的成績。你呢？」

「我卻完全是由於洗碗。整整的三年，把雙手泡在油膩的熱水中，那滋味真不好受！」他有點憤憤不平地說，完全沒有她的灑脫。

「你媽媽為什麼要你洗碗？」她問。

「我們家是擺麵攤的，我當然要幫我媽媽洗碗。不過，我現在已不必再洗了，因為我去當家教，所以媽媽就另外僱了一個小孩子來幫忙。梅耐冬，你不會瞧我不起吧？我是個賣麵婦人的兒子。」他激動地地說。

「我怎麼會？我還怕你瞧不起我呢！其實賣麵又有什麼不好？憑著自己的本領去賺錢，即使地位再低微，也是神聖的。我們的留學生不是大多數都靠洗碗養活自己麼？」她倒是很平靜地侃侃而談。

「依你這樣說，我將來還得洗幾年碗囉？」他苦笑了一下。

「你的意思是，你將來也要出國？」她問。

「當然！難道你不去？」他驚訝地反問她。

她搖搖頭。「我從來不曾作過這樣的打算。」

「那麼，你畢業以後要做什麼呢？嫁人？」

她又搖搖頭。「我才不要結婚！像我媽媽一樣，生了一大群孩子，吃盡苦頭，然後就長年生病躺在床上，這樣的人生有什麼意義？我只想有一份安定的工作，像教書或做公務員，能減輕爸爸的負擔，供弟弟妹妹們都讀完大學，醫好媽媽的病，我的心願就足了。」

「我不同意你的想法，你的願望太平凡了。我一定要出國留學，起碼得到一個博士學位，然後在那邊找一份待遇優厚的差事，再接我媽媽過去。她老人家吃苦吃得太多了，我要給她好好地享下半輩的福。」他一面說一面做著手勢，彷彿是在演講。

「你出去留學就不回來？」她吃驚地問。

「那也不一定，得看當時的情形而定；不過，我以為還是在那邊比較有發展的機會。」

「啊！伍光庭，你的志願太高了，這顯得我多麼渺小！」她忽然悲哀地慨嘆起來。

「你不同嘛！你是個女孩子。」他本來想再說一句「遲早總要嫁人的」，後來想起她剛才說過不要結婚，就把這句話嚥下去。他側過頭去看著她，忽然覺得這個個子小小而性情獨特的女孩子有點難以了解。她為什麼不要結婚呢？難道想當老處女？

這是他第一次跟女同學談心；但是，他已經直覺到自己將永遠無法了解她們。

六

「你說，你差一點連中學也進不了？」梅耐冬坐在一塊石頭上，凝視著對面黃蕩蕩的河水，一隻手在不斷地扯著腳邊的小草。

「是嘛！我爸爸死了以後，我們曾經有過一段幾乎沒有飯吃的日子，媽媽每天都把眼睛哭腫了。有一天，房東來收房租，我們付不出。房東說：交不出房租就得搬出去，限期是三天，到時不搬就要摔行李了。媽媽整整出去跑了兩天，還是找不到工作，也借不到錢，到了第三天，她忽然想到了去給人家洗衣服，於是，她跪著求那個房東不要趕我們走。」伍光庭靠在附近的一棵樹，雙手插在褲袋裡，仰著頭眼望著雲天，好像在述說一個遙遠的故事。說到最後一句，他忽然轉過頭來望著梅耐冬，眼中燃燒著憤怒的火焰，一手握拳，在空中飛舞。「記著！我媽曾經跪下來求人家不要趕我們走，只不過為了一間破舊的三疊房間，她就受這麼大的屈辱。你說，我要怎麼才能報答她？」

「你媽媽真偉大！所以，才會生出你這個有志氣的兒子。」她衷心地表示了她對他們母子的欽佩。「什麼時候你帶我去見見伯母？」

「不！我不要你到我家裡去。」他搖搖頭。

「為什麼？」她的臉色陡的一變。

「我家太不像話了，不能見人的。」

「你把我當作外人？」她有點生氣。

「不是，我只希望我的家不要給你太壞的印象。」他深深地注視著她。

「你把我當作什麼人了？」她簡直氣得發抖了。

「不要生氣，我帶你去就是了。可是，你為什麼也不讓我上你家去呢？」

「你准我去看你的家，我也就准你上我的家。」她像個孩子似的立刻轉怒為喜。「繼續說下去呀！後來你是怎麼進了學校的？」

「就是這樣嘛！我們住的問題解決了，媽媽後來又多包了兩家人家的衣服來洗。算一算除了吃飯還略略有點剩餘，她就監督我每天溫習六年級的課本，並且替我去報了名。考取以後，我第一個學期的學費是賣掉了媽的結婚戒指換來的，以後呢，都是媽的血汗錢了。」他起初很平靜的在述說，說到這裡，聲音又變得激昂起來。「啊！這六七年來。媽不惜貶低自己的身份替人家洗衣服和賣麵，來供我求學，我是多麼的不孝！我真是寧願不上學了！」他轉了一個身，咬牙切齒地用拳頭重重地搥著樹幹，彷彿那棵樹是一個不孝子。

他童年不幸的遭遇使得梅耐冬的心陣陣絞痛；但是，她是個恬靜的女孩子，不大輕易激動，她只是淡淡地提醒他：「你忘記你偉大的志願了嗎？伍光庭，不完成你的學業，怎會達得到？」

「唉！說的是，我也只好忍耐下去了。我常常覺得：在我的四周好像有一面無形的網罩著我，這張網是柔軟而有韌性的，我愈掙扎，它把我罩得愈緊，緊到使我窒息。我——我什麼時候才能掙破這面網呢？」他兩手向上揮動著，好像真的要扯開一面罩著他的網。

「伍光庭，我了解你，因為我有時也有這種感覺的。我想：可能不只我和你有這種感覺，所有的人也一定有。貧窮的網、疾病的網、名利的網、情慾的網，多少人正在網中掙扎啊！」她用她一貫的平靜的語調說著，一面用同情的眼光望著他。

「梅耐冬，想不到你說得出這樣的論調來，你不但是個文學家，還是個哲學家哩！」他由衷地稱讚她，忽然忘記了心中的煩惱。

「笑話！像我這樣的人能成什麼家呢？」她蒼白的臉紅了一下。「也許是因為我做家務做得太久的關係，我常常很自卑，我覺得自己已經註定是個小人物了。」

「又胡說八道了！」他笑罵了一下，心中感到很納悶：她的性格多矛盾呀！一方面恬淡寧靜，一方面又這樣悲觀與自卑。

黃蕩蕩的河水滾滾地流著，河面上空空的，顯得很遼闊，只有一隻小舟從遠處緩緩划來。天色陰陰沉沉的，把四周的景色襯托得更加荒涼。他在心裡倒抽了一口涼氣：人生！人生！我多麼像這艘河上的孤舟呀！天曉得我將要在人生的激流中划到什麼時候才能到達目的地？

他低低地嘆息了一聲：「梅耐冬，我現在上你家去好嗎？」

「唔！也好，現在弟弟妹妹都上學去，家裡比較清靜，你來吧！」她想了一想這樣說。

這個下午他們又都沒有課。河邊這個偏僻的地方是他們最近發現的，他們覺得在這裡坐著聊天比在小吃店裡或在校園裡都要自由得多，所以他們一有空就會跑到這裡來。

她站起來，拍拍裙子的後面，兩個人就往她家的方向走。

「暑假快到了，你有什麼計劃？」她問。

「我的計劃多著哪！我要找一份工作，我要多翻譯一些稿子。你知道，我是賺錢第一，我不要我媽長期賣麵，我現在已積了一千多塊錢，偷偷存在郵局裡，不讓她知道，到時我要給她一個驚喜。另外，我還想去學打字，學會打字很容易找到工作的。」他揮動著手，急促地說。

「伍光庭，你真了不起！」她仰起頭望著他，不勝崇拜。

「那麼，你呢？」他問她。

「我沒什麼計劃，我只想找一份工作，我也想賺些錢；可是，家務纏繞著我，使我一直沒有機會出去，暑假裡，我想應該可以抽出一點時間來吧！」她幽幽地說。

「唉！真是的！人家還說大學四年是人生的黃金時期哩！為什麼我和你卻已嘗盡了痛苦的滋味！」他又在嘆氣了。

「我不是自怨自艾，我以為你還沒有我痛苦哩！起碼，你們人口簡單，現在已不必再為吃飯問題而操心。而我們，媽媽在生病，弟弟妹妹一大群，只靠爸爸一個人負責，我真擔心這副擔子有一天會把爸爸壓垮啊！」

「可是，你爸爸是個公務員，而我媽媽卻是個麵販，你們以前也沒有我們受過那麼多的苦！」他立刻反駁著，語氣忽然變得很粗暴。

「當然，伍光庭，你們以前所吃的苦頭我們都沒有吃過，我們總算比你們幸運一點。」她看出了他在生氣，馬上就順著他說話。

他們沉默著走完剩下的一段路，最後，走進一條窄窄的巷子裡，到了一幢小小的日式木屋面前。

「這就是我的家。」她一面說著一面推開了竹籬笆的門。

他跟她走進屋子裡，一間六疊大小的起居室，靠牆放著一張雙層竹床，當中一張圓桌，上面堆了好些雜物，此外，就只有一張竹几和幾隻竹凳了。

「請坐吧！」她指著竹凳說。「這張床是三個弟弟睡的，大的睡上舖，兩個小的睡下舖。這張桌子是他們書桌，也是全家的飯桌。

正說著，裡面就有女人的聲音在問：「耐冬，你在跟誰說話呀？」

「媽，我剛進門口，我帶了一位同學來坐。」她答應著。

「我要不要進去看看伯母？」他小聲地問。

「不了！」她搖搖頭，聲音比他還小。「她在生病，不喜歡見客的。」裡面，梅太太又在叫了，「耐冬，天不早了，回頭你不要忘了燒飯呀！」

「媽，我知道了。」她應著，眉頭微微皺了起來。

「我還是走吧！」他知趣地站了起來。

她沒有挽留，就送他出去。

「伍光庭，對不起你！」站在竹籬笆外，她說著，眼圈就一紅。

「沒有關係，我不該來的。」他說。

「我沒有想到這一點，我以前不讓你來，只是為了房子太破舊。倒沒想到媽媽會不高興。我從來不曾跟男生來往過，你是第一個到我家來的男同學，所以她就緊張起來了，媽媽管我管得很嚴的。」她低著頭說。

「那我以後不要來就是。」他無可奈何地說。

「也只好這樣了，反正我們在學校可以見面。」

「好吧！我走了，再見！」他向她揮揮手，急步離去，走了兩三步，忽然又走回來，劈頭劈腦地問：「我剛才忘記問你了，你睡在哪裡？」

「我們一共有兩個房間，爸爸媽媽一間，我和三個妹妹一間，就在那後面嘛！」她向屋子呶呶嘴。

「做功課呢？」他又問。

「書桌倒是有一張，不過卻常常被妹妹她們佔住，我只好坐在床上，用一塊板擱在大腿上寫字。」她的兩隻黑眼睛大大的。「你為什麼要特地跑回來問？」

「為的是要多知道你一點嘛！」他無限溫柔地注視著她。「你都不知道，你一直不讓我來使得我多痛苦！」說著，他頭也不回的走了。

她倚在籬笆上，凝視他漸遠去的修長的背影，不由自主地眼睛裡就濕潤起來。

七

把最後一份公事塞進了抽屜，上了鎖，伍光庭輕輕地吁了一口氣；繁忙的半天過去了，現在，我可以到媽那裡去，享受一頓家鄉風味的午餐和半小時寧靜的午睡啦！當他正要從那張舒服的皮質轉椅中站起來時，總經理室的彈簧門外閃進一個全身鮮紅的人影，隨著一陣香風，他的妻子露碧笑嘻嘻地站在他面前。

「光庭，不要回家，陪我去吃炒年糕。」露碧一屁股就坐在他對面的椅子上，咭咭呱呱地先開了口。

「啊！為什麼呢？」他有點錯愕而又不樂。

「不為什麼，我在家裡悶得慌，想出來玩玩，你難道不願意陪我？」她的大眼睛一眨一眨的，塗得血紅的嘴唇急促地開闔著。

「爸爸呢？」他極力想辦法脫身。

「他中午不回家。」她說。雖然楊老先生和光庭同在公司裡上班，但是露碧的消息比他還靈通。

「露碧，我答應了媽媽今天去吃飯的，她已準備好了。」他面無表情地說。

「那有什麼關係？明天再去不行嗎？」她伸出一雙手，在欣賞著自己尖尖十指上的猩紅色蔻丹。

「我難得回家一次，不去她會很失望的，而且她會等著我。」

「叫一個人去通知一下就行啦！我肚子餓了，快走吧！」她不耐煩地催促著。

「我們改天再去吃炒年糕，今天你跟我一起去媽那裡吃飯。她很想見你，你去了她會很高與的。」他按捺著性子。

「我不愛吃你們北方人的麵，而且今天也不想上你媽那裡去，我本來計劃著吃完館子還要去逛委託行的。」她堅持自己的意見。

「露碧，你就不能遷就我一次？」他痛苦地說。

「那你為什麼不遷就我呢？」她昂然瞪視著他。

「我遷就你的次數太多了，我只求你一次都不行？」

「不行！」她的語氣很堅決。

「好！楊露碧！你既然這樣任性自私，我們就各走各路吧！我去媽那裡，你去吃你的炒年糕。」他說著就站了起來，氣得臉色發青。

「好呀！你以為我除了你以外就沒有別人陪我了嗎？今天你說出了這樣的話，一切的後果你可要負責啊！」她也氣憤憤地拿起皮包一扭一扭地走了出去。

等她走了，他立刻就坐上計程車趕到他母親那裡。在那座幽靜的小樓上，伍老太太正獨自對著一桌子的菜餚在發愣，看見兒子進來，立刻高興得撲了過去捉住了他的雙手。

「怎麼這樣晚才來？我還想去街上打電話給你哩！」

「我有點事，所以來遲了。」他的聲音有些僵硬。

「來了就好了，也沒有遲多久。快點來吃！你一定餓極啦！」母親手忙腳亂地張羅他坐下。

他舉著筷子，但覺喉頭哽塞，食不下咽，勉強喝了一口湯就說：「媽，我吃不下。」

母親這才發現他的臉色很難看，不覺吃驚地問：「光庭，你是不是生病了？」

「我沒有病，大概是太累的關係。我先休息一會兒，媽，您先吃，不要等我。」

母親大聲地嘆著氣說：「這怎麼行啊？光庭，你每次來都說吃不下，工作又這樣忙，身體會弄壞的呀！」

「媽，您不要擔心，我不是經常這樣的，我身體很好。」光庭說著，就搖搖晃晃的走進他的房間裡，和衣倒在床上，雙眼瞪著天花板發直。

伍老太太獨自坐在飯桌旁邊，繼續發呆。這不是第一次了，她做了光庭愛吃的菜等他回來時，他總是吃兩口就吃不下。他明顯地瘦下去，眼眶經常發黑，還不到卅歲的人就失盡了年輕人的活潑與朝氣，這到底是為了什麼啊？他和露碧的不和會使得他消沉到這個地步嗎？老太太忍不住又再嘆氣了：早知如此，我是拼死也要反對他的婚事的。他出賣自己的身體與靈魂的報酬是什麼呢？只不過是一份高職厚薪的工作和一個美麗而潑辣的妻子罷了！我多麼痛恨這幢漂亮的公寓！我一個人守住一層樓房做什麼？我寧願回到以前那間三疊的日式木板房間去住，我寧願替人洗衣服，寧願站在街旁賣麵，也不要住在這裡！那個時侯，我有的是希望，而現在卻什麼都失去了。我要我的兒子！我要我的獨子和我相依為命，而不是現在這樣三天五天或者一個星期才回來做客一次。

我為什麼不拚死反對他的婚事呢？那該是三年多以前的事了吧？那夜，光庭很晚才回家，臉孔漲得紅紅的，似乎很激動的樣子。一進屋子，他就走來摟著我的肩，笑笑的說：「媽，您高興不？我要結婚了！」

唉！當時的對話一句句都像錄了音一樣錄在腦子裡，我為什麼要同意他的做法呢？

「啊！我的孩子，你要結婚了！跟誰？」母親用粗糙的手撫摸著搭在她肩上的兒子的手。這個突如其來的消息使得她有點緊張，因為光庭受完軍訓才不過半個月。

「當然是跟露碧啦！媽，您真傻！」兒子放開了母親，坐到她對面。

「她真的肯嫁給你？」母親更加緊張了。

「為什麼不肯？難道我配不上她？」光庭有點不高興。

「我不是這個意思，我是怕我們太窮了。」

「就是因為她有錢，所以才不嫌我窮，她又不要我養她。」

「哪有丈夫不養妻子的道理？她不要你養要誰養呢？」

「媽您忘記了？她有個有錢的父親？而她又是個獨女。」

「我不明白你的意思。」

「也許我要說得更清楚一點，媽。」他坐近母親一些，執住她的雙手。「因為露碧是獨女，她爸爸捨不得她嫁出去，他要我們結婚後仍然住在他那裡。」

「你是說你要入贅？」母親張大了嘴巴。

「不要太過緊張，媽，我不是入贅，只是住在岳家，這有什麼關係呢？」

「那麼我呢？」老太太忽然感到徬徨起來。

「媽，您不要怕，我會照顧您的，我要給您租一幢漂亮的屋子，佈置得舒舒服服的，給您享福。」他握緊了母親的手，用哄小孩子的口吻說著。

「你要我一個人去住？」母親的聲音都發抖了。

「我會時常來陪您的，媽。」

母親的心中是一萬個不願意，一萬個委屈；但是她知道兒子的個性，他說一是一，說二是二，想獲得的東西都非到手不可，所以，她乾脆不反對了。她無力地、軟弱地說：「好吧！光庭，你已經長大成人，我相信你懂得選擇你自己該走的路的。不過，結婚是一輩子的事，絕對草率不得，你有經過慎密的考慮嗎？還有，你留學的計劃呢？」

「媽，我已考慮了一年多了。在我受軍訓的期間內，露碧肯等候我，而且肯乖乖的每星期給我一封信，足證她是愛我的。何況，她爸爸又這樣器重我，我一回來就讓我擔任他的英文祕書。哦！媽，我忘記告訴您了，他還答應婚後要升我做總經理哩！所以，留學的計劃只好暫時往後延了，先做一個時期的工作，存一些錢再出去豈不是更好？」光庭並沒有注意到母親的反應，只是眉飛色舞地說著。

「是嗎？你做總經理不太年輕一點嗎？」母親迷惘地凝視著兒子，在她的眼中，他還是個孩子；然而，這個孩子馬上就要變成另外一個女人的丈夫，而且還要擔任一間大公司的主管了。這是多麼不可思議的事！

「媽，這叫學以致用呀！您以為我擔當不起嗎？」

「媽怎會這樣想？你本來就了不起嘛！以前每個學期都考第一名，每個學期都拿得到獎學金，現在又是個最年輕的總經理。」母親裝著笑，眼中都充滿了淚水。

「媽，您高興嗎？」做兒子的以為母親喜極而泣。

「高興！」母親用力點著頭。

「那麼，您是答應了？」兒子狂喜地捧起母親乾枯的手吻著。

「當然！媽幾時反對過你的事？」

低著頭吻手的兒子卻沒有看到淚水流下了母親的臉頰。

現在，淚水又流下了母親的臉頰，光庭每次回來都說吃不下而寧願躲到房間裡去睡覺，他的消瘦，他的萎靡，都使得她心痛如絞。早知名利的代價如此的大，她真是寧願他沒有去讀大學，跟著她做一輩子麵攤小廝就算了。

房間裡似乎有轉側的聲音，她走進去，光庭正瞪大兩隻眼睛躺著。

「睡著了沒有？」母親走到床邊，慈愛地問。

「沒有，不過，躺一躺也是好的。」光庭用一隻手鉗住兩邊太陽穴，他有點頭痛。

「我去把菜弄熱給你吃。」母親說。

「媽，不必麻煩了，我沒有什麼胃口，只要喝點湯就行。」

他起來洗一把臉，用湯泡了一些餅，匆匆吃了兩口就回公司去上班。母親倚在陽台的欄杆上，望著他正走向巷口的瘦削的背影直嘆氣。

一個下午，光庭都無精打采的，好不容易熬到下班的時間，他走到董事長室去對他的岳父說他要到一個朋友家裡去，不回家吃飯了；然後，他獨自到一家小館子去吃了一頓簡單的晚飯，就隨便走進一家電影院裡。

這是一部很壞的片子，觀眾很少，影院裡小貓三四隻的，好不冷清。一種孤寂的感覺突然襲擊著他——今夜他不願回家去和妻子相對，也不想去母親那裡——一個有兩個家的人卻像個孤魂野鬼似的無家可歸，這豈不是世界上最可悲的事嗎？

電影看到一半，他竟然睡著了，而且睡得很香，連散場都不知道，直到他的腳被旁邊一個急於離座的人踩痛了才驚醒過來。

他迷迷糊糊地站起來走出院外，迷迷糊糊地喊了一部三輪車回家。一個人餓了睏了自然就想到家，這也是本能之一吧？

由於瞌睡的關係，回到家裡他就像個喝醉了的人一般，倒頭便睡。露碧的床是空著的，似乎是不在家的樣子。她有她的去處：打牌、跳舞、看電影、吃咖啡，花樣可多哪！不在家更好！省得兩個人大眼瞪小眼的，一言不合，又會吵將起來。

他睡了一覺醒來，四周靜悄悄的，床頭的夜光鐘指著十二點卅五分，露碧卻還沒有回來。雖然他一向不大理會她的行蹤（她也不會給他管）；但是，她深夜不歸，他也不免有點酸溜溜的，這麼晚了，她到哪裡去呢？在中國之友社跳舞？在女友家搓麻將？跟那個人妖小生……

想到這裡，他的睡意消失了。他扭開電燈坐了起來，睜大一雙充血的眼睛瞪視著房間的門口，準備她一回來就大興問罪之師。堂堂男子漢，怎能老是給妻子欺負？

就在這個時候，樓下大門外有汽車停下來的聲音，接著又聽見門鈴響和開門聲，不久，清脆的高跟鞋聲便閣閣閣地從樓梯傳到房間裡。

房門開處，又是先飄進一陣濃郁的香水味，露碧穿著一件銀紅色的低胸夜禮服，髮上綴著玫瑰花，嬝嬝娜娜地走了進來。雖然電燈是亮著的。但是她居然不看光庭一眼，就逕自坐在梳妝桌前，取下玫瑰花，解下鑽石耳環和項鍊，一面卸妝，一面愉快地低低哼著熱門歌曲。

「妳到哪裡去了？」他忍不住沉著聲音問她。

「喲！老娘高興去哪裡就去哪裡，你管得著？」露碧怪聲怪氣地叫了起來。

「為什麼不能管？妳這身打扮，分明是去跳舞，為什麼不找我一道去？妳跟誰跳？」他氣虎虎地繼續問。

「喲！」她把聲音拖得長長的。「誰敢驚動你這位老爺啊？你不是陪媽媽去了嗎？怎會肯來陪我？」她忽然也把聲音一沉：「你晚上也沒在家吃飯，你到哪裡去了？」

「我去看了一場電影怎麼樣？不行嗎？」

「好呀！你不是跟爸爸說你是到朋友家裡去的嗎？為什麼要撒謊？」她把塗滿面霜的臉轉向他，在白色膏液的襯托下，顯得她的眼睛漆黑嘴唇血紅，牙齒發黃，這張五彩斑駁的臉，把他嚇了一大跳。

「臨時改變主意的，那又有什麼關係？誰像你老是瞞著丈夫去跳舞？妳到底跟誰跳？在哪裡跳？快說！」他的聲音很大，臉色也很難看。

「你吃醋了，是不是？我還以為你只關心你的母親而不關心我呢！」他發怒，她反而吃吃地笑了起來，而且還向他拋了一個媚眼，她壓低了聲音，悄悄地說：「告訴你你可不要生氣啊！我剛才是在一個製片人的家裡跳舞，我的舞伴就是潘安。今夜大家都說我漂亮，說我可以當電影明星，光庭，你贊成我去演電影嗎？」說著，她走到他的床前，撒嬌地倒在他的懷裡。

「給我滾開！你這個賤婦！你不但辱沒了我，也辱沒了你父親的身份，明天我不叫爸爸揍你才怪！」他把她一把推開，聲色俱厲地罵了起來。

這一下，他以為她一定會又哭又叫，鬧得不可收拾的，想不到她居然沒有生氣，反而又像牛皮糖似地黏到他的身上：「想揍我為什麼不自己動手呢？你要知道，爸爸是從來不曾打過我的。」她執起他的手，使勁在自己塗滿面霜的臉上撻著。這樣一來，他又在她的軟工下屈服了。

八

秋雨濛濛地下著，從早到晚，似乎永不停息。先庭和耐冬並肩坐在樹林中的一塊大石上，兩人共罩在一件雨衣裡，他一隻手摟住她的肩，一隻手握住她的雙手。雨水在他們頭上的雨衣上滴滴嗒嗒地落著成無數小河，流到他們的腳邊。

「假如我們永遠這樣多好！」他說。

「嗯！」她嬌羞地望著他笑一笑，立刻低下了頭。

「耐冬。」他輕輕地在她耳邊呼喚著。

「什麼事？」她略略抬起了頭。

「我已決定將來要娶你做妻子了，你答應我嗎？」他耳語著，好像怕被林間的鳥兒和草叢中的蟲兒聽見了似的。

「我——我不知道。」她遲遲疑疑地回答。

「為什麼？」他像被人擊中了要害一樣，握著她的手立刻就放鬆了。

「我要問過我的媽媽。」她低著頭說。

「哦！原來如此！問是當然要問的，不過，你自己可願意嫁給我？我一定要你現在就答應我，因為我怕你被別人搶去。」他把她的肩膀摟緊一點。

「我——」她訥訥地說不出口。

「好！你害羞是不是？你用不著說出來，你只要答應我這件事就算是默許了。」他用手把她的臉扳向自己，就想吻她。

「不！光庭！不要！」她連忙別轉臉，人也掙脫了他的懷抱。雨衣掉在泥地上，她雙手抱肩，顫抖地站在雨中。

他鐵青著臉，撿起雨衣，還好裡面並沒有弄髒，就嘆著氣又把它披在她的身上說：「我們走吧！回頭你會受涼的。」

「你也把雨衣披上。」她說。

「不要！」他在賭氣。

把雨衣騰出一半，搭上他的肩頭，他們就一人執著雨衣的一邊，默默走向樹林的出口。

「光庭，你不要生氣。是媽告訴我的，不要隨便和男孩子——」耐冬想解釋，但是又說不出口。

「隨便？虧你說得出？我們認識了已經兩年，我從來就沒有碰過你一下。我們現在是大三的學生了，我們是愛人而不是普通朋友，kiss一下又會怎樣？我不明白你為什麼腦子裡充滿了十八世紀的思想？」他大聲地嚷著。

「是媽教我的嘛！她說男女在婚前最好不要接吻。」她低著頭難為情的說。

「又是你媽！你為什麼都只能聽媽媽的話，什麼時候才能獨立嘛？你媽也奇怪，又不是七老八十的人，為什麼思想這樣落伍？」

「不許你批評我媽媽！」她忽然間也大聲的叫了起來。

「好，不批評就不批評。你還沒有回答我的問題哩！」

「什麼問題？」

「你到底答不答應嫁給我？」他清晰有力地一個字一個字的說著。

「也不害羞！說得這麼大聲！」她白了他一眼。

「快點回答嘛！」他用手肘撞著她的臂膀。

「為什麼這樣兇嘛？好，答應你。」她急急地回答了，立刻就把頭轉到旁邊去。

「啊！我的小妻子！」他伸手摟著她，低頭想去吻她的臉，但是她怎樣也不肯把頭轉過來。

一天的中午，他下課下得遲了一點，正匆匆趕往福利社餐廳吃飯時，在走廊上忽然碰到了楊露碧，前幾天他曾經是她生日舞會中的嘉賓。

「哈囉！」她一看見他就眉開眼笑。

「下課了？」為了禮貌，他只得站定了腳步。

「到哪裡去？」她微睨著他。

「吃飯去。」他指了指不遠的福利社。

「啊！那種地方又髒又擠，飯菜又壞，怎麼吃得下？我也正要吃飯去哩！來！我請客，我請你去吃西餐。」

「不，謝謝你，我吃得慣的。」他推辭著。

「客氣什麼？走呀！」她伸手去拉他。迎面走過來一些同學，他不願被人看見他和她拉拉扯扯的，只好跟她往回走。

「伍光庭，我很高興認識了你，你使得我那天的舞會生色不少哩！」在路上走著時，楊露碧很得體地說了一番話。

「哪裡的話？我根本不會跳舞，實在慚愧得很！」他說。

「你要不要學？我可以義務教你。」她立刻抓住了機會。

「不，謝謝你，我不想學。」

「為什麼不學？大學生不會跳舞算什麼？而且，你將來到外國去，不會跳舞也很不方便呀！」

「你一定也準備出國吧？」他忽然發現了使他感到興趣的話題。

「當然！我們讀外文的不出去做什麼？」她撇著嘴，裝出不屑的表情。「你這位高材生一定也在準備著囉？」

「準備是一回事，錢又是一回事。除非我考取公費，否則我是去不成的。」他老老實實地把自己的情形告訴給這個才第二次交談的女同學。

然而她的反應更加驚人：「你儘管準備好了，考不取公費，我借錢給你。」

他以為她是在開玩笑，就不再說什底，只是嘿嘿地乾笑兩聲。

他們走到校門外，她指著停在路旁的一輛黑色轎車說：「車子在那邊等著，我們坐車去吧！」

他尷尬而難為情地跟著她鑽進車廂，那個司機轉過頭來衝著他作怪笑。

在一家高貴的西餐室裡，她請他吃了一頓很美味的中飯。她悠閒、瀟灑而隨便的態度很給他以好感，兩個人居然談得很投契。除了母親以外，這是他生命中第二次接觸女性，他覺得跟楊露碧在一起的感受又跟梅耐冬完全不同，一個像是烈酒，一個像是清茶；比較起來，酒比茶夠刺激得多了。

那天，分手的時候，楊露碧一再叮嚀他：「有空一定要上我家，我教你跳舞。」他答應了；可是，第二天他下課時楊露碧便坐在汽車裡在校門口等著他。

「伍光庭，上來！」她一看見他，就從車窗中探出頭來，親熱地大聲喊著他，使得許多走過的同學都望著他們。

「什麼事？」他走到汽車旁邊，彎下腰問。

「到我家去吃晚飯，然後我教你跳舞。」她打開了車門。

「不行！我還要到學生家裡去教課哩！」他婉拒著。

「那有什麼關係？打個電話去請假不就行了嗎？快點上來嘛！」她用手來拉他了。

「可是我媽媽不知道，她在等著我回家。」他又在編理由。他並不是不想上她家，只是覺得不好意思。

「你不是說要去教課嗎？你媽媽怎會等你？不要騙人了，進來！」楊露碧命令著，一面又用手拉他，他只得進去。

「我怎好意思天天要你請吃飯？」車子裡，他這樣說。

「那有什麼關係？不管有沒有客人，我們家裡每一餐都準備好十個人的飯菜的，你天天來吃都不要緊。而且，」她壓低了聲音：「爸爸今晚有應酬不回家，我們可以痛痛快快的玩一個晚上。」

在楊露碧樓上的套房裡，伍光庭暫時忘記了在家倚閭而望的母親和那間簡陋的三疊木板房。楊家舒適豪華的設備，精美可口的菜餚，以及楊露碧的媚眼和嬌笑，都使他有著如在天堂之感。他想：要是我能夠有這樣的一棟洋房……，不，只要給我一層，一間，或者給我住幾天，也就不枉此生了。

「你在想什麼？」露碧一面用優美的手勢在撕食一隻雞腿，一面問他。

「沒什麼，我羨慕你有這樣好的讀書環境。」他半真半假地說。

「天曉得這算什麼讀書環境？整個房間裡一本書也沒有。」她放肆地大笑起來。「我臥室裡還有一張小書桌，不過，老實說，我也極少用功的。女孩子那麼用功做什麼？你說是不是？」

他被她笑得愣愣的，也不知道怎樣去回答，只好跟著傻笑。

他的目光偶然接觸到牆上一幅照片，那是個貴婦打扮的中年女人，眉目之間和露碧十分相似。為了要緩和那尷尬的場面，他問：「這是你母親吧？」

「嗯！是我媽媽。她已經死了。」她輕描淡寫地說。

「啊！對不起！我不知道。」他禮貌的向她道歉。

「那有什麼關係？我早已不傷心了。」她津津有味地啃著雞腿的骨頭。

「伯母去世有多久？」

「很久哪！大概是我剛上初中的時候吧！」她彷彿是在談論一個跟她毫無關係的人。

他心中冷了半截，不由得就用疑惑的眼光望著她。這個被父親嬌寵著的女孩子為什麼對亡母一點感情都沒有？是她的天性涼薄呢？還是環境的太過優厚使她忘記了悲哀？

「為什麼這樣瞪著我嘛？」她嬌嗔著，也會錯了他的意思。

「啊！對不起！我是無意的。」他連忙把目光收回，並且向她道歉。

「一天到晚就知道說對不起，我最不喜歡聽這句話。」她嘟著嘴說。

「對不起！我不說就是。」他柔順地服從了她，卻惹她笑得差一點把飯菜都噴了出來。

「我以後要叫你對不起先生了！」她一邊笑一邊按住發痛的肚子。

他覺得很難為情，便又只好跟著她傻笑。一頓飯，兩個人差不多吃了一個鐘頭。飯後，傭人送上來一盤冰凍蘋果和一壺香濃的咖啡。露碧邊啜飲著咖啡，邊問：「要聽唱片嗎？你喜歡聽什麼曲子？」

「隨你便吧！我根本不懂。」他真的不懂，因為他從來沒有機會去接觸唱片。

她放了一張貓王的唱片，鬼嚎般的歌聲和嘈雜的樂聲使他震耳欲聾，她卻聽得津津有味，還一面跟著拍子搖晃身體。

「好聽嗎？」她問他。

「我很笨，聽不出它的好處來。」他苦笑了一下。

「你不愛聽，我們來跳舞。」她馬上換了一張慢四步的舞曲，自己先扭著腰肢跳了幾步，然後對他說：「來呀！我教你。」

他靦腆地走到她面前，讓她擺佈。他到底是個聰明人，這又是最簡單的舞步，一下子就學會了。她熱心地教了一遍又一遍，跳了一回又一回，最後，喘著氣說：「累死了！我們要歇一下吧！」

她拉他和她並坐在沙發上，嘴裡直嚷著累，忽地整個人就倒在他的懷裡。在迷惘中，他平生第一次嚐到了吻的滋味，但是他並不知道是他先吻她還是她先吻他。

回家以後，他覺得很後悔，因為他感到對不起梅耐冬。他發誓不再到楊露碧家裡去，也不要再和她單獨相處；可是，楊露碧幾乎每天下課後都等著他，到時，他又不由自主的上了她的車子。

有一天，在教室的走廊上，伍光庭遇到了趙以文。趙以文重重的拍著伍光庭的肩膀，笑著說：「伍光庭，請客了吧？」

「為什麼？」伍光庭愕然地瞪大眼睛。

「你得謝媒呀！現在全校的人誰不知道你是楊露碧的新愛人，這不是我的功勞是什麼？」趙以文得意洋洋地說。

「趙以文，你說話得小心一點，否則我揍你。」趙以文那樣的語無倫次，使伍光庭氣得發昏，他揪住他的領口，恨不得一拳就打過去。

趙以文摔開他的手，依然嘻皮笑臉地說：「伍光庭，想不到你這樣忘恩負義，早知如此，我才不介紹給你。假使我長得高一點，我也有資格追她的。」他向他扮了一個鬼臉，然後大搖大擺的走了。

伍光庭愣愣地站在原來的地方，胸臆中充滿了憤怒、被侮辱和悔悟的感覺。我是楊露碧的新愛人？天曉得她過去有過多少個？怪不得作風這樣大膽了！我是被什麼鬼迷昏了頭，天天上她家去？天啊！我已經多久沒有看見過梅耐冬了？假如她也聽到了那些謠言，她將會對我作何感想？不久以前我還說要娶她哩！到底我是在做什麼？

他知道梅耐冬今天下午沒有課，於是，他也不去上課，立刻趕到她家去。自從那次以後，他就不敢上她家去，今天，他硬著頭皮去了，卻不敢進去；在門外喊了兩三聲，才看見梅耐冬蓬著頭走出來，在黯淡的天色下，她的臉蒼白得怕人。

她看了他一眼，面無表情地問：「什麼事？」

「你有空嗎？我們出去走走。」他問。

「沒空！我正在洗衣服。」

「一下子都不行？」

「不行！」

「耐冬，為什麼生起我的氣來了？」他惶恐地問。

「我憑什麼生你的氣？你老遠跑來看我，就為了說這句話嗎？我忙得很，沒有空陪你聊，沒有事你就走吧！」她板著臉說。

「耐冬，我到底做了什麼？你這樣對待我？」他希望她不知道他的事。

「伍光庭，虧你的臉皮這樣厚，還敢問我？我真後悔認識了你，你——你，」她忽然戟指著他大罵：「給我滾！以後不要再來找我了，去找姓楊的吧！」說著，她失聲痛哭，雙手掩著臉奔回屋裡，砰的一聲就把門關上。

他又一次愣愣地站著，一時間，他竟不知道發生了什麼事。

一個送報的人在他的身旁嘎的一聲刹住腳踏車，然後，刷的一聲丟了一份晚報到梅家隔壁的院子裡，這才把他驚醒。他惘然地慢慢踱出巷子，現在，他意識到，梅耐冬和他之間的誤會已經不容易解釋了。

那個晚上，他伏在書桌上寫了長長三張稿紙的信給梅耐冬，把他和楊露碧之間的事和盤托出。並且一再聲明他愛的還是她，諾言猶在，望她該解。

信發出以後一直沒有回音，寒假卻又馬上到了。在這段時期裡，他老是在設法避開楊露碧；還好，這一陣子好像也很少碰到她，他想：要是就這樣和她斷了，謠言不是就可以消滅了嗎？然而，到了放假的前兩天，露碧又在校門口把他載上汽車。她先吩咐司機開往那家他們以前去過的西餐館，然後就轉過頭來深情地凝視著他說：「我們已有好一陣子沒有見面，你瘦了。」

他沒有回答，因為他不知道說什麼好。

「怎麼不說話了？是不是生我的氣？」她的聲音好溫柔。

「人家都在說我們閒話了，你以後還是不要再叫我坐你的汽車吧！」他皺著眉痛苦地說。

「笑話！讓他們去嚼舌根吧！我才不怕人家講哩！你難道不願意跟我在一起？」她把身體向他靠攏過來，他從前面的反光鏡中發現了司機陰險的笑容，連忙坐得離她遠一點。

她噘著嘴生氣地說：「看你怕成這個樣子！好！我坐到這裡就是。」說著，她坐到座位的角落上，和他遙遙相對；一會兒，自己又覺得滑稽，不禁噗哧一聲的笑了起來。

「伍光庭，我們不要賭氣了，我今天約你出來，為的是告訴你我要到香港去一個時期。這一陣子我沒有找你，忙的就是這件事！」

「啊！真的嗎？你到香港去做什麼？」他正想躲她哩！這似乎是個好消息！但是，又太突然了。

「去玩嘛！我爸爸有事要到香港去接洽，所以順便帶我一道去。」她一副得意洋洋的樣子。

「什麼時候回來？」他問。

「大概開學前後吧！」

「我真羨慕你！」他衷心地說。讀萬卷書，行萬里路，是他的壯志之一，可惜，除了家鄉和台灣，他沒有去過第三個地方。

由於她要離開，他對她的戒備心不覺也隨著減少，當他們在餐廳裡對坐用餐時，他們又像以前那幾次一樣，歡樂地，滔滔不絕地談論著跟香港有關的一切；在這段時間內，伍光庭又把梅耐冬那張蒼白的、憂傷的小臉忘得一乾二淨。

分手時，楊露碧問他：「我從香港回來要送你一些東西，你要什麼呢？」

物質上的欠缺一直是伍光庭心中的恨事。楊露碧這一問，他立刻聯想到委託行櫥窗中各色各樣高貴的港貨：英國製的毛呢大衣、夾克、皮手套、真絲的領帶、高級皮鞋……，這一切，都是他可望而不可及的。今年的冬天很冷，他身上一件從故衣店中買來的夾克好像並不怎麼管用。但是，他嘴上卻這樣說：「不，不需要什麼，你不要買。」

楊露碧向他的全身打量一下，神秘地笑了一笑，沒有再說什麼。

九

他身上穿著一件絲質的睡袍，腳上穿著軟底的天鵝絨拖鞋，舒適地坐在臥室的一張沙發上，膝上攤開一本專門性的英文刊物。他的妻子斜躺在床上，也捧著一本英文刊物，但卻是電影雜誌。

他的眼睛是專注在書頁上，可是心思卻不能集中，半天，似乎一個字也看不進去；不知怎的，他老是想起了今天公司新來的那個女打字員。

她是四個初選合格人中打字成績最差的一個，然而他卻錄取了她，他所持的理由是她的學歷和資歷都最好，她是個專科畢業生，已有五、六年的服務經驗。

當那位負責人事的關主任把四份履歷和考卷送給他審查時，他立刻就被其中一張照片吸引住。影中人有一張很清秀的臉，那脈脈含情的大眼，那玲瓏的鼻子，那小巧的嘴巴，還有那略嫌尖削的下巴，為什麼看來似曾相識？他捧著照片端詳了半天，忽然領悟起來：這個有著一個很清新的名字——祈汝音——的少婦，（她填的年齡是二十八，大概已經結婚了吧？）竟是和當年的梅耐冬有些相似；不過，祈汝音比梅耐冬成熟得多，也美麗得多就是。

「光庭，這個字是什麼意思？」露碧在床上問他。

「什麼？」他猛然的醒過來。

「看你這副心不在焉的樣子，人家問了幾聲都聽不到。」

「我在用功嘛！」

「你要用功難道我就不要？難道你不要我考取留學考試？」露碧忽然就發起牢騷來。

「還提？我都給你害死了。」他的臉色也變得很不好看。

「我曉得你心裡在恨我，嫌我拖累你，巴不得一個人先去；但是，我警告你，你不等我一起，別想去留學，你沒那樣舒服！」她的話愈說愈多了。

「你——你，這完全是無理取鬧嘛！我甚麼時候說過不等你？」他的臉都氣得發青起來。

「你沒說過，可是我知道你會這樣想。」她仍然不放鬆。

「好！好！隨便你說吧！反正我沒有這樣想就是。」他表面是舉雙手投降，心中反抗的怒火卻在熊熊燃燒。

「沒有就沒有，來告訴我這個字是怎麼解釋嘛！」冷戰暫停，她又來騷擾他。床頭几上擺著原版精裝的英文字典，她從來不去翻一下，卻老是把他當作活字典，他一看見她看英文書就暗暗叫苦。

他替她把疑問解答了，又回到那舒適的座位上，繼續沉思。

後天，祈汝音就要來上班，我一定要先召見她，看看她的人有沒有照片美，看看她到底像不像梅耐冬？啊！梅耐冬！一別六七年，相去千萬里；今日的你，一定已經綠葉成蔭子滿枝了，還記得我這個負心人否？

他想起了那一年的寒假，就是楊露碧到香港去玩的那個冬天，伍老太太病倒了。去給醫生診治，說她沒有什麼大病，就是太勞累了，必須休息和補養。看著才不過四十幾歲的母親被生活折磨成老太婆，臉青唇白，瘦得只剩下皮包骨，又一天到晚的頭暈、心跳、失眠、食慾不振，如今還弄到躺在床上不能起來，光庭又痛苦又氣惱，瞞著母親，就把他們靠以維生的麵攤以廉價頂讓給別人，再用那筆頂費給母親吃藥打針。後來，母親知道了這一回事，先是大大的跟他吵了一場，終於，母子二人抱頭痛哭一番，算是了結了他們的賣麵生涯。

當然，一時不賣麵，他們還可以活下去的，因為他們的手頭還有一點點小積蓄。為了怕母親病好後又去做牛做馬來賺錢，光庭在寒假裡便拼命的翻譯文章去投稿，他天天躲在房間裡，伏在那張唯一的桌子上，不停地寫，寫。

有一天，快要過舊曆年了，天氣很冷。他拿筆的手也凍得僵僵的，寫起字來很不方便。母親躺在他身旁的榻榻米上。靜靜地注視著他；當他在工作時，她從來不跟他說話，她怕擾亂了他的思路。

同居的一個小孩從房門外丟進一封信，光庭撿起了一看，是他自己的，信封上是梅耐冬的字跡。他緊張地用顫抖的手拆開信封，兩張筆記簿撕下來的紙都寫得滿滿的。

「光庭：

這恐怕是我今生最後一次呼喚你了。你接到信時，我已經坐在飛向太平洋彼岸的飛機上。你聽了一定會大吃一驚，是的，連我自己也沒有想到我會有今天的。不過，事情的醞釀已有好幾個月，現在，讓我平靜地告訴你所有的經過。

爸爸的一個同事，認識一個剛從美國到台灣來找妻子的華僑。當爸爸無意中聽到這件事時，忽然打主意打到我的身上（原該他，他完全是為生活所迫），他偷偷把我的照片送去，很不幸，那位華僑竟不嫌我瘦弱而看中了我。後來，我知道了，我當然誓死反對，任憑爸爸媽媽如何的流著淚勸我為一家人今後的前途著想，我都無動於衷。因為，光庭，我曾經答應過你。但是，那一陣子你正忙著和楊露碧談戀愛，根本不來找我，否則即使我不告訴你，你一定也可以在我的臉上看出我的憂傷。

後來，那位華僑給我們的答覆期限到了，就在你來找我的那個晚上，我咬著牙，以赴湯蹈火的自我犧牲精神答應了爸爸。當時，我哭了，爸爸媽媽也哭了。現在想起來，這又有什麼可哭的呢？我雖然放棄了只差一年半就完成的學業，但卻抓到一張長期飯票，最重要的，我家裡以後每個月可以得到五十元美金的補助，直到我最小一個妹妹都讀完大學為止。想到我家的生活將可以從此改善，想到媽媽將可以有錢醫病，我心平氣和了，我認為我的做法沒有錯。

光庭，你是我生平第一個愛人，也是最後一個愛人，我將永遠記著你。那位三十九歲，開餐館的華僑，娶的雖然只是我的軀殼，不過，我依然要敬愛他，順從他，因為他是我的丈夫，也是我們一家的『施主』。

現在已是深夜，明天我就要跟我的丈夫（我們已先辦好了公證手續）回美國去，還有許多瑣事要做，不多寫了，就此擱筆。再見！

祝福你！

耐冬上

再者：假使你真愛楊露碧，你就和她結婚吧！我不會恨你們的。」

執著信的手顫抖不停，淚水迷濛了他的眼睛；他強忍著，掏出手帕擦了擦眼角，把信塞進口袋，一聲不響，就衝出房外，連母親問他話也沒有聽見。

他衝出大門，奔出巷子，走上大街。在寒風蕭瑟的深冬黃昏裡、滿街上都是匆忙的歸人。他含著一眼淚水盲目地奔走著，到處都找不到一塊清靜的、讓他可以痛哭一番的地方。

終於，他發現了他的目的物——一幢尚未完工的空洋房，四壁和屋頂已經完成，就是還沒有裝上門窗，地面上堆滿了磚瓦、木料和一包包的水泥，發散著陣陣潮濕的氣味。此刻，工人都已回家吃飯，絕對不會有人進來，它正好成為他的臨時避難所。

他撲倒在牆壁上，雙臂交疊在上面，然後把頭靠在臂上，就不能自制地失聲痛哭起來。我該死！我該死！他在詛咒著自己。可憐的耐冬！我對不起你！我對不起你啊！

當他奔跑著和哭泣著的時候，滿身熱血沸騰，一點也不覺得冷；等到他哭完了，激動的心情漸漸平復了，陣陣寒風從敞開的門窗吹進來，潮濕的地面也冒出陣陣冷氣，他連連打了幾個寒噤，忽然感到冷不可當，這才發覺自己匆匆出門並沒有穿上外衣，而晚飯時候已到，他的肚子也餓了。

掏出手帕胡亂地在臉上擦了一把，他用雙臂緊緊交抱著自己，瑟縮著走回家去。哭了一場，他的心裡好過得多了，梅耐冬此去也不一定非福，只要她的丈夫愛她，她在那邊過著舒適的生活，不是比在家裡受窮罪好得多嗎？他是一個相當理智的人，有時，頗有提得起放得下的勇氣。

回到家裡，母親早已起來把中午剩下來的飯菜熱好在等他。

「啊！媽，您為什麼起來？這應該是我做的事。」他不安地說。

「我好得多了，起來走動走動反而對身體有益處。你剛才到哪裡去了？是誰的信？你好像哭過哩！為什麼？」母親卻急急地盤問他。

「一個同學病了，我剛才出去打電話問候他。」他含糊地回答。說完了，連連打了幾個噴嚏。

「看你穿這一點點衣服就出去，會受涼的，快點來吃飯吧！」母親到現在還把他當作是小孩。

母親的身體算是好一點，當夜光庭卻病倒了。他發著高燒、惡寒、喉痛、咳嗽，得的是重感冒；這一病，就病到寒假快要結束。說也奇怪，母親天天掙扎著起來服侍兒子、自己的宿疾反而好了大半。

十

當關主任帶祈汝音去見伍光庭的時候，祈汝音和伍光庭彼此打了一個照面都嚇了一大跳。祈汝音想：這個總經理為什麼這樣年輕？看來還像個學生樣子哩！伍光庭想：她比照片又美得多了，照片只照出她面目之美，原來她還具有清麗脫俗的神韻之美。眉目之間是有那麼一點點像梅耐冬，但是，假如梅耐冬站在她身邊，就只能算是隻醜小鴨了。

「總經理，這位就是新來的祈小姐。」關主任為他們介紹著。

「請坐。」伍光庭指一指他辦公桌前的椅子。

「謝謝總經理。」祈汝音的口齒很清晰，聲音也很嬌柔。

關主任還站在祈汝音的身後。伍光庭對他說：「關主任，你有事就請便吧！」

關主任做了一個怪笑走出去。

「關於你的工作情形，關主任已經告訴過你沒有？」伍光庭清了清喉嚨，裝出一本正經的樣子。

「告訴過了。」祈汝音的臉上一直保持著一個優雅的微笑。

「祈小姐，你的履歷上寫著你最近曾在××公司工作，你為什麼要離開××公司呢？」他翻閱著她的資料。

「因為××公司待遇太低，而且常常欠薪。」

「哦！祈小姐你家裡有些什麼人？負擔重嗎？」他又問。

她略一躊躇，只回答了他問題的一半：「家裡只有母親和我。」

「哦！」他應了一聲，乘機又打量了她一眼。她的身材很纖細，皮膚細嫩，看來是還像個少女；但是，以她的年齡，為什麼還沒有結婚呢？這麼美的一個女人會找不到丈夫？

他在看她的時候，她略略垂下眼皮，既不忸怩作態，也不受寵若驚，態度非常自然大方。他看得呆了，竟忘了說話。

「總經理，還有什麼吩咐嗎？」倒是她先開了口。

伍光庭平日在下屬面前倒也挺能裝架子、擺派頭；但是，今天不但不能板著臉孔，裝出道貌岸然的樣子，甚至期期艾艾的說不出話來，也不知道該說些什麼好。

「啊！沒什麼了。」經她一問，他才驚醒過來。「啊！不！祈小姐，我們公司是不大喜歡常常更動職員的，你既然進來了，就希望你好好幹下去。」他急促的說完了這幾句話，掏出一塊潔白的手帕輕輕擦拭著額上的汗，又補充了一句：「現在沒事了，你出去開始工作吧！」

「謝謝總經理。」祈汝音盈盈地站了起來，嬝嬝娜娜地走了出去。望著她那緊緊裹在一件淺紫色旗袍裡、骨肉勻停的背影，他陷入了沉思中，想起了自己初到公司工作時的情景。

那年，寒假開學後很多天都沒有看見楊露碧來上學，他心裡微微有點惦念她。是退學了呢？（不會像梅耐冬的遭遇一樣吧）還是在香港玩得樂不思蜀了？

一個晚上，他正在房間裡伏案用功，母親坐在他旁邊做女紅。自從光庭把麵攤出頂了以後，伍老太太一病好就向附近的裁縫店接了些縫鈕扣之類的工作來做，她是一天也閒不得的。同居的小孩子敲著他們的房門說有客人來找，光庭站起身去開門，他先聞到一陣甜香，然後看見面前一隻彩鳥，手中捧著大包小包。同居的幾個小孩子都圍在她身邊看熱鬧。

「伍光庭，沒想到是我吧？」彩鳥嬌聲滴滴地說。

他揉了揉眼睛，定了定神，才相信自己不是在做夢，彩鳥就是楊露碧，她居然紆尊降貴的光臨到自己的破木屋裡來了。

「楊露碧，你——你怎會找——找到這裡來的？」他嚇得手足無措，這種地方怎能讓她進來呢？

「有地址就找得到，這有什麼稀奇嘛！快把這些東西接過去，我的手快要斷了。」她叫了起來，一面把手上的包裹遞給他。

他接了過來，還是呆呆的站著。

「怎麼？不請我進去坐？」她已一隻腳跨進房間裡。

「當然！當然！請進來。」他捧著那一大堆東西，不知如何是好。

「看你這副傻樣子！把東西放下來嘛！這位是伯母吧？」楊露碧一進房間就立刻打量著伍老太太。

「媽，這是我的同學楊露碧。」光庭給他們介紹著。

「楊小姐，請坐呀！」伍老太太在忙不迭地收拾她的針線盒。

楊露碧皺著眉望了望房間的四周，轉過頭去跟伍光庭說：「我的車子在外面等著，你跟我一道回家去，我有話跟你說。」說著，指了她帶來的那些東西。「這些是我送給你和伯母的，你等一下回來再看吧！」她不等伍光庭回答，就拉著他的手往外走。「伯母，再見！」她總算沒有忘記向他的母親打一聲招呼。

他呆呆地任她拉出屋外，又在鄰居們的圍觀下被她帶上她那輛豪華的汽車裡，直到汽車開動了很久，他才像從夢中醒來，他發覺他的一隻手一直被她握著。

他難為情地把手輕輕抽回，沉默著不作聲。心中雖然有許多話要說，但是他不願意讓那面目可憎的司機聽見。

「我去了這麼久，你有沒有想我？」楊露碧捱近他坐著，柔聲地問。

他把身體挪開一點。「你為什麼要去那麼久呢？」

「爸爸要辦的事情很多，而且香港太好玩了，我也捨不得走。」

「我以為你不回來上學了。」

「怎麼會？有你在這裡，我怎肯放棄？」她又靠到他身邊去，把聲音放低：「你有沒有想我呢？我把你想得要死哩！」

他怕她繼續糾纏，勉強點了點頭。「你為什麼不寫信回來？」

「太忙嘛！哪有時候寫信！」

「原來玩比寫信還重要！」他冷冷地說。

「你別生氣嘛！我現在回來了，就天天和你在一起，永遠不分開就是。」她整個人都倒在他的身上，一雙手緊緊摟住他的胳臂。

他把她推開，從前面的反光鏡中，又看到了那個司機的怪笑。

她也嘻嘻地笑了起來。

到了她樓上的房間裡，他第一句就問：「你把我拖來有什麼事？」

她坐在沙發上，拍拍身邊的空位，對他說：「坐下再談嘛！急什麼！」

他坐到她的身邊，她立刻緊緊的抱住他，把兩片豐滿的紅唇貼上他的唇上，久久才把他放開，兩隻水汪汪的大眼含情地瞟著他說：「我要你來，就是為了我愛你，明白了吧？」

他整個人軟癱癱地坐在那裡，迷惘地注視身旁那個打扮得花枝招展的富家小姐，很久都說不出話來。過了好一會兒，他才喘著氣說：「你為什麼要對我這樣好？還特地送東西到我家裡去？」

「就是為了愛你呀！傻瓜！」她的眼睛睜得大大的，一隻手指點著他的鼻子。

「我有什麼地方值得你愛的呢？我只是個窮小子。」

「因為你漂亮，因為你的功課棒，因為你可愛，總之，我喜歡你就是。」她依然情意綿綿地注視著他。

她的話使他的自信心加強了。是的，我漂亮，我功課棒，我可愛，我聰明，我能幹，……我的長處多的是，貧窮只不過是我唯一的缺點罷了！而這缺點，又只是暫時的。於是，他忽然覺得自己了不起了，我不會永久是池中物的，大家等著瞧吧！於是，他坦然接受了楊露碧的濃烈的愛；不久以前他為她哭泣過的貧窮的瘦小的梅耐冬，在他的心房中已沒有位置了。

楊露碧拿出許多從香港帶回來的舶來食品請他嚐，又拿出許多美麗的衣飾給他欣賞品評。他吃著，看著，在心中暗暗立誓：媽和我這些年苦得夠了，有朝一日，我也要讓媽和我有這些享受啊！

他擁著楊露碧的肩膀站著，問：「你送給我們的是什麼？我急著要知道，你先告訴我好不好？」

「你的是一件夾克、一件套頭毛衣、兩件襯衫、兩條領帶；你媽媽的是一條圍巾、一雙手套。」她扳著指頭算著。

「啊！你對我太好了，我該怎樣報答你？」

「我什麼都不要，只要你愛我。」她把頭靠在他的肩上，忽然間，又掙脫了他的擁抱，緊張地問：「聽說你跟中文系的一個女生很要好，是不是？」

他把她拉回來，先吻了她，然後他輕鬆的說：「放心！現在沒有人再跟你競爭了，她已嫁到美國去。」說著，他把梅耐冬退學跟華僑結了婚的事一五一十地告訴她，彷彿那件事跟他毫無關係一樣。

聽完了，她沒有表示什麼，只是突然地說：「你們住的地方太壞了，為什麼不搬到別的地方去呢？」

「小姐，我們只能付得起那一點點的租金啊！」他嘲弄著她。

「我有一個主意。」她睜大了眼睛，豎起了食指。「我叫爸爸把你安置到公司裡去，公司的待遇不壞，你們就可以有錢搬家了。」

他興奮得緊緊的握住了她的雙手。「真的？你想爸爸會答應你？我這學期課程不多，很可以出去工作的。」

「我的要求爸爸怎會不答應？何況你讀的是國際貿易，正是爸爸的本行。你現在先把履歷寫下，晚上我就跟他說。」

世界再也沒有第二個人像他那樣容易求得差事的了。第二天，楊露碧就通知他到公司去會見她的父親。楊老先生那時自己還兼任總經理，就坐在伍光庭現在坐的位子上接見他，正像他接見祈汝音一樣；不過他比祈汝音幸運，由於他的英文程度好，一進去就是助理英文秘書，就在總經理辦公室工作。

一份理想的工作，幾件高級的服裝，再加上如烈酒一般的戀情，從此，伍光庭就做了楊露碧裙下的俘虜。兩年多以後，一份更高的職位——總經理榮譽的誘惑，使他更不惜以自己的終身幸福去換取。當然，貧窮是已遠遠離開他了；但是，他出賣了母親，也出賣了自己的理想——留學深造。

十一

現在，祈汝音也像他當年一樣，升任助理英文秘書，就坐在他辦公桌斜對面的一張小辦公桌。這是他的主意，他說祈汝音是英專畢業的，一個月來的工作成績優異，為了獎勵，而且他也需要助手，就把她升調進來。

一個陰雨的下午，快下班時，關主任走進來在祈汝音耳邊不曉得嘀咕些什麼。祈汝音卻是相當大聲的說：「對不起，我今天要加班。」她一面說一面很認真在打字，並沒有看任何人一眼。

加班在伍光庭是常有的事，祈汝音來了才是第一次，因為最近國外來了很多接洽業務的信，他們要趕快處理回覆。

「總經理，真的這樣忙嗎？」關主任踱到伍光庭桌旁，看看他，又看看祈汝音，一臉陰險的笑容。他是楊老先生的老幹部，五十出頭了，家眷留在大陸沒有出來，經常在楊家出入，對伍光庭一向以長輩自居；自從伍光庭升為總經理以後，他就暗暗有點不滿。

「當然，你看這些公事。」伍光庭指指桌上的文件，不耐煩地回答。

「晚個一天半天不要緊吧！我想請祈小姐出去吃飯，可以嗎？」關主任卻是嘻皮笑臉的。

伍光庭鐵青著臉，大聲地說：「祈小姐，關主任要請你吃飯，你不用加班了，我可以自己一個人做。」

「啊！不！總經理，我不去。」一向溫順沉默的祈汝音，忽然高聲嚷了起來。接著又轉向關主任：「主任，我還沒有答應你哩！」

被祈汝音當場刮鬍子，關主任氣得臉上一陣紅一陣白的，但是又不便發作。他乾笑了兩聲，自我解嘲地說：「不去就不去，何必嚷呢？小姐脾氣千萬別發到我身上啊！」說著，含有深意地望了伍光庭一眼說：「你們忙吧！我不打擾你們了。」

望著關主任揚長而去的背影，伍光庭氣得雙手發抖。他偷偷看了看祈汝音一眼，發現她竟是若無其事的繼續在打字，心中不禁暗暗納悶。

他的心一亂，精神就不能集中，一封英文信寫半天都寫不好。他咬著金筆的筆套，望著窗外在暮色中閃爍的彩色霓虹燈，但覺滿懷愁緒，無以自遣。低頭看看錶，已快七點，該是吃晚飯的時候了。

「祈小姐，今天算了，明天再做吧！我請你吃飯去。」他站起來，伸了伸懶腰。

「不，謝謝總經理，我回家去吃好了。」祈汝音轉過臉來看著他，帶著點惶恐的表情。

「不，今天你加班，公司要負責晚飯的，你不用客氣。」他站到她的桌前，等著她收拾。她不便再拒絕，只好匆匆把未打好的公事塞進抽屜裡，挽起皮包，跟他走出去。外面的大辦公廳寂然無人，只有一個守夜的工友在看武俠小說看得入迷。

距離公司沒幾步就是一家著名的川菜館。一走出公司門口，伍光庭就指著那裡說：「這一家最近，我們就到這家去怎樣？」

祈汝音只是微微一笑，不置可否。

他表現出最高貴的紳士風度領她進入餐館，選了一個幽靜的角落坐下。他並不是怕人家看到，而是不喜歡跟那些毫不相干的人混在一起。

兩個人對面坐著。祈汝音一直不講話，使他覺得很窘。好不容易彼此推讓著點了菜，場面又再冷落下來。

「祈小姐平常在家裡都做些什麼消遣？」他實在想不出該跟她說什麼好。

「也沒做什麼，只不過聽聽收音機，看看書就是。」她靜靜地回答，嘴唇微微開闔著，露出了細細的潔白的牙齒。

「喜歡看電影嗎？」他問了之後又覺失言，問小姐這句話有點不妥當。

「不常看。」幸而她回答得很簡單，使他可以馬上把話題結束。

再也沒有話說了，多麼氣悶！人與人之間為什麼要築起一道藩籬，彼此分隔著，彼此提防呢？假使她不把我當作上司，兩個人就像普通朋友一般隨便談心多好！啊！不能！她是深通人情世故的，她知道我已有家室，所以不能不特別矜持，這又怎能怪她呢？想著，他的兩道濃眉不自覺就微微蹙起來。

菜上來，他們客氣地、沉悶地、默默地吃著；雖然菜肴的味道很美，可能這兩個各懷心事的人卻是食而不知其味。

吃完了，他要送她回家，她無論如何不肯，他也就不再堅持。

回到家裡，露碧正懶懶地斜躺在床上，無聊地在翻閱英文電影雜誌，看見他回來，連眼皮也沒抬一下。他知道她又在鬧情緒，只得陪著笑先開口：「怎麼沒出去？」

「不出去又怎樣？看見我在家就不順眼是不是？」她抬頭狠狠地瞪他一眼，完全是挑釁的口氣。

他不再答腔，逕自解衣脫鞋，準備去洗澡。

「怎麼樣？不理人啦！」忽地，露碧啪的一聲把雜誌用力摔在地上，就大聲吼了起來。「伍光庭，我問你，你剛才到哪裡去了？」

「我在公司加班嘛！你怎麼啦？」他打開五斗櫥找衣服，不怎麼帶勁的回答。

「放屁！我打電話去怎麼說你已經走了？」她的聲音卻愈來愈大。

「我去吃飯嘛！難道我連吃飯的自由也沒有？」他的表現也不怎麼友善。

「吃飯？自由？」她從鼻孔裡哼了一聲。「家裡沒有飯給你吃是不是？我問你，你不是一個人去吃的吧？」

「我帶祈小姐一起去吃的，她跟我一起加班。」他已找出他的衣服，但是他仍然背著她站著，不敢轉過身來。

「好呀！姓伍的，你才吃三天飽飯。就想欺負我了。你好不要臉！居然跟女祕書勾搭起來，怪不得闞叔叔那樣說啦！姓伍的，我跟你拼了！」她霍地從床上跳起來，像一隻瘋狗似的衝到他面前要搥他；但是，他的動作比她更快，他一把就捉住她的手，然後很急促地就伸開五指在她的頰上重重地摑了一掌。

「閉嘴！」他大聲怒吼著。

他對她從來沒有這樣兇惡過，她被摑了以後，起初只是本能地用手撫摩著被打的部份愣愣地看著他，站著不動。過了一會兒，她才猛然醒悟，像一頭被觸怒了的野獸般用頭向他衝過去。她哭著，叫著，扯他，打他，咬他，聲勢洶洶，不可遏止。

樓下的僕人早已聚攏到他們房間的門口看熱鬧，他們卻一點也不知道；直至楊老先生也被驚動了，匆匆趕過來，把僕人遣開，關上房門，才把露碧從他身上拉開。

「爸爸！」露碧看父親進來，彷彿遇到救星，她一頭撲倒在父親懷裡，又再悲悲切切地哭了起來。

「什麼事？好好的跟爸爸講。這麼大的人了，還打打鬧鬧的，也不怕給下人們笑話。」楊老先生坐在床沿上，露碧捱在他身邊，頭靠在他肩上，撒著嬌讓父親給她擦眼淚。

「爸爸，他欺負我！」露碧用手指著伍光庭，抽咽著說，像個受了委屈的小孩。

「爸爸，不要聽她的，她根本是無理取鬧，無中生有！」伍光庭靠著窗門站著，面孔斜向窗外，他的肺都快要氣炸了，他必須呼吸一點戶外的新鮮空氣。

「爸爸，你才不要聽他！」露碧馬上就嚷了起來。「他不要臉！跟女秘書去幽會。」

「楊露碧！你可不要含血噴人啊！」光庭狠狠地瞪著他的妻子，大聲地說。要不是楊老先生在旁邊，他一定會再給她一個耳光。

「光庭，你說，到底有沒有這回事？」楊老先生看見事態嚴重，也提高了聲音。

「爸爸，您想我是那種人嗎？」光庭悲憤填膺，因為過度激動而聲音發抖。「今天我和祈小姐加班，下班後我請她到隔壁飯館吃了一頓飯，為了這樣一件小事，她就跟我大吵大鬧，還加以莫須有的罪名，要是傳到外面去，那像什麼話？爸爸，我希望您給我主持公道。」

楊老先生沉吟了片刻，先對光庭點點頭，然後拍著女兒的肩膀說：「露碧你不該隨便懷疑你的丈夫，光庭是個好孩子，我相信他不會亂來的。」

「不，爸爸，我不管！你們一定要把那個狐狸精開除，否則我還是不放心的。」露碧知道自己理虧，卻還在撒賴。

「這不大好吧？」楊老先生說。「光庭，你看怎麼樣？」

「這算什麼話？人家又沒有做錯了什麼事，怎麼可以隨便開除？鬧意氣總不能鬧到公事上去。」光庭憤憤的說。

「爸爸，你看，他馬上就幫著那狐狸精了，我不管！我不管！」露碧摟著父親的胳臂，用力地搖撼著。

「好！好！你別鬧！我們明天再研究。」楊老先生嘆著氣，拉開女兒的手，站了起來。女兒的過度任性，使他感到相當的頭痛。

老丈人一離開，伍光庭就躲進浴室裡，把門重重地關了起來。

十二

一則為了昨夜因氣惱而沒有睡好，二則為了避嫌；今天，伍光庭板著臉去上班，既沒有跟祈汝音說過一句話，甚至沒有看她一眼。不到中午，他就離開公司到母親那裡去，吃了一頓他所愛吃的家常飯，然後舒舒服服地睡了差不多兩個鐘頭。

他回到公司去已經快三點了，祈汝音的座位是空著的。當他坐下來翻閱桌上的公事時，發現祈汝音留下的一張簽呈，寫著很簡單的幾句話，以健康不佳為由，請求准許她即日辭職。

看完了那兩行字句，伍光庭的額上立刻露出了青筋，手心也在冒著汗。可惡！可惡！到底是誰搗的蛋呢？露碧？她的父親？還是姓關的那個傢伙？她上午還好好的，怎會突然辭職？不！我一定要查個明白，不能這樣任人欺負。

他走到外面大辦公廳去，關主任不在。於是，他回到自己的辦公室裡，抄下祈汝音的地址，出門叫了一部計程車，直駛她家。

當車子到了祈汝音所住的那條馬路時，他突然看見關主任從一條巷子裡走出來。這一下，他完全明白了。他吩咐司機先到別的地方繞一圈才轉回去。按著地址，車子把他載到一間小小的平房面前。

下了車，他輕輕敲了兩下門，開門的，赫然是祈汝音自己。她穿著一件舊洋裝，頭髮亂亂的，與平日的整潔完全不同，手上還抱著一個一歲多的孩子。她看見了他，像是見了鬼一樣，瞪大著雙眼，張著口，一句話也說不出來。

「我可以進來坐嗎？」他冷冷地問，嘴角掛著一絲嘲弄的微笑。

「當然！當然！總經理，請進來坐。」她往後退，讓出路給他進去，一面把孩子放到地上說：「寶寶乖，去找姥姥抱。」

孩子邁動兩條小胖腿蹣跚地走到裡面去，樣子好玩得很。

伍光庭呆呆地望著孩子的背影，一直站著不動，倒是祈汝音提醒他說：「坐呀！總經理。」

他在一張木椅子上坐下，汝音坐在他對面，眼睛望著窗外，對他似乎不怎麼歡迎。

「祈小姐，我不明白你為什麼突然要辭職？我希望你能夠有所解釋。」伍光庭面無表情，開門見山地說。

「總經理，我也不明白你為什麼還要問我？問你自己不是比我更清楚嗎？」祈汝音的態度也不怎麼友善。

「這到底是怎麼一回事？你能不能把它好好地說清楚呢？」他把聲音提高了又壓低：「是不是關主任在搗鬼？你告訴我。」

她頑強地搖搖頭，不作聲。

「祈汝音，我命令你回去工作，你聽到了沒有？」她的冷靜使他大為惱火，終於大聲的吼了起來。

「伍光庭，你已經能再命令我了，因為我已不是你的下屬。」她的答話也旗鼓相當。

「可是我還沒有批准！」他又吼了。

「不管你批准不批准，反正我不再回去了。」她卻是平靜地微笑著說。

「唉！你們在吵什麼呢！」一個滿臉精明的胖老婦人抱著剛才那個孩子從裡面走出來。

伍光庭禮貌地站起身。

「媽，這位是公司的伍總經理。」祈汝音對她的母親說。

「呀！伍總經理，請坐！請坐！」婦人上下打量著伍光庭，滿臉堆笑的說：「總經理原來這樣年輕，恐怕還不到三十吧？又長得一表人才，真是難得！我們汝音不懂事，總經理您還得多多指教她才行呀！剛才不是汝音得罪了您吧？」

對著這個喋喋不休的長舌婦，伍光庭窘得不知如何是好。

祈汝音皺著眉對她的母親說：「媽，您抱寶寶到外面蹓躂蹓躂，伍總經理跟我有公事要談。」

「好，我帶寶寶出去，不妨礙你們，不過，你要留總經理在這裡吃飯呵！我去多買些菜回來。這位總經理人真好，比那位關主任好得多了！」祈老太太一面走出門口，一面還喋喋不休。

「媽，您說什麼嘛！」汝音生氣地嚷了起來，伍光庭發現她的眼圈都紅了。

「好，我不說就是。」祈老太太走到門口又轉過頭來說：「總經理。您一定要在我們家裡吃了飯才走呀！」

為了要打發她走，伍光庭只好向她點點頭。

看著母親走了出去，祈汝音立刻低著頭說：「我母親是個不懂事的舊式女人，她說的話，希望伍先生不要介意。還有，我辭職的事還沒讓她知道。因為我怕她難過。請伍先生暫時替我保守祕密。」

他們兩人之間的火藥氣味已因祈老太太的出現而沖淡；尤其是伍光庭，現在他對她只有同情而沒有憤恨了。「祈小姐，你真的一定要辭職？」他柔聲地問。

「不辭職難道要等人家把我攆出去？」祈汝音不勝幽怨回答，眼中盈盈欲淚。

「這話到底從何說起呢？」伍光廣長長地嘆著氣。他明白，關主任一定已把一切都告訴了她。

「伍先生，現在找工作這樣困難，你以為我真的願意拋棄這份工作嗎？我上有老母，下有孩子，我不工作他們靠什麼生活？當然，這件事我也不能怪您，只怪我命運不好，明天以後，我怎樣向我母親編造謊言，說我繼續去上班呢？」祈汝音起先還很平靜，說到後來卻忍不住哭了起來。她哭得是那麼傷心，使得在一旁的伍光庭手足無措，不知如何是好。過了很久，她哭夠了，一時找不到手帕擦眼淚，他才想起把自己的手帕遞給她。

祈汝音止住了哭，一面用他的手帕擤著鼻涕一面說：「對不起！我這些話本來不應該對您說的。我把您的手帕髒了，等洗過了再寄到公司裡吧！」

「不！不！千萬不要寄去，那會惹出麻煩的。祈小姐，我剛才考慮了一下，這件事是因為我內人不講理而起，我應該負責。現在，看情形你真的不方便再回公司去工作了，這樣吧！我給你另外再找一份，在沒有找到新工作之前，你每天到我母親住的地方去上班，我也許有些私人工作給你做。」

「啊！伍先生，您太周到了，您這樣替我設想，我母親和孩子不知道如何的感激您哩！」祈汝音第一次在他面前揭開了矜持的面具，衷心地表示了她的謝意。那件不幸的事已把他們連繫在一起，他們現在要並肩作戰了。

「你只有一個孩子？你的先生呢？」他問。

「他已經死了，他死的時候孩子還沒有出世。」她低著頭說。

「對不起！我不應該問的。」原來她還有著一個淒涼的身世。他搓著雙手，一時不知如何是好。在不安中，他站起來說：「我還是回去吧！我逗留得太久了。」

一時祈汝音也不挽留他，就站起來送他到門口。

臨走的時候他望著倚在門邊的她，雖然是亂頭粗服，臉上也完全沒有化妝，可是卻另有一種素淨的美，不禁深深地多看幾眼。他想：難怪古人說紅顏多薄命，美貌的女孩子為什麼都要遭逢不幸呢？於是，他又想起了梅耐冬。

十三

「光庭，我有幾句話要跟你說，你聽了可不要生氣啊！」伍老太太注視著坐在她對面的兒子，終於開了口。

「媽，什麼事這樣神祕嘛！您儘管說好了。」光庭正在啃著一塊滷豬腳，吃得津津有味的，他已有好久沒有這樣開胃了。

「你私自在家裡僱用祈小姐這件事，露碧知道嗎？」

「媽，您說什麼？」光庭勃然大怒，啪的一聲就把筷子放下。「我為什麼每件事都要讓她知道？我又不是她的奴隸！」

「話不是這樣說，光庭，她既然因為吃乾醋而不讓你再僱用祈小姐，如今你把祈小姐僱到家裡來，要是她知道了，那還得了？」

「她怎會知道嘛？她一輩子都不來一次。」

「萬一被她知道了呢？」

「媽，您放心，這只是暫時的，我替她找到工作她就不再來這裡了。」

「我真替你擔心。光庭，你要小心啊！我從你的眼中看出了你對祈小姐的情意，她只不過來了兩天，你就整個人都振作起來了。以前，你一個禮拜頂多來一兩次，現在卻天天都來，你看，你這兩天胃口多好！」母親慈愛而關心地注視著兒子。

「媽，別亂講！我胃口好是因為您做的菜好吃。」光庭的臉微微泛起了紅暈。

「但願如此！」母親嘆了一口氣又說：「當然，祈小姐也怪可憐的，年紀輕輕就守了寡。昨天我跟她談起，她說她的丈夫是個教員，是在海邊游泳時淹死的，既沒有遺產，也沒有保險金和任何撫卹金，幸虧她自己有份工作，老小才不致於餓死。現在，她因為你而失去了差事，你必須替她想辦法啊！」

「當然！我會替她想辦法的。」光庭不耐煩地說。

「唉！祈小姐倒是挺可愛的一個女孩了！文靜、秀氣，又是我們北方人，要是你早幾年遇到她——」母親又嘆氣了。

「媽，您今天怎麼搞的嘛！老是亂講話。」光庭截住了母親的話。無意中，他的目光接觸到牆上的月曆，馬上又大叫起來說：「媽，您的生日到了。明天我有事不能來，後天，您通知祈小姐晚些回去，我要留她在這裡給您祝壽。多少年來，都是只有我們兩個人在一起，今年我要熱鬧一些。」

「你不怕露碧知道嗎？」

「她怎會知道？她什麼時候給您拜過壽？哼！別提了，那個不孝的媳婦！」

「唉！你們兩個也真是冤家！什麼時候才熬得完這一輩子啊！」老太太搖頭嘆息著。

「媽，我想跟她離婚。」光庭忽然咬牙切齒地說。「我已經不能再忍受下去了！」

「為什麼？為了祈小姐嗎？光庭，你別衝動！他們不會答應你的。」

「媽，我怎麼辦嘛！難道要受她一輩子的氣？」他把臉埋在雙掌裡，很想痛痛快快地哭一場，但是，他的眼裡是乾涸的。

「唉！光庭，今天不要談這個問題了。你不是要給我過生日嗎？我們來研究後天的節目吧！」

到了那天，光庭先跟露碧說好今天母親過生日，他要晚一些回去。

露碧說：「你們母子要親熱，我不去妨礙你們了，你替我買個大蛋糕去，並且替我向老太太拜壽吧！」這是她在高興時說的話，假使遇到她不高興，她就會不耐煩地說：「去就去吧！別太晚回來啊！」

今天，露碧這樣體貼和講理，使他很高興，出門時對她也吻得特別親熱。一整天，他都精神煥發的工作得特別起勁。一下了班，就僱了一部計程車到母親那裡去。他吩咐司機等在樓下，自己吹著口哨，一步跨兩級的就衝上二樓。推開門，壽星婆已穿著整齊的坐在客廳裡等著，旁邊侍奉著一個淡妝的少婦，看來真像是她的女兒或媳婦。

「媽，您今天打扮得真美！現在可以走了吧？車子在下面等著哩！」他一個箭步衝到母親面前，雙手握住了她枯瘦的手。

「媽是老太婆了，還開什麼玩笑？喏！美的人在這裡哩！」母親眉開眼笑的向坐在她身邊的靳汝音呶呶嘴。

他乘機凝視著她。靳汝音今天顯然是加意打扮過的。一身淡粉色的旗袍配著同色的小外套，臉上淡施脂粉，腳上是一雙黑漆皮高跟鞋；整個人看來是那麼雅緻而清麗脫俗，就像一朵空谷裡的幽蘭。

「當然囉！靳小姐有的是青春的美，而您卻是老年的尊貴。」他望著她微笑著說。

靳汝音嬌羞地低下了頭。母親卻笑罵他：「油嘴！」

計程車把他們三個人送到一家著名的北方館子的門口。伍光庭和靳汝音簇擁著老太太上了樓。旁人都羨慕老太太有著這一對佳兒媳婦，伍光庭也不時偷瞄靳汝音一眼，希望她就是他的嬌妻。

這一頓小小的壽筵吃得很熱鬧。伍光庭春風滿面，獨自喝了半瓶高粱酒。老太太難得出來一次，看見兒子開心，也就笑口頻開的為他助興。至於靳汝音，她是雇員的身份，奉命相陪，自然也要裝出一張愉快的臉孔。於是，三個人臨時客串演了一齣幸福的家庭。

飯後，光庭又陪母親去看了一場黃梅調電影，當然，他也沒有放祈汝音先回去。散場後，他僱了一輛計程車，先送母親回家，然後，也不徵求祈汝音的同意，就又坐進車子裡，說要送她回去。

在車上，伍光庭的歡樂心情仍未消失，話說得很多；但是，祈汝音卻是默默無言。她似乎有著心事。

當車子快駛到她住的那條馬路上時，她低著頭，怯怯的問了一聲：「伍先生？您給我找工作的事有頭緒了嗎？」

「什麼？」他被問得愣住了，因為他根本忘了這回事。「才兩三天的功夫嘛！怎會這麼快？」也許他覺得自己說話的口氣有點不耐煩，又補充了幾句：「你到我家上班，還不是一樣？急什麼？」

「伍先生，我並不是逼你；但是，我覺得天天到你家裡去，又沒有工作做，很難為情，而且，要瞞住我母親也不容易。還有——」她說到這裡停頓了一下。

「還有什麼？」他轉過臉去盯著她緊張地問。

「關主任，他很難應付的。」她卻把臉別向窗外。

「這件事跟他有什麼關係？」他粗暴地問。酒氣直衝著她，額上的青筋都脹了起來。若不是因為前面還有一個司機，他真想用力握住她的兩肩，重重地搖撼著，使她吐出心底的話。

「他，他，……啊！你不要逼我好不好？」她用雙手掩著臉，好像要哭一樣。

「喂！停車！」他大聲對司機說。

司機轉過頭來，不解地望了他一眼，把車子停在路旁。他扶著她鑽出車廂，付了車資，換過溫柔的聲調說：「現在時間還早，我們走走好嗎？」

她無言地點點頭。

「關主任對你怎樣？你告訴我好不好？」他們並肩走進一條冷清的小巷中，他俯下頭，柔聲地問。

「他天天到我家裡來追問我的行蹤，我騙他說是找工作去，他說他也可以替我找的。」路燈雖然很暗，但是，她仍然低著頭，不敢看他。

「他憑什麼要管你的行蹤呢？他是你的愛人？」他的聲音忽然又變得冷酷起來。

「伍先生，我希望你能了解我。」她也突然昂起頭，勇敢地面對他。「我是個孤苦的女子，我必須養活我的母親和孩子，我到你們公司去工作時，全靠關主任幫忙，才被錄取，他一直對我很好，我不想做個忘恩負義的人。」

「什麼？你說是姓關的幫忙你進公司的？」他大聲地吼了起來。「去他的！不要臉的老頭子。」酒精的力量在他的血管內燃燒著，把一腔怒火和慾火都燒得熊熊上升。他們正在走過一堵人家的圍牆，他突地把她按在牆上，低下頭就把她吻得透不過氣，然後放開她，喘息著問：「我要讓你知道，到底是他錄取你的還是我？到底他好還是我好？」

她軟癱在牆上，張口結舌的，又驚惶，又羞愧，一時竟說不出話來。他摟著她，把嘴巴附在她耳邊說：「你知道嗎？我還沒有看見你的人就愛上你了。我就是憑你那張美麗的照片錄用你的。」

「啊！你為什麼不早點讓我知道？」她伏在他肩膀上嚶嚶哭了起來。

「我怎敢讓你知道？你一直對我都是那麼冷若冰霜。現在，是不是太遲了？」他用嘴唇在她的髮絲上輕輕磨擦著。

她在他懷中顫抖著。「我又有什麼辦法不冷若冰霜呢？你是我的上司，又是個有婦之夫。啊！」她想要推開他。「伍先生，請你放開我，我們的確相識得太遲了。」

「不准你再叫我伍先生。你在發抖，是不是冷？我們找個地方坐坐好不好？我有很多話要跟你說。」他把她摟得更緊。

「不！我必須回家了！我母親在等著我。」她用力地掙扎著。一個騎腳踏車的夜歸人從他們身邊擦過，他只好放開了她。夜涼漸重。他的酒意也消失了大半。

「好吧！我送你回去。可是明天晚上，我們得找個地方談談。」他想了一想又說：「明天晚上七點半你在台北車站等我，我們到碧潭去划船。」

「為什麼呢？我們就在你家裡說話不行嗎？」

「不！我喜歡和你單獨在一起。」

「萬一給你太太知道怎麼辦？」

「我會應付她的。」他又低頭吻了她一下。「汝音，不要拒絕我。從你的眼中，我已看得出你是喜歡我的。是不是？」

她把頭埋在他的胸前。「你自己一定知道，任何女性都沒有辦法抵抗你的魅力的，只恨我們相識太遲，我真有點妒忌你的太太哩！」

「你用不著妒忌她，我愛的只有你一個。」

「我不相信！憑你這副漂亮的外型和總經理的身份，怕沒有成打的美女在追求你？」她用手撫摸著他的衣襟。

「我家裡有頭河東獅，她們怎敢？」

「你現在又怎敢反叛那頭河東獅呢？」

「因為你對我的吸引力太大了，我寧願冒生命之險也要得到你。」

她伸手掩住了他的嘴巴。「噓！不許講這種可怕的話。」

「汝音，我這一生從來不曾戀愛過，你相信嗎？你還是我初戀的愛人哩！」他摟著她的腰，慢慢走向她家的方向。

「我希望我能夠相信你。至於我，情形和你一樣，我跟我丈夫的認識和結合都是偶然的，我和他並沒有什麼深厚的感情。」

「除了姓關的以外，還有別人在追求你嗎？」

「以前是有過的，但是，他們都不合我意，而且，我媽也挺挑眼兒的。真可笑！那天你走了以後，她還直問你已經結婚沒有哩！」

「那麼，她對姓關的印象如何？」

「媽倒很喜歡他，說他老成可靠，當然，主要的是因為他有錢。」

「那麼，你也喜歡他囉？告訴你，他也有妻子的，只不過留在大陸沒有出來罷了！」一談到關主任，他立刻把摟住她的手放開，板起臉孔。

「呀！你這個人醋勁為什麼這樣大？誰說喜歡那個老傢伙來著？他怎能夠跟你比呢？」她把身子靠過來，於是，他又把她擁住。

四周靜謐無聲，夜涼拂面，時有陣陣花香從人家的院子裡飄送出來。他們的身體擁抱著、偎依著，心靈也擁抱著、偎依著，踏著愛的步伐，在靜夜的小巷裡。啊！靜夜何其短！小巷也何其短！在這對戀人的心中他們但願黑夜長在，小巷無盡，愛的步伐也永遠走不完。

十四

昨夜，他回到家裡時露碧還沒回來，使他得以避過難堪的質詢；他猜得出她去了哪裡，但是，他再也不因此而憤怒了，「各得其所」，這是他目前所渴望的苟安局面。今天，他去上班時露碧又還沒有睡醒，於是，他得以保持著愉快的心情去工作。他今天對下屬的態度特別和藹，對來談生意的顧客特別慇懃。時時大笑，連走路的步子都是輕快的。好幾次，闞主任在和他有公事接洽時，都用懷疑的目光注視著他；但是，他卻用最親切的笑容去迎接。

中午，他約露碧出來吃中飯，說是為了補償昨晚沒有陪她的歉意。同時，他又告訴她，從今晚起，他要到一個神父那裡學西班牙文，每晚兩小時。

「那我也要去，我們一起去學。」露碧說。

「你何苦呢？在家有福不享？我聽說那個神父很嚴，學生背書背不出就要罵人。西班牙文文法很複雜，什麼都分陽性陰性，一個字的動詞變化有多到十九個的，你怎記得了？」他說。

「那你為什麼要去學？」

「我是男人，多學一種學問對我都有幫助，而且對公司業務也有需要。」

「好吧！可是不准看上美麗的女同學啊！」

「你這是什麼話嘛！我什麼時候看過別的女人一眼？」他用力捏了捏她擱在桌子上、戴著鑽戒、塗著蔻丹的、白嫩的小手，於是，她滿意地笑了。

吃過晚飯，他脫下西裝，換上一件套頭毛衣，挾著一本西班牙文讀本，親熱地吻了妻子，就輕鬆地出門去。楊老先生本來說叫老王開車送他去的，但是他怎麼也不肯，說他不願別人知道他的身份，而且坐私家汽車去上課也太不像話了。

他走的時候露碧正坐在梳妝桌前。她看見換了裝的丈夫還是那麼年輕，跟以前做學生時一樣，而鏡中的她，青春漸逝，容顏漸凋，已不再是當年那個驕傲的公主，不禁感到絲絲惆悵。

今夜，他打扮得像個大學生，而站在車站等他的祈汝音又何嘗不像個十八九的少女？一件淡黃的短袖毛衣和一條米色的窄裙，襯著小巧玲瓏的身軀，雅潔得就像個瓷製的洋娃娃。當他們四目相投的一剎那，彼此都可以從對方的眼光中看到了讚美和欣賞。

「對不起！讓你等我。」他立刻拉住了她的手。

「我也剛到。」她嬌羞地垂下了頭。

「今天你好美，像個小女孩。」他在她耳邊低聲說。

「你也像個學生。」她白了他一眼。

於是，兩個人都笑了起來。真的，他們的心情也都彷彿年輕了十年。

到了碧潭，他們僱了一艘有篷的小船，讓船夫在前面划槳，兩個人偎坐在後面的藤椅上。

他們的頭相靠著，手相握著，讓愛情從掌心中交流。暮春的晚風在潭面輕輕吹拂著醉人的氣息，遊潭的人不太多。潭面很清靜，除了他們自己吐出來的喃喃情話以外，就只聽見船槳撥水的聲音。

漆黑的天空上無星無月，卻是把碧潭樂園的彩燈襯托得更璀燦了，潭面的倒影就像一條在水中蕩漾著的五彩緞帶。

「你看，這像不像一棵大聖誕樹？」他指著那座綴滿彩燈的小山問她。

「我說，它像很多彩色的小星星。」她說。

「唔，還是你比較有詩意。」他用鼻尖擦著她的臉頰。「我要吻你。」

「噓！不行！船夫會偷看的。」

「早曉得我們不要僱船夫。」

「那麼誰給我們划船呢？」

「我可以自己划呀！」

「你划我可不敢坐。」

「為什麼？」

「因為你一定只顧吻我而忘記划船，那太危險了。」

「我寧願那樣，做鬼也風流呀！」他偷偷在她臉上吻了一下。

「你真是愈來愈壞了，怪不得你母親說你油嘴。」她把臉躲開了。

「我也是碰到你以後才變壞的，我以前可是一本正經的啊！」他本來是笑嘻嘻地在開著玩笑，忽然，又變得憂鬱起來。「汝音，你說怎麼辦？我現在已離不開你了，就像魚兒離不開水。你說，怎麼辦嘛？」

「我也不知道，我們的麻煩可多著哩！」她緊緊地握著他的手。「我媽很厲害，我瞞她瞞不了多久的；還有——」

「還有什麼？」

「說出來你不許生氣。姓關的還是常常糾纏我，我又不敢太得罪他。」

「為什麼不敢得罪他？把他攆出去，叫他癩蝦蟆別想吃天鵝肉不就行了嗎？」他摔開她的手，臉色立刻變成鐵青；但是，在黑晴中她看不出來。「你，你，到底喜歡他還是喜歡我？」

「你看你的醋勁多大！動不動就要生氣！你要知道，假使我得罪了他，他就會懷疑到你我的關係而向你的岳父和妻子那裡變花樣的。這一點，難道你沒有想到？」他雖然發起牛脾氣；可是，她不但沒有生氣，反而又自動偎過去，執起了他的手。

「汝音，請你原諒我，我近來脾氣很暴躁，據說在戀愛中的人都是這樣的。你說，我們怎麼辦嘛？」

小船駛入小山的陰影中，遠離了潭上其他的船隻。他們緊緊的擁抱著，心靈在啜泣，像兩個無告的孩子。他覺得，他彷彿又投身在一面無形的網中，任他怎樣掙扎，也無法掙脫網的束縛。

船在平靜無波的潭上飄蕩著，他們的愛情在偎依中滋長著，良夜在無聲消逝著。也不知道過了多久，他方才像從夢中驚醒一樣，大聲的叫船夫快點把船划回去。他伸出腕上閃著慘綠光芒的夜光錶一看，指針已指著十時十五分。

「這一次可慘了，我本來是騙她去讀西班牙文的，現在時間已超過了很多，回去說不定又會有一場暴風雨了。」他叫苦不迭。

「你怕她怕到這個樣子？」她憐愛的問。

「有什麼辦法嘛？她是那樣的蠻不講理！」羅曼蒂克的念頭被懼內的心取代了，他開始心緒不寧，在飛駛回台北市的計程車上，他默默的抽著煙，一句話也沒有說。

他把她送到她的巷子口，只匆匆地說了一句：「明晚七點半你在××等我。」又捏了捏她的手，然後，他的車子立刻再度急駛入霓虹交織的夜街中，剩下她孤獨地站在冷清清的巷口。

到家，他幾乎是躡手躡腳地走上樓去的。楊老先生的房間已經滅了燈，老人家大概是入睡了。他輕輕推開他的房門，迎接他的是一陣喧笑聲、麻雀牌聲和一陣使人窒息的煙味。在他夫妻倆的起居室裡，一局雀戰正熱烈地在進行著。露碧向門坐著，看見他回來，只抬了抬眼皮就不再理他。她的下手坐著人妖小生潘安，另外的一男一女，都是妖形妖氣的，一看就使他不順眼。

由於露碧不理他，這使得他非常尷尬。要不要招呼他們呢？招呼？真是有點不甘願；不招呼，又顯得太小器。當他正在前退兩難的時候，人妖小生倒是及時救了他。

「總經理，回來啦？」潘安操著京片子，衝著他似笑非笑地說話了。

「嗯！」他冷冷地應了一聲，只得在牌桌旁站住。當他發現坐在潘安身旁那個女人正用一雙塗滿了藍色眼膏的小眼睛不正經地盯著自己時，就連忙說：「你們隨便玩，我有點事，失陪了。」說完了，立刻就走進臥室裡。他剛把門一關上，外面便爆發了一陣狂笑的聲音。

他氣虎虎地去洗澡，把所有的衣服都重重地摔在地毯上，洗完了澡，又委委屈屈地重新撿起來。露碧沒有因為他遲歸而大吵大鬧，他怎敢發她脾氣？

躺在床上，他遲遲不能入睡。外面的洗牌聲和笑語聲吵得他頭腦發脹，想睡而不能睡，那是最折磨人的刑罰。他知道。露碧現在變得聰明了，她要跟他冷戰，而冷戰又是他最不能忍受的。

怎麼辦呢？跟她離婚嗎？先不說她不會這樣便宜我，就算她答應了，我失去了這份職業，今後又將何以為生？要我再做小職員去捱窮受苦嗎？啊！不！窮的活罪我已受夠了！我絕對不要再受！絕不！絕不！

一夜裡，他輾轉反側，不能成眠，但是他卻不知外面的牌局何時散去。等到他朦朧入睡時，又是亂夢頻仍。在那些碎夢中，有祈汝音的倩影，有梅耐冬的大眼睛，有露碧的紅唇，有人妖小生諂媚的笑臉，有母親蒼老的容顏，有碧潭的槳聲燈影，有千千萬萬張麻雀牌在綠絨桌面清脆地碰來碰去，有……

十五

藉著去讀西班牙文，伍光庭一次又一次地約會祈汝音。每次，他都說要解決他們之間的問題；可是每次他都想不出辦法。他們約會的地點包括了咖啡室、電影院、觀光飯店和郊外，愛的洪流在這對寂寞的青年男女的身上泛濫著，沒有多久，他們就衝破了禮教的藩籬，在靈和肉都尋覓到滿意的歸宿以後，他和她更是不可分離了。他從來不曾領略到愛的真正滋味，當年的梅耐冬只是一盞淡淡的清茶，年輕的他，並不懂得去品嚐；楊露碧是一杯最烈的洋酒，一碰即醉，使他吃不消；但是，祈汝音卻是一杯香醇的葡萄酒，淡淡的、甜甜的，使人回味無窮，使人永遠陶醉。

一個晚上，他和她偎坐在一間小咖啡室樓上一個角落的卡座裡。今夜，他眉頭深鎖，話也說得很少，似有滿懷心事。

「光庭，你好像有點不快樂，是不是？」祈汝音撫摸著他那雙做了五年總經理仍然粗糙的手，關懷地問。

「我在擔心我們的事。姓關的今天寫了幾個西班牙文故意來問我，我根本沒有學過，一個字也不懂，只好騙他說我還沒學到這幾個字，於是他作了一個很奇怪的笑容走了。我猜他也許知道我們的事了，你看有沒有可能？」他把頭靠在卡座的椅背上，一副無精打采的樣子。

「我猜他只是在懷疑。他曾經問過我為什麼每個晚上都不在家，我跟他說我去做家教。」

「這傢伙真可惡！看來他是得不到你不甘心的。你說，我們該怎麼辦嘛？」他又在向她求援了。

「我哪裡有辦法呢？我只是個女人。」她似乎在怪責他沒有出息。

「我們私奔！跑到國外去，一切都不管！」他像個孩子似的任性地說。

「出國？我們用什麼名目出去？還有，錢呢？我們的母親呢？」

咖啡室的樓上很清靜，只有兩三個客人，他們的卡座是背著門的，沒有人可以看得到他們。他們緊緊地擁在一起，喃喃地說著一些根本不可能的解決辦法，就像兩個快要滅頂的人，在亂抓任何可以浮起來的東西一樣；然而，他們卻是癡愚得沒有想到：馬上分手就是他們唯一的救生圈。

這時，忽然有一陣腳步聲走上樓來，他們以為是有新的客人來，也就沒有理會。腳步聲由遠而近，一會兒，竟然停在他們的卡座前。當他們看清了站在面前的人時，都嚇得呆住，然後本能地兩個人馬上分開了。就在一秒鐘之內，汝音推開了身旁的伍光庭，飛奔下樓去；接著伍光庭也不顧一切的，一面喊著她的名字，一面追趕著她。

那三個人——為首的一個是楊露碧，背後是她的父親和關主任——也緊緊的跟下去。就在他們追到咖啡室的大門外時，只聽到馬路上一聲急煞車，一部大卡車嘎然停止，四周立刻圍攏了一堵人牆。在並不怎麼亮的路燈光下，到處是一片紊亂，哪裡有那對情人的蹤影？

「可憐，又壓傷人了。」楊老先生皺著眉說。他本來想叫司機去看看傷得重不重，他們可以用車子把傷者送到醫院去；後來一想他們有要事在身，也就懶得去管了。

「糟糕！被他們跑掉了，到哪裡找好呢？」露碧卻是柳眉倒豎，咬牙切齒地在頓著腳。幾公尺以外所發生的車禍，彷彿視若無睹。

「露碧你放心，他們不會跑得遠的，一切都包在我身上。現在，請上車，我們到伍老太婆家裡去，他們可能會去那裡的。」關主任諂笑著，一面為他們打開了車門。

「關叔叔，你既然有本事偵察出那兩個賤人的行蹤，剛才為什麼不把姓伍的揪住，好讓我先給他幾個耳光呢？爸爸，他們欺負我到這個地步，你可要給我作主啊！」在車子上，露碧氣虎虎地說著，眼淚就流了出來。

「露碧，我看你跟光庭離婚算了，你們本來就是一對寃家，現在既然他變了心，何苦還勉強在一起呢？」楊老先生輕輕拍著女兒的背，安慰著她。

「不！我才不那樣便宜了他哩！我要把他像個犯人般的監視著，牽著他的鼻子走，好讓他知道我的厲害！」露碧一面哭一面說。

「想不到伍光庭這個人這樣忘恩負義，董事長，他在公事上不知道有沒有不清楚的地方，你可要注意注意啊！」坐在司機旁邊的關主任轉過頭來陪著笑說。

「公是公，私是私，我相信光庭不會是那種人。」楊老先生沉痛地說。「可惜，如今他自己把前途毀了。」

「活該！」露碧馬上接了口。

「董事長的意思是不讓他擔任總經理的職位了？」關主任也幸災樂禍地問。

「這件事以後再說，你先不要給外面知道。」楊老先生說。

「是！董事長。」關主任大聲地答應著，他簡直開心得要死了。

伍老太太正一個人靜靜地在燈下唸佛，近來，誦經禮佛已成了她消磨日子的唯一方法，三個稀客的不速而至把她嚇了一大跳。她忙不迭地要招呼他們坐，露碧卻是叉著腰用極不禮貌的態度問：「老太婆，你兒子呢？」

怎麼？這就是一年難得上門一次的兒媳婦給我的見面禮？對於露碧的態度，伍老太太感到非常憤怒，但是，她仍然忍耐著回答：「他又不住在我這裡，我怎麼知道呢？他不知有多久沒有回來了。」

「我們等一下吧！也許他還沒有到哩！」楊老先生說。

「讓我到後面看看。」關主任說著就毫不客氣地跑到裡面去搜查。

「楊老先生，我兒子到底出了什麼事？你們找他找得這樣急？」伍老太太焦急而慌張地問。

楊老先生還沒有來得及回答，露碧就搶著說了：「你兒子做的好事，他在外面勾搭上野女人了。」

「不會的，我不相信光庭會那樣做。」伍老太太悲傷地搖著頭。

「露碧，你說話的時候要小心選擇你所用的字眼。」楊老先生訓誡了女兒兩句，又對伍老太太說：「光庭跟我們公司裡一個姓祈的打字小姐戀愛了，你認識這位小姐嗎？」

「姓祈的小姐？不認識。」伍老太太想了想，立刻機警地搖搖頭。

「他沒有帶過小姐回來？」

「沒有！」伍老太太又搖搖頭。

關主任從裡面出來說：「也許他不敢回這裡來，我們到祈家去看看吧！老太婆，你兒子回來你可不要告訴他我們來過啊！」

三個不速之客走了，老母親只有獨坐在空空洞洞的屋子裡流淚的份兒。我的猜度沒有錯，光庭是愛上汝音了。可憐的孩子，你既然不愛露碧，為什麼要把終身幸福作孤注一擲的娶了她呢？現在果然出事了，我們怎麼辦啊？

三個人一陣風似的又到了祈家。祈汝音正伏在床上失聲痛哭，她的母親抱著孩子在旁邊勸慰。哪裡有光庭的影子呢？露碧狠狠地摑了汝音一巴掌，立刻就被她父親和關主任拉開了。

兩個地方都找不到伍光庭，楊老先生忽然起了不祥之感。他抓著女兒的手，立刻就回家去，留下關主任和祈家打交道。

回到家裡，僕人迎著他們父女說，半個鐘頭以前警察局派人來通知他們，伍先生被汽車撞傷了，現在在醫院裡，請他們快點去。

於是，身心都已十分疲乏的老人，帶著哭哭啼啼的女兒，又坐上了汽車。

在車上，露碧像個孩子般直扯著父親的袖子哭著說：「爸爸，他會不會死掉嘛？他會不會死掉嘛？」

「你別哭，我的心亂得很哩！我剛才忽然擔心起他會不會自殺或者出走，想不到卻是出了這樣的禍事。唉！這到底是誰的錯啊？」

「爸爸。假如他沒有死，我發誓今後要好好的待他，我一定做得到的。」露碧一把眼淚一把鼻涕地說。

「孩子，我也沒有怪你啊！你們的婚姻從頭到尾都錯了，我也有責任的。」做父親的也不覺老淚縱橫了。

十六

像是從一場無夢的長眠中醒轉，當他第一次恢復知覺，睜開眼睛時，他不但不知道自己置身何地，也幾乎不知道自己是誰。

他的眼前是一個白色的世界：白色的天花板、白色的燈罩、白色的牆壁、白色的窗框、白色的床單……，啊！伏在他身邊的還有一個白髮的老婦人。

直覺地、也是本能地，輕輕發出了一個聲音：「媽！」

白髮的頭顱立刻抬了起來，睜著惺忪的睡眼，伸出枯瘦的雙手，撲向他，抱著他。「光庭，你終於醒了！你終於醒了！」

溫熱的淚水從母親的眼中流到兒子的頰上，兒子的靈魂復甦了。

「媽！」他又叫了一聲，這一次聲音比剛才清晰得多了。

「孩子，媽在這裡！」母親抬起頭，用含淚的眼睛望著他。

這是我的母親嗎？為什麼這樣老？白髮為什麼這樣多？皺紋為什麼這樣深？而且又乾瘦得像一棵冬天的枯樹？

「媽，您瘦了！」他說。淚水不自覺流滿了枕頭。

「孩子，你也瘦了。」母親用手帕替他拭去淚水，又撫摸著他長滿鬍子的深陷的面頰。

「媽，這是什麼地方？」

「這是醫院。」

「我為什麼躺在醫院裡？我生病了嗎？」

「孩子，你沒有病，你只是受了點傷。」母親結結巴巴地回答，聲音是顫抖的。

「我受了傷？傷在哪裡？快告訴我。」光庭大聲地叫著，一面把雙手抽出被單外面，撫著自己的頭和肩，然後又伸進去摸著自己的身體，當他摸到腿上時，他立刻知道了自己的命運已經被決定。

「我的兩條腿呢？媽，我的腿呢？」他竭盡全力的大聲叫喊著，接著，便昏了過去。

當他再次醒過來時，已不再那麼激動了，倒是他的母親一直淚漣漣的，哭個不停。他醒來第一句話就是：「媽，汝音呢？她在哪裡？」

「我沒有辦法去通知她，她大概還不知道這件事哩！」

「我要寫信叫她來，媽，您給我紙和筆。」

「孩子，你現在還不能動呀！」

「那麼，我唸，您替我寫。」他執拗地說。

「好吧！」

母親依著他的意思，寫信通知祈汝音叫她來，並且在他的催促下親自拿到醫院門口的郵筒投寄了。

光庭問母親，露碧和她父親有沒有來過。

「光庭，露碧這次可真是完全悔改了，她當著她父親和我，流著淚懺悔，發誓以後要好好的做妻子，『浪子回頭金不換』，我相信她做得到的。我看你就別再跟汝音來往算了。」母親說。

「我才不相信她的鬼話！我好好的時侯她已經那個樣子，現在會喜歡我這個殘廢的人？」

「光庭，別說這樣的話！將來裝上義肢，你就和平常人一樣的。」

正說著，露碧和她的父親來了。光庭連忙別轉了臉。露碧卻是像瘋了一樣撲倒在他身上，哭著叫著，也聽不清她在說些什麼。

楊老先生把女兒拉起來說：「有話好好講，他是個病人，你別把他弄痛了。」接著，他又坐在床沿上俯下身對他的女婿說：「光庭，過去的事不要再去想它了。你好好的休養一個時期，等你好了，讓我們一切都重頭做起。」

「不，爸爸，我對您不起，我沒有面目見您，請准我和露碧離婚吧！這樣，對彼此都會好的。」光庭仍然背向著他的岳父說。

「光庭，露碧是真心愛你的，難道你不想重新試一次？」

「不論怎麼樣，我已沒有資格做一個好丈夫了。」

「光庭，你忘記了？你以前說過愛我的呀！」露碧又在哭著，想再撲到他的身上。

「你好好的休養吧！這件事我們以後再談。」楊老先生又再把女兒拉起來。

露碧想跟伍老太太換班，留在醫院裡照顧光庭，被伍老太太拒絕了。

光庭終於坐在輪椅中出院了。他拒絕回楊家去休養，也堅持著離婚的意見；終於，在楊老先生的勸解下，露碧在離婚書上簽了名。楊老先生一直很喜歡光庭的，他給他開了一張十萬元的支票，作為他今後的生活費，並且說隨時歡迎他回公司去工作。

祈汝音一直沒有回信，出院後的第二天，光庭正焦急地想叫母親到祈家去看看時，出乎意料的，祈汝音的母親居然來找他。

「汝音叫我來跟你說兩句話。」那胖胖的老婦人的兩隻眼睛一直盯在伍光庭空蕩蕩的褲管上。「關先生說你的兩條腿斷了，多可惜呀！這麼漂亮的一個人殘廢了，真是何苦呢？你本來有家有室，假如不去追我們汝音，又怎會弄到今天呢？」

「你這個女人！你到底在胡說些什麼？快點給我滾！」光庭暴怒地雙手轉動著輪椅，想向她衝去。

「光庭，生氣對你身體不好，不要氣吧！讓她說完了再走。」伍老太太制止住了兒子。

「你兇什麼嘛！告訴你，汝音就要跟關先生結婚了。你這個跛子，以為她會嫁給你嗎？你憑什麼來養活她和我還有她的孩子？你以為一個人只要談愛情不要吃飯？汝音本來叫我跟你說她對不起你的，但是我偏不要說，我認為她沒有對不住你的地方。我要說的是：你以後不要再去糾纏她了，關先生這個人不是好惹的。」說完，胖婦人扭動著龐大的身軀下樓去了。

望著那道被砰然關上的門，光庭氣得臉都發白了。他用雙手捧著頭，大聲地叫著說：

「媽，我完了！一切都完了！」

母親抱住了兒子。「不！孩子，你還有我哩！」

「是的，媽。但是，難道我今後就永遠坐在輪椅裡過著寂寞的日子？想不到祈汝音竟是這樣無情的人，我的犧牲真是白費了！」

「你也不能怪她，這個社會上誰不現實呢？她拖著一個家，又有什麼辦法？」歇了一下，母親又說：「光庭，我倒有個好主意，你可以利用那筆錢到外國去讀點書。以前，你被露碧牽制著不能去，現在不是自由了嗎？」

「媽，您的主意不錯；可是，我怎放心留下您一個人在這裡？」光庭撫摸著母親枯瘦的手說。

「我又不是七老八十，怕什麼？我可以等你回來呀！」

「多讀點書，多讀點書，這應該是我今後唯一應該做的事了。」望著窗外，光庭喃喃地自言自語。

窗外，宿雨初霽，天畔隱隱露出了一抹霞光。是的，我自由了！光庭第一次覺得自己不再是一個在網中掙扎著的人，貧窮的網、名利的網、情慾的網，都已經被他掙破了。他想：假如我有一雙腿，我簡直想跳起來哩！

畢璞全集・小說05　PG1287

陌生人來的晚上

作　　者　畢　璞
責任編輯　陳思佑
圖文排版　周妤靜
封面設計　楊廣榕

出版策劃　釀出版
製作發行　秀威資訊科技股份有限公司
114 台北市內湖區瑞光路76巷65號1樓
電話：+886-2-2796-3638　傳真：+886-2-2796-1377
服務信箱：service@showwe.com.tw
http://www.showwe.com.tw
郵政劃撥　19563868　戶名：秀威資訊科技股份有限公司
展售門市　國家書店【松江門市】
104 台北市中山區松江路209號1樓
電話：+886-2-2518-0207　傳真：+886-2-2518-0778
網路訂購　秀威網路書店：http://www.bodbooks.com.tw
國家網路書店：http://www.govbooks.com.tw
法律顧問　毛國樑　律師
總 經 銷　聯合發行股份有限公司
231新北市新店區寶橋路235巷6弄6號4F
電話：+886-2-2917-8022　傳真：+886-2-2915-6275

出版日期　2015年5月　BOD　版
定　　價　360元

Printed in Taiwan

國家圖書館出版品預行編目

陌生人來的晚上 / 畢璞著. -- 一版. -- 臺北市 : 釀出版,
2015.05
面 ; 公分. -- (畢璞全集. 小說 ; 5)
BOD版
ISBN 978-986-5696-98-6 (平裝)

857.63 104005212

讀者回函卡

感謝您購買本書，為提升服務品質，請填妥以下資料，將讀者回函卡直接寄回或傳真本公司，收到您的寶貴意見後，我們會收藏記錄及檢討，謝謝！

如您需要了解本公司最新出版書目、購書優惠或企劃活動，歡迎您上網查詢或下載相關資料：http:// www.showwe.com.tw

您購買的書名：________________

出生日期：______年______月______日

學歷：□高中(含)以下　□大專　□研究所(含)以上

職業：□製造業　□金融業　□資訊業　□軍警　□傳播業　□自由業

□服務業　□公務員　□教職　□學生　□家管　□其它____

購書地點：□網路書店　□實體書店　□書展　□郵購　□贈閱　□其他

您從何得知本書的消息？

□網路書店　□實體書店　□網路搜尋　□電子報　□書訊　□雜誌

□傳播媒體　□親友推薦　□網站推薦　□部落格　□其他________

您對本書的評價：（請填代號　1.非常滿意　2.滿意　3.尚可　4.再改進）

封面設計____　版面編排____　內容____　文／譯筆____　價格____

讀完書後您覺得：

□很有收穫　□有收穫　□收穫不多　□沒收穫

對我們的建議：________________

請貼
郵票

11466
台北市內湖區瑞光路 76 巷 65 號 1 樓
秀威資訊科技股份有限公司 收
BOD 數位出版事業部

（請沿線對折寄回，謝謝！）

姓　名：＿＿＿＿＿＿＿＿ 年齡：＿＿＿＿ 性別：□女 □男

郵遞區號：□□□□□

地　址：＿＿＿＿＿＿＿＿＿＿＿＿＿＿＿＿

聯絡電話：(日)＿＿＿＿＿＿＿＿ (夜)＿＿＿＿＿＿＿＿

E-mail：＿＿＿＿＿＿＿＿＿＿＿＿＿＿＿＿